DIESES BUCH GEHÖRT:

Die drei !!!

Henriette Wich, Maja von Vogel

Die drei !!!

1, 2, 3 Voll Verliebt!

Kosmos

Umschlagillustration von Ina Biber, Gilching
Umschlaggestaltung von Sabine Reddig

MIX
Papier aus verantwortungsvollen Quellen
FSC® C014496
FSC
www.fsc.org

Gedruckt auf chlorfrei gebleichtem Papier

ISBN 978-3-440-17153-0
Redaktion: Lea Hille
Produktion: Lena Geiger
Satz: DOPPELPUNKT, Stuttgart
Druck und Bindung: GGP Media GmbH, Pößneck
Printed in Germany/Imprimé en Allemagne

Die drei !!!

1, 2, 3 Voll verliebt!

Henriette Wich

Die drei !!!

Hochzeitsfieber!

Die drei !!!

Hochzeitsfieber!

Feuerzauber

Das Papier knisterte geheimnisvoll zwischen Maries Fingern. Mit jeder neuen Seite, die sie umblätterte, klopfte ihr Herz schneller. Es war alles so aufregend, wie Weihnachten und Ostern zusammen!

»Das ist wunderschön«, schwärmte sie. »Nein, das hier ist noch besser. Stopp! Vergiss alles, was ich vorher gesagt habe. Jetzt hab ich dein Traumkleid gefunden. Schau mal, Tessa!«

Marie schob die Hochzeits-Zeitschrift, die schon oft durchgeblättert worden war, über den Esstisch der Wohnküche. Es war Freitagabend und draußen senkte sich langsam die Dämmerung über die alten Buchen im Garten.

Tessa blickte von ihren Stoffproben auf. »Ja, das ist toll! Der weite Rock mit der langen Schleppe, der Tüll und die Stickereien. Ein richtiges Prinzessinnenkleid, aber das bin nicht ich. Das ist mir viel zu auffällig.« Maries Stiefmutter fuhr sich durch die kurzen braunen Haare. Sie trug eine abgewetzte Jeans und ein grünes T-Shirt aus ihrer eigenen Kleider-Kollektion *Think Nature.*

»Du hast recht, Schatz«, sagte Helmut Grevenbroich. »Das Kleid erinnert mich übrigens verdächtig an ein Sahne-Baiser.«

Tessas Tochter Lina kicherte. »Hihi, das stimmt!«
Alle mussten lachen. Marie ließ ihren Blick zwischen Tessa und ihrem Vater hin- und herwandern. Wie glücklich und verliebt sie waren! Marie freute sich so, dass die beiden bald heiraten würden. Seit Monaten fieberte sie der Hochzeit entgegen und freute sich auf den wunderbaren Tag. Ein Tag, an dem die Patchworkfamilie noch enger zusammenwachsen würde: Tessa, Maries Vater, Lina und der kleine Finn, das gemeinsame Kind des Brautpaars. Der Umzug in die alte Villa im Ostviertel war genau die richtige Entscheidung gewesen. Dort hatte jeder genug Freiraum für sich. Auch mit Lina verstand sich Marie inzwischen richtig gut.
Tessa hielt ein Stück schimmernde Seide unter das Licht der silbernen Designerlampe. »Ich glaube, ich hab mich entschieden. Die Schneiderin soll mir ein Kleid aus elfenbeinfarbener Seide nähen – schmal und gerade geschnitten, mit kleinen Ärmeln und weißen Knöpfen auf dem Rücken. Wo war doch noch gleich der Schnitt, der mir so gut gefallen hat?« Tessa zog eine Zeitschrift ganz unten aus dem Stapel hervor. »Ah, da ist er ja.« Sie tippte mit dem Zeigefinger auf das Foto.
»Zeig mal.« Marie stand auf und beugte sich neugierig über den Tisch.
Im ersten Augenblick war sie enttäuscht. Das Brautkleid war wirklich *sehr* schlicht. Aber dann blendete Marie das Model auf dem Foto aus und stellte sich Tessa in dem Kleid vor. Es würde ihre natürliche Schönheit erst richtig zur Geltung bringen. »Das ist absolut perfekt.« Marie nickte.
»Total schön!«, stimmte Lina zu. In Sachen Mode hatte sie normalerweise einen ganz anderen Geschmack als Marie.

Was sie nicht daran hinderte, sich manchmal heimlich Sachen aus dem Kleiderschrank ihrer älteren Stiefschwester auszuleihen – zum großen Ärger von Marie.

Herr Grevenbroich nickte. »Super Entscheidung.«

»Danke«, sagte Tessa. Ihre Wangen waren inzwischen vor Aufregung und Vorfreude gerötet. »Für Finn hab ich übrigens auch schon eine Idee. Ich möchte ihm einen Matrosenanzug nähen. Den kann ich dann später in meine Kinderkollektion aufnehmen.«

Marie dachte an ihren 18 Monate alten kleinen Stiefbruder. Finn war vor einer Stunde selig eingeschlafen, nachdem das Au-pair-Mädchen Natascha ihm ein russisches Gute-Nacht-Lied vorgesungen hatte. »Au ja!«, rief Marie. »Ein Matrosenanzug und ein blaues Mützchen dazu, wie süß!«

»Und dann drücken wir ihm noch ein Körbchen mit Blumen in die Hand«, fiel Lina ein. »Er darf uns beim Blumenstreuen helfen.«

Es sollte insgesamt vier Blumenmädchen bei der Hochzeit geben. Neben Lina und Marie würden auch Kim und Franzi dabei sein, Maries Freundinnen und Kolleginnen vom Detektivclub *Die drei !!!*.

»Ja, so machen wir es«, sagte Tessa. »Die Kleider für euch Blumenmädchen müssen wir übrigens noch auf mein Hochzeitskleid abstimmen. Lasst uns am besten gleich Ideen sammeln, die ich an die Schneiderin weitergeben kann. Welche Farbe hättet ihr denn gerne?«

Marie dachte nach. »Altrosa sieht bestimmt edel aus.«

»Oder hellblau«, meinte Lina.

Marie schüttelte entschieden den Kopf. »Hellblau ist eine

schwierige Farbe, besonders zu deinen rotblonden Haaren und hellgrünen Augen.«
»Finde ich gar nicht!«, widersprach Lina trotzig.
»Vertrau mir«, seufzte Marie geduldig. »Ich kenne mich mit Mode besser aus als du.«
»Angeberin!«
»Blöde Kuh!«
Helmut Grevenbroich versuchte zu vermitteln. »Bitte streitet euch nicht. Ihr müsst ja nicht alle dieselbe Farbe tragen.«
»Das sehe ich auch entspannt«, sagte Tessa. »Zwei verschiedene Farben bringen Abwechslung, das ist hübsch. Wie wäre es mit Altrosa und Flieder?«
Lina schmollte. »Hm … weiß nicht.«
Marie verdrehte die Augen. Sie mochte Lina wirklich gern, aber an manchen Tagen hätte sie ihre Stiefschwester am liebsten zum Mond geschossen. »Können wir das nicht ein andermal besprechen?«, schlug Marie vor. »Kim und Franzi sind heute nicht da, die sollten wir auch noch fragen.«
Tessa machte sich eine Notiz auf ihrer Hochzeits-Checkliste. »Kim und Franzi einladen, Blumenkleider-Besprechung«, murmelte sie halblaut. »Oje! Die Liste wird immer länger und die Zeit langsam knapp. Heute ist der 15. April, und die Hochzeit findet schon in sechs Wochen statt. Wie sollen wir das bloß alles schaffen?«
Tessa wirkte nicht mehr ganz so entspannt wie vorher. Dabei hatten Helmut und sie bereits frühzeitig mit der Planung begonnen und Tessa hatte extra ihre Elternzeit verlängert, um in Ruhe die Hochzeit vorbereiten zu können. Doch dann war bei Maries Vater ein wichtiger Dreh dazwischengekom-

men, eine Extrafolge der Vorabendserie *Vorstadtwache*, in der er den Hauptkommissar Brockmeier spielte. Außerdem war Tessa ein Großauftrag für ihre T-Shirt-Kollektion angeboten worden, den sie unmöglich ablehnen konnte.

»Ich fürchte, wir haben den Aufwand für die Planung ein bisschen unterschätzt«, sagte Helmut Grevenbroich zerknirscht. »Ich möchte nicht, dass die Vorbereitung in Hektik und Stress ausartet. Wir wollen doch unsere Hochzeit rundum genießen.« Plötzlich hellte sich sein Gesicht auf. »Wir könnten jemanden engagieren, der uns bei den letzten Vorbereitungen hilft. Was haltet ihr von einem Hochzeits-Planer?«

Tessa zögerte. »Ich fand die Idee, dass wir alles selbst machen und gestalten, so schön.«

Herr Grevenbroich versuchte sie zu überzeugen: »Aber ein Hochzeits-Planer könnte uns ein paar Dinge abnehmen. Vorausgesetzt, wir finden jemanden, der unsere Wünsche gut umsetzen kann.«

Marie hatte sofort einen ihrer Lieblingsfilme vor Augen, eine romantische Liebeskomödie mit einem Hochzeits-Planer. »Das ist cool!«

Lina war auch begeistert.

»Einverstanden«, sagte Tessa und gab Helmut einen Kuss auf die Wange.

Helmut Grevenbroich lächelte. »Ich kümmere mich morgen darum und suche im Internet nach einer Agentur.«

»Danke, du bist der Beste!« Tessa schob die Stoffproben zu einem ordentlichen kleinen Stapel zusammen. »Dann lass uns doch gleich jetzt mit dem Genießen anfangen! Machen wir es uns auf dem Sofa gemütlich?«

»Ein sehr guter Plan.« Helmut Grevenbroich stand auf und reichte seiner zukünftigen Frau lächelnd die Hand. »Darf ich bitten?«
Marie zwinkerte Lina zu. Den kleinen Streit vorhin hatte sie schon wieder vergessen. »Ich glaube, wir stören hier nur. Komm, wir gehen in unsere Zimmer.«

Marie liebte den Freitagabend. Das lange Wochenende lag verheißungsvoll vor ihr, sie konnte länger aufbleiben und am nächsten Tag ausschlafen. Oft nutzte sie den Freitag, um sich ein ausgiebiges Wellness-Programm in ihrem eigenen Bad zu gönnen. Auch heute hatte sie ein Schaumbad genommen und sich anschließend mit duftender Aprikosen-Lotion eingecremt.
Wohlig durchwärmt, in ihren flauschigen Bademantel gehüllt, kehrte sie in ihr Zimmer zurück und ging zum Regal, um sich ein Buch auszusuchen. Ihr Blick wanderte an den Buchrücken entlang und blieb bei einem Band hängen, den sie schon lange nicht mehr in der Hand gehabt hatte. Marie nahm ihn heraus und lächelte. *Zaubern leicht gemacht.* Das war genau das Richtige für heute Abend!
In dem Buch standen Anleitungen für verschiedene Liebeszauber. Ein paar davon hatte Marie bereits erfolgreich angewandt. Auch Kim und Franzi hatten es schon ausprobiert, obwohl sie bei Dingen wie Kerzenorakeln oder Tarotkartenlegen grundsätzlich erst mal misstrauisch waren.
Ob es auch einen Zauber gab, bei dem es ums Heiraten ging? Seit Tessa und Helmut ihre Hochzeit planten, schwirrten so viele Fragen in Maries Kopf herum.

Wollte sie später auch mal heiraten? Wurde man noch glücklicher als Paar, wenn man heiratete? Wann war der beste Zeitpunkt für eine Hochzeit? Was war romantischer: Wenn der Mann den Heiratsantrag machte oder wenn die Frau ihren Freund fragte? Und woran merkte man, dass der Freund der Richtige war?

Eine Welle von Zärtlichkeit durchflutete Marie. Sie dachte an Holger, ihren Freund, mit dem sie schon länger zusammen war. Im letzten Herbst hatte er wenig Zeit für sie gehabt, weil er für einen Parkouring-Wettkampf trainiert hatte. Beim Parkouring ging es darum, möglichst direkt von einem Ort zum anderen zu kommen und Hindernisse wie Mauern oder Zäune zu überklettern. Holger war fit und richtig gut in seinem Lieblingssport, doch leider hatte er sich beim Wettkampf am Knie leicht verletzt. Seither reduzierte er sein Trainingspensum und sie konnten wieder mehr zu zweit unternehmen, was Marie sehr schön fand.

Marie durchforstete das Inhaltsverzeichnis von *Zaubern leicht gemacht.* Auf der zweiten Seite entdeckte sie tatsächlich etwas: *Feuerzauber. So findest du heraus, ob dein Liebster der Richtige ist.*

Die Durchführung dieses Zaubers war im Gegensatz zu anderen Anleitungen im Buch einfach. Man musste dazu nicht um Mitternacht in den Garten gehen oder bis hoch hinauf in die Krone eines Baumes klettern.

Marie beschloss, den Liebeszauber jetzt sofort auszuprobieren. In ihrem Zimmer fand sie die Dinge, die sie dazu brauchte: einen Zettel, Stift, Streichhölzer und eine feuerfeste Schale. Marie breitete alles in der Sitzecke beim Erker aus und ließ sich im Schneidersitz auf einem orangefarbenen Kissen nieder. Dann machte sie die Augen zu und atmete dreimal tief aus und wieder ein. Als sie ganz ruhig und konzentriert geworden war, öffnete sie die Augen wieder, nahm den Stift in die Hand und zeichnete eine Tabelle mit zwei Spalten auf den Zettel. Über die linke Spalte schrieb sie: *Was ich alles an Holger mag.* Über die rechte Spalte kam die Überschrift *Was ich alles an Holger nicht mag.*

Ohne nachzudenken, schrieb Marie einfach drauflos. Bei der linken Spalte fielen ihr sofort ganz viele Dinge ein. Holgers Lächeln, seine pechschwarzen Haare, die tolle sportliche Figur. Seine Herzlichkeit, Großzügigkeit und sein Humor, der genau auf ihrer Wellenlänge lag. Dass er für sie da war, wenn sie ihn brauchte, und über sich selbst lachen konnte.

Bald füllte sich auch die rechte Spalte. Was Marie nicht an Holger mochte, waren seine Ungeduld und der manchmal zu große Ehrgeiz beim Parkouring. Auch dass er ab und zu eifersüchtig war auf ihren Detektivclub und auf andere Jungs, mit denen Marie – natürlich völlig harmlos – flirtete. Weiße Tennis-Socken in den Sandalen und dass er sich oft nicht erinnern konnte, was für ein tolles Outfit sie beim letzten Date angehabt hatte, schrieb Marie als letzte Punkte in die rechte Spalte.

Als sie fertig war, faltete sie den Zettel zusammen und legte ihn in die feuerfeste Schale. Dann holte sie eine lange Wolljacke aus ihrem Kleiderschrank und zog sie über den Bademantel. Mit der Schale in den Händen ging sie auf den kleinen Balkon hinaus, der zu ihrem Zimmer gehörte. Der Liebeszauber sollte ihr Geheimnis bleiben. Wahrscheinlich würde

sie nicht mal Kim und Franzi davon erzählen. Und ihre Eltern und Lina sollten den Brandgeruch nicht riechen.
Es war eine kühle Aprilnacht, aber zum Glück trocken und fast windstill. Vom Garten herauf duftete es nach frischem Gras und Frühlingsblumen. Ein Käuzchen saß auf dem obersten Ast einer Tanne und schickte seinen Ruf in die Nacht hinaus. Am Himmel funkelten tausend Sterne.
Jetzt war es also so weit, der Feuerzauber konnte beginnen! Feierlich stellte Marie die Schale auf ihrem Klapptisch ab. Sie war so aufgeregt, dass ihre Finger zitterten. Sie verbrauchte drei Streichhölzer, bis sie endlich den Zettel angezündet hatte. Eine goldgelbe kleine Flamme leuchtete auf. Sie umhüllte das Papier und arbeitete sich zügig von den Papierrändern ins Zentrum vor. Während das Feuer geheimnisvoll knisterte und der Zettel langsam braun wurde und verkohlte, versuchte Marie ihre Gedanken loszulassen. Nur so würde der Zauber wirken, hieß es in dem Buch. Nach vier Wochen würde sie es spüren: Entweder hatten sich dann ihre Zweifel Holger gegenüber buchstäblich in Rauch aufgelöst und die positiven Gefühle waren durchs Feuer gegangen oder die Zweifel waren immer noch da.
Marie machte wieder die Augen zu. Verflixt, war das schwierig, nicht an Holger zu denken! Sobald sie ihre Gedanken auf ein anderes Thema lenkte, schmuggelte er sich durch eine Hintertür wieder in ihren Kopf hinein.
Nach mehreren Versuchen gelang es ihr schließlich. Der auffrischende Wind pustete ihren Kopf frei. Er strich über ihre Wangen, und auf einmal fühlte Marie sich wunderbar. Sie stand auf dem Balkon, atmete den Duft der Frühlingsblu-

men, hörte das Käuzchen und lebte im Hier und Jetzt. Es gab nur diesen einen Augenblick, in den Marie eintauchte.
»Uuuuiiih, uuuiiih!« Ein ohrenbetäubendes Geräusch durchbrach die stille Frühlingsnacht.
Marie erschrak und riss die Augen auf. Schlagartig war der schöne Augenblick vorbei. Was war denn jetzt los? Gab es irgendwo in der Straße einen Polizeieinsatz? Oder war es ein Feueralarm?
Marie starrte auf die Schale. Der Zettel hatte sich in ein graues Häufchen Asche verwandelt. Das Feuer war aus. Nur eine dünne, weiße Rauchfahne stieg kräuselnd zum Sternenhimmel auf.
Unbarmherzig schrillte die Sirene weiter. Dann hörte Marie trampelnde Schritte auf der Treppe und laute Rufe: »Marie!!« – »Was ist passiert?« – »Hörst du uns?«
Sekunden später wurde die Tür aufgerissen. Helmut Grevenbroich, Tessa, Lina und Natascha stürmten ins Zimmer und sahen sich suchend um.
Marie trat verwirrt vom Balkon herein.
»Geht es dir gut?«, brüllte Tessa gegen den Lärm der Sirene an.
Maries Vater schwenkte einen roten Feuerlöscher und sah aus wie ein Superheld. »Der neue Rauchmelder in deinem Zimmer ist losgegangen. Wo brennt es?«
Lina versteckte sich ängstlich hinter seinem Rücken.
»Du musst dich auf den Boden werfen!« Natascha fuchtelte energisch mit den Armen. »Sonst bekommst du eine Rauchvergiftung!«
Die ganze Zeit heulte die Sirene weiter. Die Situation war so

unwirklich und absurd, dass Marie lachen musste. »Mir geht es gut. Es brennt nicht! Alles ist gut, nichts passiert!«

Vier Augenpaare waren immer noch entsetzt auf sie gerichtet.

»Ich hab nur auf dem Balkon in einer Schale einen Zettel verbrannt«, erklärte Marie. »Der ist längst verkohlt, ihr könnt euch selbst davon überzeugen.«

Tessa lief zum Balkon und inspizierte die Schale auf dem Klapptisch. »Bin ich froh, dass nichts passiert ist!« Sie atmete erleichtert auf. »Der Wind muss den Rauch ins Zimmer geweht haben.«

Lina wagte sich hinter dem schützenden Rücken von Helmut Grevenbroich hervor und der ließ den Feuerlöscher sinken. »Mensch, hast du uns einen Schrecken eingejagt. Mach so was bitte nie wieder!«

Marie musste es hoch und heilig versprechen. Dann wurde sie von der erleichterten Tessa umarmt.

Lina knuffte Marie mit dem Ellbogen in die Seite. »Hey, das war ja superaufregend!«

»Du übertreibst«, wehrte Marie ab und hielt sich die Ohren zu. »Könntest du jetzt bitte endlich den Rauchmelder abstellen, Papa?«

»Bin schon unterwegs«, rief Helmut Grevenbroich und sprintete los, um eine Trittleiter zu holen.

Der geheimnisvolle Fremde

»Dreimal Frühstück Spezial für die Detektivinnen!« Die junge Bedienung im *Café Lomo* stellte drei große Teller auf den Tisch. »Lasst es euch schmecken.«

Marie lief das Wasser im Mund zusammen. »Vielen Dank. Sieht das lecker aus! Aber die Portion ist so riesig, das schaffe ich nie.«

»Kein Problem«, sagte Kim, die sich bereits einen Löffel Kräuter-Rührei in den Mund schob. »Ich helf dir gerne. Du weißt ja, ich brauche viel Nervennahrung, damit ich mich gut konzentrieren kann.«

Franzi lachte. »Ich glaube, den Satz hab ich schon mal gehört.« Sie nahm sich zuerst das Schälchen mit dem Obstsalat vor.

In den nächsten Minuten breitete sich genießerisches Schweigen am Tisch aus. Während Marie Butter und goldgelben Honig auf ein Mohnbrötchen strich, sah sie sich im *Café Lomo* um. Das gemütliche Café war mittlerweile zu ihrem zweiten Zuhause geworden. Hier traf sie sich oft mit Kim und Franzi auf einen *Kakao Spezial* mit Vanillearoma. In ihrer Sitzecke waren sie ungestört, konnten über private Dinge

quatschen oder sie tauschten sich über den neuesten Stand ihrer Ermittlungen aus.
»Na, alles klar bei dir, Marie?«, erkundigte sich Kim. »Woran denkst du gerade? An die Hochzeit?«
Marie grinste. »Nein, an meinen Vater, der gestern wie Superman mit dem Feuerlöscher durch die Villa gedüst ist.«
Kim ließ vor Schreck ihre Gabel auf den Teller fallen. »Hilfe! Hat es bei euch etwa gebrannt?«
»Nein, nein«, beruhigte Marie ihre Freundin. »Es war alles harmlos, aber meine Familie hat ganz schön verrücktgespielt.«
Franzi zog fragend die Augenbrauen hoch. »Was ist passiert? Jetzt erzähl schon!«
Marie schilderte mit lebhaften Worten den aufregenden Abend, ihre Zeremonie, den Brandgeruch und die Folgen. Nur worum es genau bei dem Zauber ging, verriet sie nicht. Alles mussten ihre Freundinnen schließlich auch nicht wissen.
Kims Augen wurden im Laufe der Erzählung immer größer. »Deine arme Familie! Die müssen alle große Angst gehabt haben.«
»Ja, aber nur kurz«, schränkte Marie ein. »Umso länger hat es gedauert, bis mein Vater endlich den Schalter gefunden hat, mit dem er die Sirene des Rauchmelders abschalten konnte.«
Franzi kicherte. »Schade, dass ich nicht dabei war! Das erinnert mich an einen unserer Fälle, bei dem ich mal eine Alarmanlage ausgelöst habe.«
Kim hatte nur mit halbem Ohr zugehört. »Und was war mit Finn? Ist er aufgewacht und hat geschrien?«

»Stellt euch vor, Finn hat die Sirene und den ganzen Lärm verschlafen!«, erzählte Marie amüsiert. »Hinterher sind wir zu seinem Bettchen gegangen, und da lag er mit rosigen Wangen und hat ganz tief und ruhig geatmet.«
Franzi schüttelte ungläubig den Kopf. »Dein kleiner Bruder verblüfft mich immer wieder. Ich würde ihn übrigens total gern mal wieder sehen.«
»Jederzeit«, sagte Marie. »Ihr seid immer willkommen.«
Franzi seufzte. »Bei uns ist das zurzeit leider schwierig. Meine Eltern sind nicht gut drauf. Sie streiten sich wegen jeder Kleinigkeit.«
Kim wurde hellhörig. »Warum das denn?«
»Meine Mutter ist mit ihrem Kuchenservice voll eingespannt und kann meinem Vater nicht mehr so oft in der Tierarztpraxis aushelfen. Daran muss sich mein Vater erst gewöhnen. Wahrscheinlich braucht er eine neue Sprechstundenhilfe, aber er hat momentan keine Zeit, um eine zu suchen. Die schlechte Stimmung nervt ganz schön. Und meine Schwester zickt auch mal wieder rum.«
»Tut mir leid für dich«, sagte Marie mitfühlend.
Früher, als sie noch Einzelkind gewesen war, hätte sie das nicht so nachvollziehen können. Aber seit sie Mitglied einer Patchworkfamilie war, wusste sie, wie chaotisch und nervenaufreibend das Familienleben manchmal sein konnte.
Kim lächelte Franzi aufmunternd zu. »Ich wünsch dir, dass dein Vater bald jemanden für seine Praxis findet.«
»Danke, das ist lieb von euch«, sagte Franzi. »Aber lasst uns lieber von was anderem reden. Wie läuft es denn bei dir und Michi?«

Kims Augen fingen an zu strahlen. »Sehr gut!«
Sie und Michi kannten sich schon ewig und verstanden sich super. Michi hatte meistens Verständnis, wenn Kim wegen des Detektivclubs eine Verabredung verschieben musste. Und Kim motivierte ihn bei seiner Ausbildung zum chemisch-technischen Assistenten. Erst kürzlich hatte er seine Prüfungen mit »Sehr gut« abgeschlossen.
»Michi freut sich schon riesig auf die Zeugnis-Übergabe«, erzählte Kim stolz. »Ich bin natürlich dabei und werde mit ihm feiern.«
»Das sind ja super Neuigkeiten.« Marie nahm ihren Kakaobecher in die Hände. Die bunten Armreife, die sie zu ihrem dunkelblauen Kleid trug, klimperten. »Bei mir und Holger ist auch alles im grünen Bereich.«
»Wie schön für euch«, sagte Franzi. Ihr Lächeln war ein bisschen traurig, aber es schwang keinerlei Neid in ihrer Stimme mit, obwohl die Trennung von ihrem Freund Felipe noch gar nicht so lange her war. Franzi zog energisch an den Haargummis, um ihre zwei kleinen Zöpfe fester zu binden. »Ich habe beschlossen, dass ich mein Leben als Single ab sofort genieße!«
Kim griff nach ihrem Glas. »Das klingt gut. Darauf sollten wir trinken.«
Die Freundinnen stießen mit Orangensaft an.
Marie trank den Saft in einem Zug aus und stellte seufzend das Glas ab. »So, jetzt bin ich aber wirklich satt. Ich würde übrigens gern mal wieder auf einen erfolgreich gelösten Fall anstoßen.«
Franzi nickte. »Ich auch. Unser letzter Fall ist Monate her. Langsam wird es Zeit, sonst komme ich noch aus der Übung.«

»Mach dir keine Sorgen.« Kim angelte sich ein Stück Lachs von Maries Frühstücksteller und bestrich es mit einer dünnen Schicht Meerrettich. »Detektivischen Spürsinn verlernt man nicht, das ist wie Fahrradfahren.«
»Womit Kim wieder mal recht hat«, stimmte Marie zu. »Nach über 50 Fällen wirft uns so leicht kein Verbrecher mehr aus der Bahn!«
Manchmal konnte sie es selbst kaum glauben, dass die drei !!! schon so viele Fälle gelöst hatten. Bisher hatten sie jeden Fall aufklären und die Täter immer stellen können. Das sollte ihnen erst mal jemand nachmachen!
Plötzlich spürte Marie Franzis spitzen Ellenbogen in ihrer Seite. »Aua, das tut weh!«, beschwerte sie sich.
Franzi ging nicht darauf ein. »Apropos detektivischer Spürsinn«, raunte sie ihren Detektivkolleginnen zu. »Dreht euch mal unauffällig zum Tisch rechts von uns um.«
Kim und Marie bewegten kaum merklich ihren Nacken. Inzwischen waren sie Profis darin, andere Menschen zu beobachten, ohne umgekehrt von ihnen gesehen zu werden.
Am rechten Nebentisch saß ein junger Mann mit Jeansjacke, schwarzer Hornbrille und buschigen Augenbrauen. Neben seiner Cappuccino-Tasse hatte er mehrere Zeitungsausschnitte ausgebreitet, über denen er angestrengt brütete. Dabei klopfte er nervös mit seinem Bleistift auf einen Notizblock.
Auf den ersten Blick konnte Marie nichts Besonderes an dem Mann entdecken. Wahrscheinlich war er ein Journalist, der einen Artikel schreiben und heute noch vor Redaktionsschluss abgeben musste. Auf den zweiten Blick fiel Marie

jedoch etwas höchst Seltsames auf. Die Personen auf den Zeitungsartikeln waren immer dieselben: ein bekannter Fernseh-Schauspieler und eine Kamerafrau, die sich ein zweites Standbein als Designerin einer T-Shirt-Kollektion aufgebaut hatte. Diese beiden Personen waren Helmut Grevenbroich und Tessa!
Marie wurde unruhig. Was plante der Mann mit den Zeitungsausschnitten? Warum hatte er sich gerade Helmut und Tessa herausgepickt? Beruflich arbeiteten die beiden kaum zusammen. Tessa hatte nur bei zwei Folgen der *Vorstadtwache* hinter der Kamera gestanden und filmte ansonsten für andere Produktionen. Interessierte sich der Mann für das Privatleben des Paares? War er etwa ein Paparazzo? Oder führte er etwas anderes im Schilde?
Kim war auch alarmiert. »Ich hab irgendwie ein komisches Gefühl. Was sollen wir denn jetzt machen?«
»Wir sprechen ihn einfach an«, schlug Franzi flüsternd vor.
Gesagt, getan. Auf ein Zeichen von Kim standen die drei !!! gleichzeitig auf und traten an den Nebentisch.
Der Mann blickte überrascht auf.
»Guten Morgen«, sagte Kim freundlich. »Wir wollen Sie nicht stören, aber wir sitzen nebenan und sind neugierig geworden. Diese Zeitungsartikel sehen ja spannend aus. Haben Sie etwas Bestimmtes damit vor?«
Die Überraschung des Mannes verwandelte sich in Verärgerung. »Ihr seid wirklich sehr neugierig. Tut mir leid, Mädchen, aber darüber möchte ich nicht sprechen. Das geht nur mich etwas an.« Er verdeckte mit seinen Armen absichtlich die Artikel.

Marie gab nicht so schnell auf. »Entschuldigen Sie bitte! Wir haben uns noch gar nicht vorgestellt: Ich bin Marie, und das sind meine Freundinnen Kim und Franzi. Wir sind neu in der Schülerzeitungs-AG und freuen uns, wenn wir Tipps von Experten bekommen.« Die kleine Notlüge kam ihr ganz leicht von den Lippen. »Sie sind doch Journalist, nicht wahr?«, hakte sie nach.
»Nein«, antwortete der Mann unwillig.
Marie ließ nicht locker. »Dann sind Sie vielleicht Fotograf?«
»Nein.« Der Mann raffte die Zeitungsartikel zusammen und ließ sie in einer Mappe verschwinden. »Merkt ihr eigentlich gar nicht, dass ich nicht mit euch reden will?«
»Warum sind Sie denn so unfreundlich zu uns?«, fragte Franzi verwundert. »Wir haben Ihnen doch nichts getan.«
»Ja, genau«, setzte Kim nach. »Wir wollten nur ein nettes Gespräch mit Ihnen führen, nichts weiter.«
Der Mann schnaubte. »Tja, da seid ihr leider an den Falschen geraten. Fallt der Bedienung auf die Nerven, nicht mir.« Er warf einen Geldschein auf den Tisch, stopfte die Mappe, den Notizblock und den Bleistift in seine schwarze Umhängetasche und drängte die Detektivinnen unsanft zur Seite.
Schnell zückte Marie ihr Handy und schoss ein Foto von dem Verdächtigen. Sie erwischte ihn gerade noch im Profil. Dann war er auch schon zum Ausgang unterwegs und machte sich grußlos aus dem Staub.
»Das gibt's ja wohl nicht!«, regte Kim sich auf.
»Los, hinterher!«, rief Franzi.
Marie winkte der Bedienung. »Ich zahl für uns, lauft ihr schon mal los. Viel Glück!«

Franzi rannte wie der Blitz davon. Sie war die Sportlichste von den drei !!! und hatte schon etliche Verfolgungsjagden gewonnen.
Marie juckte es in den Beinen, am liebsten wäre sie mitgerannt. Stattdessen musste sie warten, bis Kim oder Franzi sich meldeten oder ihr eine SMS schickten. Marie bezahlte die Rechnung und versuchte sich abzulenken, indem sie sich das Handyfoto ansah. Leider war es verwackelt und etwas unscharf, aber man konnte zumindest die Figur des Mannes, seine Brille und die Augenbrauen gut erkennen.
Kurz darauf kamen Franzi und Kim ins *Café Lomo* zurück. Kim hatte einen hochroten Kopf und keuchte: »Wir … haben ihn … leider verloren.«
»Er ist zur Fußgängerzone gelaufen«, erzählte Franzi. »Du kannst dir vorstellen, wie viele Leute da am Samstagmittag unterwegs waren! Wir hatten keine Chance, er ist in der Masse einfach untergetaucht.«
»Ärgert euch nicht«, tröstete Marie ihre Freundinnen. »Da kann man nichts machen.«
Kim ließ sich auf ihren Platz in der Sitzecke fallen. »So ein Mist! Wir wissen nichts über den Mann. Dass wir ihn rein zufällig in der Stadt wiederfinden, können wir uns abschminken. Die Chance geht gegen null.«
»Abwarten.« Marie versuchte zuversichtlich zu klingen, doch sie war genauso enttäuscht wie Kim und Franzi. Für einen kurzen Moment hatte es ganz danach ausgesehen, als ob sie einen neuen Fall an Land gezogen hätten. Was für ein Pech!

Überraschungsbesuch

»Bin wieder zu Hause!« Marie betrat die Eingangshalle der alten Villa und verstaute ihre Windjacke in der Garderobe unter der Treppe.

»Wir sind im Wohnzimmer«, hörte sie die Stimme ihres Vaters.

Wir? Marie runzelte die Stirn. Tessa und Lina waren doch mit dem Kinderwagen unterwegs. Sie wollten den großen Wochenend-Einkauf erledigen.

Neugierig sah Marie nach, wer gekommen war. Als sie ins Wohnzimmer trat, erhob sich eine elegante Frau im Hosenanzug vom weißen Ledersofa und lächelte Marie strahlend an. »Hallo! Du musst Marie sein. Dein Vater hat schamlos untertrieben. Du bist in Wirklichkeit noch *viel* hübscher.«

»Aha … Ist das so?« Marie fühlte sich gleichzeitig überrumpelt und geschmeichelt. Mit einem Kompliment von einer völlig fremden Person hatte sie nicht gerechnet.

Die Frau lächelte weiter. Sie war sorgfältig gestylt, trug eine goldene Uhr und hatte leuchtend roten Lippenstift aufgetragen. »Ich bin Rabea Leinisch von der Agentur *Träume werden wahr*. Du kannst gerne Du zu mir sagen, Marie. Dein

Vater hat vorhin bei unserer Agentur angerufen und nach einer Hochzeits-Planerin gefragt. Ich war gerade frei, hab mich sofort ins Auto gesetzt – und hier bin ich also!« Sie breitete einladend die Arme aus.
Marie verkniff sich ein Grinsen. Redete diese Rabea immer so komisch?
Helmut Grevenbroich war bestens gelaunt. »Ist das nicht toll, Marie?«, fragte er. Dann wandte er sich wieder an die Hochzeits-Planerin. »Und Sie haben gleich so viele schöne Ideen mitgebracht, Rabea.«
»*Du* hast schöne Ideen mitgebracht«, korrigierte sie ihn prompt. »Wenn wir über die Liebe sprechen, können wir uns nicht siezen, das geht einfach nicht!« Sie ließ ein glockenhelles Lachen hören.
Marie setzte sich in den Sessel gegenüber von ihrem Vater. Sie schwankte noch, ob sie Rabea für verrückt oder nur für ein bisschen schräg, aber ansonsten sympathisch halten sollte. Die Frau erinnerte sie an eine süße Torte mit einer dicken Zuckerschicht obendrauf.
Die Hochzeits-Planerin redete weiter: »Ich habe deinem Vater gerade erzählt, dass die Burg Wernfeld ein ganz toller Ort zum Feiern ist, gar nicht weit von hier. Sie hat eine kleine romantische Hochzeitskapelle. Bei gutem Wetter können wir im Burghof Tische aufstellen und bei schlechtem Wetter im mittelalterlichen Rittersaal. Und was die Musik betrifft, ihr wollt ja bestimmt auch tanzen …«
Sie wurde von Stimmen aus der Eingangshalle und Babygeplapper unterbrochen. Tessa und Lina waren vom Einkaufen zurück. Lina trug in jeder Hand eine volle Ein-

kaufstüte. Tessa hatte Finn auf dem Arm. Ihre Wangen waren von der frischen Luft gerötet und ihre Augen glänzten.
Während Lina die Einkäufe in die offene Wohnküche brachte, die ans Wohnzimmer angrenzte, blieb Tessa in der Tür stehen. Sie strahlte froh und glücklich in die Runde. Marie konnte den Blick nicht von ihr lösen. Heute sah Tessa unglaublich jung und noch schöner aus als sonst.
Auch Helmut Grevenbroich und Rabea waren wie verzaubert. Ein paar Sekunden wurde es still, niemand sagte etwas. Dann stutzte die Hochzeits-Planerin und fragte Tessa: »Kennen wir uns nicht von irgendwoher?«
Tessa schüttelte den Kopf. »Nein, nicht dass ich wüsste.«
Rabea nestelte an ihrer goldenen Uhr. »Dann habe ich mich getäuscht. Ist nicht so wichtig. Wichtig ist, dass die Braut jetzt da ist!« Sie ging auf Tessa zu und stellte sich vor. Bevor die wusste, wie ihr geschah, hatte die Hochzeits-Planerin sie mit einem Wangenküsschen begrüßt. »Du bist die schönste Braut, die ich je gesehen habe!«
Marie verdrehte die Augen. Bestimmt sagte Rabea diesen Satz zu jeder Kundin, die sie für einen Auftrag gewinnen wollte. Trotzdem wirkte das Kompliment ehrlich gemeint und glaubwürdig.
Tessas Wangenrot vertiefte sich. »Oh … danke!« Sie nahm neben ihrem zukünftigen Mann auf dem Sofa Platz.
Finn streckte die Ärmchen aus und rief: »Papa, Papa!«
»Hallo, kleiner Mann!« Helmut Grevenbroich hob Finn lachend über seinen Kopf. Dann nahm er ihn auf den Schoß und legte den Arm um Tessa. Sein liebevoller Blick wanderte

zu Marie hinüber. Das war unglaublich schön. Marie spürte, dass sie alle zusammengehörten und eine wunderbare Familie waren.

»Wo kommen denn die Haferflocken hin?«, wollte Lina wissen. Sie hatte mal wieder die Begabung, im feierlichsten Augenblick die unpassendste Frage zu stellen.

»In den Schrank neben dem Kühlschrank, ganz oben links«, antwortete Tessa. »Aber das Einräumen kann warten, Lina. Komm doch auch her zu uns!«

Als die komplette Familie im Wohnzimmer versammelt war, erzählte Rabea noch einmal von Burg Wernfeld.

»Da war ich schon!«, rief Lina aufgeregt. »Letztes Schuljahr haben wir mit der Klasse einen Ausflug gemacht. Die Führung war so was von spannend. Da durfte ich in eine Ritterrüstung klettern!«

Auch Marie kannte die Burg. Die drei !!! hatten im letzten Herbst auf einer Radtour Zwischenstation auf Burg Wernfeld gemacht. Marie konnte sich noch gut an den roten Efeu erinnern, der an der Außenmauer hochkletterte, und an die Zugbrücke mit dem dunkelgrünen, weichen Moos zwischen den Pflastersteinen. Wie ein verwunschenes Märchenschloss war ihr die Burg damals erschienen.

»Die Atmosphäre dort ist wirklich toll«, schwärmte Tessa.

Helmut Grevenbroich nickte. »Ja, das stimmt.«

Rabea freute sich über die allgemeine Zustimmung. »Dann darf ich bei der Burg anfragen? Selbstverständlich unverbindlich. Der Ort ist übrigens sehr beliebt bei Brautpaaren, aber vielleicht haben wir Glück und an eurem Wunschtermin ist noch etwas frei.«

Tessa und Helmut wechselten einen kurzen Blick. »Das ist eine gute Idee«, fand Tessa. »Ich glaube, wir sind uns auch sonst einig. Wir würden dich gerne für unsere Hochzeitsvorbereitungen engagieren.«
»Tausend Dank für euer Vertrauen und für den Auftrag!«, rief Rabea glücklich. »Ich schicke euch dann in den nächsten Tagen mit der Post einen Vertrag zu.« Sie beugte sich interessiert vor. »Darf ich dir noch eine persönliche Frage stellen, Tessa? Hast du denn schon ein Hochzeitskleid? Oder soll es ein Geheimnis bleiben? Es gibt ja diesen Brauch, dass der Bräutigam das Hochzeitskleid erst in der Kirche sehen soll …«
»Nein, nein«, sagte Tessa unbefangen. »Helmut darf mein Kleid ruhig schon vorher sehen. Ich hab ihm auch den Stoff und den Schnitt gezeigt. Das Kleid wird gerade von der Schneiderin genäht. Nur bei den Kleidern für die Blumenkinder sind wir uns noch nicht einig. Da wollten wir uns alle noch mal zusammensetzen und über den Schnitt, die Farben und den Stoff sprechen. Es gibt ja so viele Möglichkeiten …«
Rabea nickte eifrig. »Wie schön, dass ihr euch so viele Gedanken darum macht. Da habe ich gleich noch einen Vorschlag: Ich sehe mir bei der Schneiderin das Kleid an und überlege mir, welche Blumenkleider gut passen könnten. Dann treffe ich eine Vorauswahl und zeige sie euch. So gewinnen wir Zeit, und euch fällt die Entscheidung danach bestimmt leichter.«
Den Vorschlag fanden alle gut.
»Sehr schön, wunderbar!«, sagte Rabea. »Übrigens fällt mir gerade noch ein: Ich könnte bei der Schneiderin eine kleine

Modenschau mit Kindermodels organisieren. Was haltet ihr davon?«
»Eine Modenschau? Au ja!«, rief Marie. Sie liebte Mode und das ganze Drumherum. Vor einiger Zeit hatte sie sogar mal einen der begehrten Plätze bei einem Model-Casting ergattert. Tessa und Lina waren auch begeistert von der spontanen Idee der Hochzeitsplanerin.
Helmut Grevenbroich zögerte. »Ist so etwas nicht sehr teuer?«
Rabea beruhigte ihn und Tessa: »Macht euch keine Sorgen, für die Modenschau berechne ich nur einen kleinen Aufschlag.«
Maries Vater lächelte. »Klingt nach einem guten Plan. Obwohl ich, ehrlich gesagt, mit Modenschauen nicht besonders viel am Hut habe. Aber solange ihr nicht darauf besteht, dass ich mitkomme …«
»Du kannst dich natürlich völlig frei entscheiden«, versicherte Tessa. »Wenn du dabei bist, freuen wir uns. Und wenn du was anderes vorhast, erzählen wir dir hinterher haarklein, wie es gelaufen ist.«
»Mama, da!« Finn spürte die Aufregung im Raum und klatschte vergnügt in die Hände.
Helmut Grevenbroich musste lachen. »Du hast uns alle überzeugt, kleiner Mann!«

Geheimes Tagebuch von Kim Jülich
Sonntag, 16:07 Uhr
Wer es wagt, dieses Tagebuch zu lesen, wird es bereuen. Das schlechte Gewissen wird an ihm nagen und es wird ihm Tag für Tag schlechter gehen. Willst du das wirklich? Überleg es dir gut …

Bald bekommt Michi sein Zeugnis überreicht! Ich bin so wahnsinnig stolz auf ihn und kann es kaum erwarten, mit ihm zu feiern. Andererseits läuft mir die Zeit davon. Ich möchte Michi nämlich zur Feier mit einem selbst gemachten Geschenk überraschen – und bin noch lange nicht fertig damit. Es wird ein Fotobuch mit unseren schönsten gemeinsamen Momenten. Wie Michi wohl reagieren wird, wenn ich es ihm gebe? Bestimmt wird er sich riesig darüber freuen. Ach, mein liebster Michi!
Gerade musste ich kurz aufhören zu schreiben. Mein Vater ist reingekommen und hat mir einen Teller mit selbst gebackenen Keksen vorbeigebracht. Total nett von ihm! Es ist echt schön, dass er jetzt mehr Zeit für uns hat, seit er sich mit seinen Kuckucksuhren selbstständig gemacht hat. Die Aufträge aus der Nachbarschaft für Kuckucksuhren hat er schon erledigt. Unser neuer Nachbar, Herr Poschke, wird garantiert keine Uhr bei Papa bestellen. Er regt sich nämlich wegen jeder Kleinigkeit auf und hat sich schon ein paar Mal bei uns beschwert. Meistens geht es darum, dass unser Hund Pablo über den Zaun springt. Oder dass Ben und Lukas ihren Fußball aus Versehen ins Aus schießen, was zufällig auch mal das Blumenbeet von Herrn Poschke sein kann.
Aber dieser Poschke ist es gar nicht wert, dass ich über ihn in meinem Tagebuch schreibe. Wie auch immer, ich finde es gut, dass Papa gerade keine neuen Aufträge hat. So kann er jeden Tag Kekse für mich backen und mein Süßigkeiten-Nachschub ist gesichert!
Jetzt musste ich schon wieder unterbrechen. Meine nervigen Brüder Ben und Lukas haben mich gestört. Erst haben sie draußen im Flur mit Pablo Fangen gespielt und dann wollten sie

das Spiel auf mein Zimmer ausdehnen. Super Idee! Es hat ganz schön gedauert, bis ich sie wieder draußen hatte. Aber jetzt ist endlich Ruhe!
Da fällt mir gerade auf: Eigentlich hab ich schon alles geschrieben, was ich heute erzählen wollte. Also dann: Tschüss, liebes Tagebuch!

Alte Freunde

Marie atmete tief ein. Der Blumenladen war erfüllt vom Duft unzähliger Blumen, die in Behältern auf dem Boden und in den Regalen standen. Narzissen, Tulpen, Hyazinthen, Gerbera und Rosen: gelbe, orangefarbene und dunkelrote.
Tessa hatte Marie am Dienstagnachmittag von der Schule abgeholt. Nach einem Imbiss in der Innenstadt wollten sie nun den Brautstrauß und den Blumenschmuck für die Kirche und das Brautauto aussuchen. Rabea würde auch noch dazukommen.
»Guten Tag, kann ich Ihnen helfen?« Die Floristin kam aus dem Nebenraum.
»Gerne«, sagte Tessa. »Es geht um meinen Brautstrauß. Rabea, die Hochzeits-Planerin, war neulich bei Ihnen und hat mit Ihnen gesprochen.«
Die Floristin lächelte. »Ja, genau! Es freut mich, Sie kennenzulernen. Ich habe auch schon was für Sie vorbereitet.«
Hinter ihnen läutete die Ladenglocke. Es war Rabea. »Da seid ihr ja schon! Ich bin hoffentlich nicht zu spät?«
»Nein, gar nicht«, sagte Tessa. Die beiden Frauen tauschten Wangenküsschen aus.

Die Floristin führte sie zum Ladentisch. Dort lagen drei verschiedene Brautsträuße und drei verschiedene Arten von Blumenschmuck für die Kirche und das Brautauto zur Auswahl bereit. Bei allen waren Tessas Lieblingsblumen dabei: orangefarbene Rosen.
»Ich habe drei Varianten in Auftrag gegeben«, sagte Rabea. »Einmal ganz schlicht, dann romantisch und schließlich ein bisschen extravagant.«
»Der hier sieht schön aus.« Marie zeigte auf den schlichten Strauß, bei dem die Rosen mit weißem Schleierkraut kombiniert waren.
»Ja, der ist perfekt.« Tessa berührte das weiße Seidenband, mit dem die Stiele der Rosen umwickelt waren.
Die Hochzeits-Planerin lächelte. »Das hab ich mir schon fast gedacht. Wie schön, dass ich deinen Geschmack getroffen habe, Tessa. Wunderbar! Und hier haben wir noch die dazu passenden Blumen fürs Auto und die Kirche.«
Auch in diesem Punkt waren sich Tessa und Marie schnell einig: Der Blumenschmuck sah toll aus. Tessa machte der Floristin ein Kompliment, wie schön sie die Rosen fürs Brautauto zu einem Herz gebunden hatte.
»Vielen Dank«, sagte die Floristin. »Das Herz ist übrigens auch mein persönlicher Favorit, und ich …«
Hinter ihnen ertönte die Ladenglocke. Ein junger Mann kam herein. Er war schlank, groß und hatte eine Schirmmütze tief ins Gesicht gezogen. Marie stutzte. Er kam ihr irgendwie bekannt vor, aber sie wusste nicht mehr, woher.
Rabea warf dem Mann einen interessierten Blick zu. Der schien jedoch völlig damit beschäftigt zu sein, sich die Gruß-

karten anzusehen. Während er mit der einen Hand den Drehständer in Bewegung setzte, schob er mit der anderen Hand seine Brille ein Stück höher auf die Nase. Er trug ein schwarzes Horngestell.

Plötzlich machte es »klick!« in Maries Gehirn. Das war der verdächtige Typ aus dem *Café Lomo*! Dass sie ihn so schnell wiedersehen würde, damit hatte sie nicht im Traum gerechnet. Marie drehte sich schnell um. Hoffentlich hatte der Mann sie nicht wiedererkannt. Sie wollte ihn ungestört beobachten.

»Was schwebt denn da an der Decke?« Tessa schien als Einzige den Mann gar nicht richtig bemerkt zu haben. Sie zeigte auf ein Mobile im hinteren Teil des Blumenladens. »Sind das Schmetterlinge?«

»Ja«, sagte die Floristin. »Die sind aus buntem Papier gefaltet. Man kann sie sehr vielseitig als Deko einsetzen.«

Tessas Augen leuchteten. »Ich liebe Schmetterlinge! Könnten wir die vielleicht in der Kirche schweben lassen, vorne im Altarraum zum Beispiel?«

»Die Idee ist ganz wunderbar!«, stimmte Rabea zu. »Die hätte auch von mir stammen können.« Sie ließ wieder ihr glockenhelles Lachen hören, das vom Klingeln ihres Smartphones unterbrochen wurde. Die Hochzeits-Planerin entschuldigte sich: »Das ist meine Chefin. Ich bin gleich wieder bei euch.« Sie lief, mit dem Handy am Ohr, geschäftig auf und ab.

Tessa ging mit der Floristin in den hinteren Teil des Ladens. Marie blieb zurück. Unauffällig schlenderte sie zu einem Regal mit Blumentöpfen und nahm einen großen gelben Keramiktopf in die Hände, mit dem sie geschickt ihr Gesicht

verdeckte. Dabei verfolgte sie den Mann vom *Café Lomo* aus den Augenwinkeln. Der hatte sie zum Glück nicht wiedererkannt und fühlte sich anscheinend unbeobachtet.
Auf einmal ließen ihn die Grußkarten völlig kalt. Zielstrebig steuerte er auf den Ladentisch zu, zückte eine Kamera und schoss ein paar Fotos von den Brautsträußen. Er ging extra nah ran, damit er auch alle Details der Blumen draufbekam.
Marie hielt den Atem an. Was war das denn gewesen? Auch Rabea wunderte sich. Sie nahm kurz das Handy vom Ohr weg und runzelte irritiert die Stirn.
Der Mann steckte hastig seine Kamera wieder ein, reckte den Kopf und spähte zu Tessa und der Floristin hinüber. Danach drehte er sich abrupt um und verließ beinahe fluchtartig den Laden.
Marie spürte automatisch den Impuls, ihm sofort nachzulaufen, aber dann überlegte sie es sich anders. Sie wollte jetzt nicht einfach gehen, schließlich war sie mit ihrer Stiefmutter extra hierhergekommen. Aber in ihrem Kopf schwirrten drei große Fragen herum: Wer war dieser Mann? Was wollte er bloß von Tessa? Und warum in aller Welt hatte er die Brautsträuße fotografiert?
Kurz darauf verabschiedeten sich Tessa, Rabea und Marie von der Floristin und verließen gemeinsam den Blumenladen.
Auf dem Gehsteig sagte die Hochzeits-Planerin: »Das ging ja wirklich schnell. Prima, dass wir die Blumenfragen alle geklärt haben! Und was mir gerade noch einfällt, Tessa: Wir könnten einen zweiten Brautstrauß bestellen. Den einen trägst du in der Kirche und wirfst ihn hinterher über dei-

nen Kopf zu den unverheirateten Mädchen und Frauen. Den anderen behältst du und bewahrst ihn zu Hause als Erinnerung auf. Es gibt da ein ganz tolles Spray, damit kann man den Strauß konservieren. Dann hält er bis zu eurer silbernen Hochzeit, garantiert! Das Spray kostet auch gar nicht viel, ich würde euch dafür nur einen kleinen Aufschlag berechnen.«

Der Gedanke, eine so schöne Erinnerung zu haben, gefiel Tessa. »Danke für den Tipp. Das können wir gerne so machen.«

»Sehr gut.« Rabeas Smartphone klingelte schon wieder. »Wir sehen uns ganz bald wieder. Tschüss, Tessa, tschüss, Marie! Macht's gut, ihr Lieben.« Mit eiligen Schritten lief sie zu ihrem Auto.

Marie und Tessa beschlossen, noch einen kleinen Stadtbummel zu machen. Die Sonne schien von einem blitzblauen Himmel und es war überraschend warm für Mitte April.

Marie hakte sich bei ihrer Stiefmutter unter. »Das ist alles so aufregend! Und es macht so viel Spaß, eine Hochzeit vorzubereiten.«

Tessa lachte. »Ja, seit Rabea uns unterstützt, macht es auch mir noch mehr Spaß als vorher.«

Sie schlossen sich dem Strom der Passanten an. Von den meisten wurden sie überholt, weil die Leute nach der Arbeit noch schnell etwas erledigen wollten. Nur eine Person schien merkwürdigerweise immer dasselbe Tempo wie Marie und Tessa zu haben und hielt stets den gleichen Abstand. Marie fiel es erst nach einer Weile auf. War das einfach nur Zufall? Oder folgte ihnen jemand absichtlich?

Marie wollte es herausfinden. »Sieh mal!«, sagte sie zu Tessa und lotste ihre Stiefmutter zum Schaufenster eines Juwelierladens, der ein romantisches Foto ausgestellt hatte. Ein Mann steckte vor einem Sonnenuntergang seiner Braut den Ring an den Finger. Tessa bekam einen träumerischen Ausdruck in den Augen, als sie das Foto betrachtete. Marie dagegen war hoch konzentriert.

Es war kein Zufall gewesen! Die Person blieb nämlich ebenfalls stehen. Marie schielte über ihre Schulter. Sie war nicht wirklich überrascht, als sie entdeckte, dass es der verdächtige Mann aus dem *Café Lomo* war. Jetzt reichte es aber langsam! Sie konnte nicht länger tatenlos zusehen.

Marie wartete bis zur nächsten Straßenecke. Sie hakte sich enger bei Tessa unter, beschleunigte das Tempo und blieb kurz darauf unvermittelt stehen.

Die Taktik funktionierte. Der Mann schaffte es nicht, rechtzeitig zu bremsen. Beinahe wäre er Tessa auf die Füße getreten, wurde rot und murmelte betreten: »Entschuldigung!«

Marie sah ihn herausfordernd an. »Was soll das? Warum verfolgen Sie uns?«

Der Mann reagierte nicht. Er beachtete Marie überhaupt nicht und schien sie auch nicht wiederzuerkennen. Seine Augen ruhten auf Tessa.

Marie wurde wütend. Sie wollte ihn gerade nachdrücklich auffordern, sie beide in Ruhe zu lassen. Doch dann bemerkte sie, dass auch Tessa ihn ansah und scheinbar gar nicht verärgert war, sondern eher angenehm überrascht wirkte.

Was ging hier vor sich? Marie fühlte sich wie im falschen Film.

»Wie … das glaub ich jetzt nicht!«, sagte Tessa verblüfft. »Sebastian, du?!«

»Hallo, Tessa!« Der Mann grinste verlegen.

Marie konnte es nicht fassen. Tessa und der Verdächtige aus dem *Café Lomo* kannten sich! Ein paar Sekunden sagten weder Tessa noch Sebastian etwas. Sie blieben mitten auf dem Gehsteig stehen und merkten nicht, dass sie den Passanten, die über die Ampel gehen wollten, den Weg versperrten. Gleichzeitig streckten sie die Hand aus, lachten eine Spur zu laut und begrüßten sich.

»Mensch, das ist ja ewig her!« Tessa fuhr sich mit den Fingern durch die Haare. »Wie geht's dir denn? Was machst du so?«

»Mir geht's gut«, sagte Sebastian. »Ich bin Comiczeichner, hab mich vor ein paar Jahren selbstständig gemacht.«

Tessa blickte ihn bewundernd an. »Wow! Das ist ja ein cooler Beruf.«

Marie räusperte sich. »Äh … wir sollten vielleicht ein Stück von der Ampel weggehen. Sonst werden wir dauernd angerempelt.«

Tessa und Sebastian reagierten zwar und wichen in einen Toreingang aus. Doch dort redeten sie weiter, als ob sie alleine wären. Marie schienen sie völlig vergessen zu haben.

Sebastian erzählte: »Ich hab ein paar Jahre in den USA gelebt und bin erst vor einem Monat zurückgekommen. Meine Wohnung ist neben dem Blumenladen. Als ich vorhin zum Einkaufen los bin, habe ich zufällig gesehen, wie du in den Laden reingegangen bist. Ich bin dir nachgegangen, weil ich Hallo sagen wollte. Im Laden warst du so beschäftigt, da wollte ich dich nicht stören. Deshalb bin ich dir gefolgt.«

Tessa drohte Sebastian scherzhaft mit dem Zeigefinger. »Jetzt sag bloß, du spionierst mir nach!«
»Nein, natürlich nicht«, wehrte Sebastian ab. »Den Eindruck wollte ich ganz bestimmt nicht erwecken!«
Marie hatte die ganze Zeit alarmiert zugehört. Sie vertraute diesem Sebastian und der »zufälligen Begegnung« nicht. Sebastian hatte schließlich schon vorher systematisch Zeitungsartikel über Tessa und Helmut Grevenbroich gesammelt. Da steckte irgendein Plan dahinter.
»Dann ist es ja gut.« Tessa hatte ihre Frage ohnehin nicht ganz ernst gemeint, und damit war das Thema für sie erledigt.
»Jetzt bin ich natürlich auch neugierig«, sagte Sebastian. »Was machst du denn beruflich? Ich hab damals nur noch mitbekommen, dass du zum Film wolltest.«
Tessa nickte. »Ja, ich bin tatsächlich Kamerafrau geworden. Der Beruf macht mir total Spaß, aber er ist mir manchmal nicht kreativ genug. Deshalb habe ich mir vor einiger Zeit ein zweites Standbein als Modedesignerin aufgebaut. Ich entwerfe T-Shirts für mein eigenes Label. Es heißt *Think Nature.* Momentan bin ich aber noch in Elternzeit – ach ja, und ich werde bald heiraten.«
»Hey!«, rief Sebastian überrascht. »Das sind ja tolle Neuigkeiten. Herzlichen Glückwunsch!«
»Danke.« Tessa wurde ein bisschen rot. »Entschuldige bitte, ich hab dir noch gar nicht meine Stieftochter vorgestellt. Das ist Marie, die Tochter meines Mannes.«
»Hallo«, sagte Sebastian. Jetzt erinnerte er sich offensichtlich an die Begegnung mit den drei !!! im *Café Lomo*, aber Marie

schien für ihn eher ein Störfaktor bei dem Gespräch mit Tessa zu sein.

»Das ist ja echt nett, dass wir uns nach so vielen Jahren zufällig wieder getroffen haben«, plauderte Tessa unbefangen weiter.

»Finde ich auch.« Sebastian wandte sich von Marie ab und blinzelte eifrig hinter seiner schwarzen Hornbrille. »Vielleicht sieht man sich ja mal wieder. Würde mich echt freuen.«

In dem Moment schob sich eine dunkle Wolke vor die Sonne. Plötzlich wurde es kühler und der Wind frischte auf. Marie zog fröstelnd die Schultern hoch.

»Ja, würde mich auch freuen«, sagte Tessa. Sie kramte in ihrer Handtasche. »Warte mal, am besten gebe ich dir meine Visitenkarte.«

Marie trat nervös von einem Bein aufs andere. Am liebsten hätte sie ihre Stiefmutter davon abgehalten, Sebastian so vertrauensselig ihre Kontaktdaten weiterzugeben, aber sie wusste nicht, wie sie es am besten anstellen sollte. Tessa würde es vermutlich nicht verstehen.

Dann war es auch schon passiert. Mit den ersten Regentropfen, die vom mittlerweile stark bewölkten Aprilhimmel fielen, überreichte Tessa Sebastian die Visitenkarte ihrer Firma *Think Nature*.

Sebastian ließ die Karte in seiner Hosentasche verschwinden und schob sich die Schirmmütze als Schutz vor dem Regen noch tiefer in die Stirn. Dann verabschiedete er sich lächelnd.

Tessa zog ihren kleinen Regenschirm aus der Handtasche und spannte ihn auf. Gemeinsam duckten sie sich unter den

Schirm und gingen im Regen weiter. Tessa sagte nichts und summte leise vor sich hin.

»Woher kennt ihr euch eigentlich?«, erkundigte sich Marie so beiläufig wie möglich.

Tessas Gesicht war zu nah an ihrem eigenen, als dass sie den Gesichtsausdruck ihrer Stiefmutter hätte sehen können.

»Ach, wir haben uns ein paar Mal auf Studentenpartys gesehen und uns gut verstanden«, antwortete Tessa. »Es war immer sehr nett, aber gleich nach dem Studium haben wir uns aus den Augen verloren.«

Eine leichte Schwingung in Tessas Stimme ließ Marie aufhorchen. War es wirklich nur »nett« mit Sebastian gewesen oder gab es damals noch etwas anderes zwischen den beiden, irgendein Geheimnis vielleicht?

Marie wurde nicht schlau aus der Geschichte und vor allem nicht aus diesem Sebastian. Warum hatte er sich erst jahrelang nicht gemeldet und war jetzt auf einmal so hartnäckig? Marie spürte, dass er irgendetwas verbarg. Sie konnte nicht anders, sie musste ihre Stiefmutter wenigstens davor warnen, Sebastian einfach so zu vertrauen.

»Du, Tessa«, fing Marie zögernd an. »Ich wollte dir noch was erzählen. Vorhin im Blumenladen hat Sebastian Fotos von deinen Brautsträußen gemacht.«

»Ach, wirklich?«, meinte Tessa. »Hab ich gar nicht mitbekommen.«

»Ich schon.« Marie war keineswegs zufrieden mit Tessas Antwort. »Ich finde das seltsam, du nicht? Erst fotografiert Sebastian deine Brautsträuße und dann läuft er dir ziemlich hartnäckig auf der Straße hinterher.«

Tessa zwinkerte Marie zu. »Du siehst schon an jeder Ecke einen Verbrecher, was? Ich weiß, dass du als Detektivin immer einen besonders scharfen Blick hast, aber diesmal steckt bestimmt nichts Verdächtiges dahinter.«
»Vielleicht«, murmelte Marie, »vielleicht aber auch nicht.«
Nach dem Abendessen machte Marie es sich auf ihrem Bett bequem und rief Holger an. Sie liebte das Ritual ihrer regelmäßigen Telefon-Dates.
Holger hatte schon auf ihren Anruf gewartet und war sofort dran. »Hallo, Süße, wie geht's dir?«
»Sehr gut. Und dir?«
»Auch gut. Seit ich deine Stimme höre, geht's mir noch besser.«
Marie spürte ein Kribbeln im Bauch. Was für ein Glück sie hatte, dass sie mit Holger zusammen war und alles mit ihm teilen konnte!
Auch jetzt musste sie sofort loswerden, was es an Neuigkeiten in Bezug auf die Hochzeit gab. »Wir waren heute im Blumenladen. Du hättest den Brautstrauß sehen sollen! Er ist so wunderschön! Orangefarbene Rosen mit Schleierkraut. Tessa hatte dann noch die geniale Idee mit den Schmetterlingen.«
»Welche Schmetterlinge?«, hakte Holger nach.
»Also, das sind Deko-Schmetterlinge«, erklärte sie und beschrieb extra ganz genau, wie sie gefaltet waren und wie sie aussahen.
»Hm, toll …«, sagte Holger. Er klang nur halb so begeistert, wie Marie es sich gewünscht hätte, aber sie ließ sich davon nicht aus dem Konzept bringen.
»Und noch was muss ich dir erzählen«, redete sie schnell wei-

ter. »Rabea, die Hochzeits-Planerin, organisiert eine Modenschau für unsere Blumenkleider. Ist das nicht der absolute Wahnsinn?«
Ein langer Seufzer kam aus dem Handy. »Sag mal, gibt es denn kein anderes Thema, über das wir reden können? Seit mindestens zwei Wochen geht es nur um Tessas Hochzeit.« Holger war sichtlich genervt.
»Entschuldige«, sagte Marie halb zerknirscht, halb enttäuscht. Sie hatte sich so gefreut, Holger alle Einzelheiten zu berichten.
»Ich versteh ja, dass du im Hochzeitsfieber bist.« Holgers Stimme wurde wieder weicher. »Trotzdem gibt es auch noch andere Dinge auf der Welt. Mich zum Beispiel …«
Marie musste lachen. Holger hatte es mit seinem Humor wieder mal geschafft, für gute Stimmung zu sorgen.
»Ich werde mich bessern«, versprach sie. »Ehrlich! Und jetzt bist du dran. Was ist bei dir in den letzten Tagen passiert?«
»Ich war gestern und heute viel mit dem Mountainbike unterwegs«, erzählte Holger. »Heute bin ich dreimal nass geworden, weil es immer wieder geregnet hat. Aber spätestens beim dritten Mal war es auch schon egal. Dann bin ich eben als nasser Pudel durch die Stadt gefahren.«
Marie kicherte. »Du warst bestimmt ein sehr süßer nasser Pudel! Du, wir könnten doch mal wieder eine Radtour machen. Hast du Lust?«
»Klar!«, sagte Holger sofort. »Wie wär's mit nächsten Mittwoch?«
Marie hatte ihren Terminkalender im Kopf. »Passt perfekt«, sagte sie.

»Dann bis ganz bald!«
Sie gaben sich noch Küsschen durchs Handy, dann legte Marie auf. Ihre Enttäuschung war verflogen. Zurück blieb ein zärtliches, warmes Gefühl für Holger.
»Bis ganz bald«, wiederholte Marie leise und ging langsam ins Bad, um den neuen perlmuttfarbenen Nagellack auszuprobieren, den sie sich neulich besorgt hatte. Hoffentlich passte er zu ihrem Blumenkleid!

Zitronencreme und Nugat

»Und du weißt wirklich nicht, was die Überraschung ist?«, fragte Marie, während sie kräftig in die Pedale trat.
Franzi schüttelte den Kopf. »Nein, keine Ahnung. Meine Mutter hat kein Sterbenswort verraten.«
»Das ist ja … echt … fies!« Kim bog keuchend als Letzte in die Allee ein, die zu Franzis Zuhause führte.
Die drei !!! waren am Freitag nach der Schule gemeinsam von der Innenstadt aus mit den Rädern aufgebrochen. Frau Winkler hatte die Detektivinnen zusammen mit Tessa, Helmut und Lina eingeladen und eine geheimnisvolle Überraschung angekündigt.
Marie hatte eigentlich nichts gegen ein bisschen Vorfreude. »Bald werden wir mehr wissen«, sagte sie zu ihren Freundinnen.
Vor ihnen tauchte das rote Backsteinhaus auf. Der Efeu an der Mauer hatte frische hellgrüne Blätter bekommen, die sich dem Sonnenlicht entgegenstreckten. Die drei !!! bremsten auf dem Schotterweg und stellten ihre Fahrräder am Zaun ab, hinter dem sich der Obstgarten und eine kleine Pferdekoppel befanden. Aus der Ferne hörten sie Franzis Pony wiehern.

Franzi formte ihre Hände zu einem Trichter. »Ich komm später zu dir, Tinka. Dann reiten wir in den Wald!« Tinka schien verstanden zu haben. Sie wieherte noch einmal fröhlich.
Die drei !!! gingen ins Haus hinein. Sobald sie die Tür aufmachten, wurden sie vom Duft frisch gebackener Kuchen eingehüllt. Zum Wochenende bestellten die Kunden von Frau Winkler immer besonders viel.
In der gemütlichen Wohnküche stapelten sich Zeitungen und Backbücher. Tessa saß bereits auf der Eckbank und plauderte angeregt mit Franzis Mutter. Das Gespräch drehte sich um die Modenschau bei Tessas Schneiderin, die Rabea in unglaublich kurzer Zeit organisiert hatte und die schon morgen stattfinden sollte.
»Ihr kommt gerade richtig!«, begrüßte Frau Winkler Kim, Franzi und Marie. Sie trug eine goldgelbe Schürze mit der Aufschrift *Kuchenservice Winkler*. »Deckt bitte schon mal den Tisch.«
»Aber wir haben doch schon in der Schule zu Mittag gegessen«, sagte Kim verwundert.
Frau Winkler lächelte. »Ich weiß. Das hier sind ja auch Kuchenteller!« Sie verfrachtete die Zeitungen und Kochbücher auf die Ablage neben der Spüle. Dann reichte sie Kim einen Stapel Teller aus dem Küchenbüffet heraus.
Auf einmal ahnte Marie, was die Überraschung vielleicht sein könnte.
»Helmut lässt dich herzlich grüßen«, sagte Tessa zu Franzis Mutter. »Er hat leider kurzfristig einen Termin reinbekommen, den er nicht absagen konnte. Und Lina ist bei ihrer Kletter-AG.«

Frau Winkler seufzte. »Das ist wirklich schade. Die beiden verpassen nämlich was!«
Nachdem die drei !!! den Tisch gedeckt und sich gesetzt hatten, lüftete Franzis Mutter endlich ihr Geheimnis. Sie holte drei Mini-Torten aus der Speisekammer, die alle mit weißem Zuckerguss überzogen waren. Feierlich stellte sie sie auf den Tisch und verkündete: »Liebe Tessa, ich möchte für dich und Helmut die Hochzeitstorte backen als Geschenk an euch beide.«
»Das ist ja …« Tessa stand spontan auf und umarmte Franzis Mutter. »Das ist total lieb von dir.«
»Wie schön, dass du dich freust und vorher nichts geahnt hast«, sagte Frau Winkler. »Ich möchte natürlich, dass euch die Hochzeitstorte richtig gut schmeckt. Deshalb habe ich drei verschiedene Füllungen und Böden vorbereitet. Die können wir jetzt in Ruhe gemeinsam probieren.«
»Ja!«, rief Kim mit so großer Begeisterung, dass alle lachen mussten.
Marie sah sich die quadratischen Torten genauer an. Die erste war mit roten Marzipanrosen dekoriert, auf der zweiten lag ein Schokoladenherz, und auf der dritten thronte ein Brautpaar, das ebenfalls aus Marzipan bestand.
»Das gibt's ja nicht!«, sagte Tessa verblüfft. »Die Braut und der Bräutigam sehen uns ja sogar ähnlich. Wie hast du das bloß geschafft? Du bist ein Genie!«
Frau Winkler wehrte ab. »Ach, das war gar nicht so schwer.« Dann schnitt sie die Torten an und erklärte, was jeweils drin war. Es gab hellen Biskuit mit Zitronencreme, dunklen Biskuit mit Nussnugatcreme und Schwarzwälder Kirsch.

Jede bekam ein winziges Stück von jeder Torte. Genießerisches Schweigen breitete sich aus. Kim machte die Augen zu, um sich noch besser konzentrieren zu können.
Marie fand, dass alle drei Torten super schmeckten. Die Böden waren luftig und die Cremes zergingen auf der Zunge.
»Mmh, die sind alle sooo lecker!«, schwärmte Kim. »Die Entscheidung fällt mir echt schwer. Eigentlich mag ich ja Schokolade am liebsten, aber diese Zitronencreme ist so himmlisch, so leicht …«
»Finde ich auch«, sagten Marie und Franzi gleichzeitig.
»Und was meinst du?« Frau Winkler sah Tessa erwartungsvoll an.
»You are so beautiful to me …« Plötzlich erfüllte ein Liebeslied die winklersche Wohnküche. Tessa griff nach ihrem Handy, das sie auf dem Bord über der Eckbank abgelegt hatte. »Entschuldigt bitte, das ist Rabea. Vielleicht sollte ich kurz rangehen. – Hallo, Rabea! Was gibt es denn?« Sie drückte auf die Lautsprechertaste, damit alle mithören konnten.
»Hi, Tessa! Du, ich bin gerade beim besten Konditor der Stadt. Der hat sensationelle Ideen für eure Hochzeitstorte. Er baut euch einen atemberaubenden Turm mit fünf Stockwerken und Blumengirlanden …«, erzählte die Hochzeits-Planerin begeistert.
Tessa unterbrach sie nach den ersten Sätzen: »Hört sich super an, aber stell dir vor, eine Freundin möchte unsere Hochzeitstorte backen! Das ist so ein tolles Geschenk von ihr. Wir sitzen gerade bei ihr zu Hause und testen die Probetorten.«
Nach einem kurzen Schweigen sagte Rabea: »Wie schön, das

freut mich. Kein Problem, dann gebe ich dem Konditor Bescheid. Bisher sind ja noch keine Kosten entstanden.«
»Prima. Danke dir, Rabea.« Tessa legte auf, griff nach ihrer Kuchengabel und schob sich einen Bissen von der Torte mit Zitronencreme in den Mund. »Mmh! Genau so soll die Hochzeitstorte schmecken.«
Frau Winkler lächelte vergnügt. »Toll, dass ihr euch so schnell entschieden habt. Jetzt kann ich es euch ja verraten: Wenn ich meinen Mann noch mal heiraten würde, dann auch nur mit diesem Biskuit mit Zitronencreme!«

Eine halbe Stunde später begleitete Franzi Kim und Marie nach draußen.
Kim rieb sich seufzend den Bauch. »Gut, dass wir mit den Rädern da sind, da kann ich mir gleich wieder ein paar Kalorien abstrampeln.«
»Was du überhaupt nicht nötig hast«, bemerkte Franzi. »Du hast eine super Figur und siehst toll aus.«
»Danke!«, freute sich Kim.
Marie ging zum Zaun und schloss ihr Fahrrad auf. Da fiel ihr plötzlich ein, dass sie Kim und Franzi noch gar nichts von der Begegnung mit Sebastian erzählt hatte. Vor lauter Hochzeitsfieber und der Aufregung wegen der Modenschau war in den letzten Tagen alles andere in den Hintergrund gerückt. »Erinnert ihr euch noch an den Mann im *Café Lomo* mit den Zeitungsausschnitten von Tessa und meinem Vater?«, fragte Marie.
»Klar«, nickte Franzi. »Sag bloß, du hast ihn zufällig wiedergetroffen?«

Marie verzog die Mundwinkel. »Ich glaube nicht, dass es Zufall war. Ich glaube eher, dass Sebastian Tessa bewusst hinterherspioniert und irgendwas vorhat.« Sie brachte ihre Detektivkolleginnen auf den neuesten Stand.
Kim hörte aufmerksam zu. »Das klingt wirklich merkwürdig. Ich finde auch, dass sich dieser Sebastian verdächtig benimmt.«
»Tessa sollte vorsichtig sein, wer weiß, was er vorhat.« Marie strich nachdenklich über ihren Fahrradsattel. »Was meint ihr? Sollten wir was unternehmen? Tessa noch mal warnen oder so?«
»Ich weiß nicht«, meinte Franzi. »Tessa ist erwachsen und trifft ihre eigenen Entscheidungen.«
Kim nickte. »Ja, das wird wenig bringen. Aber wir sollten auf jeden Fall wachsam bleiben und abwarten, ob Sebastian sich bei ihr meldet.«
»Das machen wir«, stimmte Marie zu. »Ich halte euch auf dem Laufenden.« Sie setzte ihren Fahrradhelm auf. »Tschüss, Franzi, dann bis morgen! Komm bitte nicht zu spät zur Modenschau.«
Franzi verdrehte die Augen. »Keine Sorge, ich bin im Gegensatz zu einer gewissen Detektivin mit blonden Haaren und blauen Augen meistens pünktlich.«
»Ich weiß gar nicht, wen du meinst«, behauptete Marie unschuldig, schwang sich in den Sattel und düste los.
»Hey, warte auf mich!«, rief Kim.
Sie hatte Marie rasch eingeholt. Nebeneinander fuhren sie auf dem Schotterweg dahin, der nach der Allee in einen gut ausgebauten Radweg überging. Ein sanfter Rückenwind trug

sie in Richtung Innenstadt. Marie musste kaum in die Pedale treten und genoss die Umgebung. Überall am Wegrand grünte und blühte etwas. Marie konnte sich nicht erinnern, je einen so schönen Frühling erlebt zu haben.
»Sieh mal da drüben, die Bäume mit den rosa Blüten!« Kim nahm kurz eine Hand vom Lenker und zeigte auf eine üppig blühende Baumgruppe rechts neben dem Radweg.
»Das sind Zierkirschen«, wusste Marie. »Die hat meine Mama so gern gemocht. Das waren ihre Lieblingsbäume, hat Papa mir erzählt.«
Kim warf Marie einen liebevollen Blick zu. »Denkst du gerade wieder viel an sie?«
»Ja.« Maries Gedanken flogen in die Vergangenheit. Wie lange es jetzt schon her war, dass ihre Mutter bei einem Autounfall gestorben war! Marie war damals gerade mal zwei Jahre alt gewesen. »Ich würde so gerne alles mit ihr teilen. Unsere Detektivarbeit, unsere Freundschaft, ich möchte ihr alles über Holger erzählen. Ich wünschte, sie könnte sehen, wie schön es ist mit unserer neuen Familie, mit Papa, Tessa, Lina und Finn. Dass es Papa und mir gut geht. Und wie ich mich auf die Hochzeit freue.«
»Das kann ich gut verstehen«, sagte Kim leise. »Deine Mutter ist sicher froh, wie gut es euch geht. Bestimmt spürt sie, dass du an sie denkst.«
Marie nickte. »Ja, das glaube ich auch.«
Sie atmete tief durch, und dann schüttelte sie die traurigen Gedanken ab. Auf einmal hatte sie Lust, Kim zu einem Wettrennen herauszufordern. »Wer zuerst bei dir zu Hause ist!«, rief sie übermütig. »Auf die Plätze, fertig … LOS!«

Kim nahm die Herausforderung an. »Na warte, ich lass dich nicht gewinnen!«
Es wurde ein Kopf-an-Kopf-Rennen. Was Marie Kim an sportlicher Fitness vorausha tte, machte Kim durch ihren Ehrgeiz wett. Kurz vor dem Ziel legten sie noch mal einen Endspurt hin. Marie war richtig schnell, aber dann kam ihr eine leere Coladose in die Quere, die mitten auf der Straße lag. Maries Lenker brach kurz aus, und bis sie ihn wieder unter Kontrolle hatte, war Kim schon an ihr vorbeigezogen.
»Erste!«, jubelte sie, bremste vor dem Gartentor der Jülichs und riss beide Arme hoch.
Marie gönnte ihr den Sieg. »Gratuliere, das war echt toll!«
»Danke.« Kim blies sich eine Ponyfranse aus der verschwitzten Stirn. »Magst du noch kurz reinkommen oder willst du gleich weiter?«
»Ich glaube, ich sollte …«
Weiter kam Marie nicht. Eine laute Männerstimme übertönte den Rest ihres Satzes. Herr Poschke erschien am Zaun. Sein Gesicht war rot angelaufen und er drohte mit erhobenem Arm: »Ruft sofort euren Hund zurück, ihr Lausebengel! Der Köter hat in meinem Garten nichts zu suchen!«
Kims Zwillingsbrüder Ben und Lukas flitzten an Marie und Kim vorbei, rissen das Gartentor zum Nachbargrundstück auf und rannten zu Pablo hinüber.
»Aus, Pablo!«, schimpfte Ben.
»Bei Fuß, Pablo!«
Der schwarz-weiße Spaniel-Mischling der Zwillinge hatte keine Zeit, um auf die Kommandos seiner beiden Herrchen zu hören. Er war viel zu aufgeregt, weil er das frisch gepflanz-

te Beet mit den Frühlingsblumen entdeckt hatte. Fröhlich bellend trampelte er die weiche Erde platt, drehte sich im Kreis herum und ließ sich schließlich auf den Rücken fallen, um sein Werk gründlich zu vollenden. Spätestens jetzt musste den Zweibeinern klar geworden sein, wie begeistert er von dem neuen tollen Beet war. Leider sahen die das ganz anders als er.

Lukas versuchte Pablos Halsband zu erwischen. »Steh auf! Das geht nicht.«

»Mensch, komm jetzt endlich!«, drängte Ben. Doch auch ihm gelang es nicht, das Halsband zu erreichen, weil Pablo immer wieder seinen Kopf zur Seite drehte.

Inzwischen war Herr Poschke leider am Tatort eingetroffen. »Meine schönen Blumen!«, regte er sich auf. »Was hat euer Hund da bloß wieder angerichtet? Ich hab euch doch schon tausendmal gesagt, dass ihr ihn im Garten nicht einfach so frei herumlaufen lassen dürft! Habt ihr Tomaten auf den Ohren oder was?«

Die Zwillinge zogen erschrocken die Köpfe ein.

»Bitte komm jetzt, Pablo!«, flehte Ben. »Hier ist es gar nicht so spannend. Daheim bekommst du leckere Würstchen.«

Beim Wort »Würstchen« spitzte der Mischlingshund seine Schlappohren. Sofort sprang er auf, wedelte mit dem Schwanz und nahm Anlauf. Mit einem Satz sprang er über den Zaun und lief zur Haustür der Jülichs.

Ben und Lukas hetzten zurück zum Gartentor des Nachbarn und machten sich so schnell wie möglich aus dem Staub.

Herr Poschke brüllte hinter ihnen her: »Nicht mal entschuldigen könnt ihr euch! Das wird noch ein Nachspiel haben, verlasst euch drauf! Ich werde mit euren Eltern ein ernstes Wörtchen reden!«

Marie hasste es, wenn Leute kleine Kinder anbrüllten, egal ob sie dazu einen Grund hatten oder nicht. Energisch läutete sie mit ihrer Fahrradklingel, bis der Nachbar auf sie aufmerksam wurde. »Wenn Sie mit den Eltern von meiner Freundin reden, können Sie sich gleich selber entschuldigen, weil Sie so gebrüllt haben.«

»Ganz genau!« Kim stellte sich selbstbewusst neben Marie. »Sie haben meine Brüder eingeschüchtert. Das dürfen Sie nicht.«

Mit so einer Reaktion hatte Herr Poschke nicht gerechnet. Wütend starrte er Kim und Marie an und hob noch einmal drohend den Arm. Als er merkte, dass er damit nichts erreichte, ließ er den Arm sinken, drehte sich wortlos um und stapfte zu seiner Haustür.

Kim und Marie sahen sich grinsend an. Das hatte richtig Spaß gemacht, diesem Poschke mal ordentlich die Meinung zu sagen!

Schwere Entscheidung

»Wann geht es denn endlich los?«, flüsterte Lina. Maries Stiefschwester konnte nicht länger still sitzen. Sie stand auf, stellte sich auf die Zehenspitzen und versuchte einen Blick hinter den dunkelblauen Vorhang zu erhaschen.
Marie flüsterte zurück: »Gleich! Sei doch nicht so ungeduldig, du machst uns noch alle ganz nervös.«
Prompt kicherten Kim und Franzi aufgeregt, und Tessa ließ sich davon anstecken. Sie saß als Ehrengast auf dem dunkelroten Samt-Sofa der Schneiderin, eingerahmt von ihrer Schwester Sabine und ihrer Freundin Heidi. Alle drei Frauen hatten Sektgläser in den Händen und knabberten dazu Schokolinsen, die ihnen Yvonne, die Schneiderin, hingestellt hatte.
Marie war schon einmal in ihrem Atelier gewesen, aber heute erkannte sie den schlichten Raum kaum wieder. Rabea hatte ihn für die Modenschau so verwandelt, dass man glaubte, im Zimmer einer Märchenprinzessin zu sein. Zwischen den Stühlen, auf denen die Mädchen saßen, und dem Sofa war der Boden für den Laufsteg mit silberner Glitzerfolie ausgelegt. Alle Stühle waren mit weißen Stoff-Überzügen bedeckt.

Auf dem Fensterbrett brannten Teelichter und zwischen den Kerzen waren Rosenblütenblätter verstreut. Sogar den Vorhang hatte die Hochzeits-Planerin selbst mitgebracht und in der Mitte des Raums aufgespannt.
Jetzt teilten sich die Stoffbahnen endlich ein wenig und Rabea trat vor die gespannten Zuschauer. Sie trug einen eleganten schwarzen Hosenanzug, den sie mit goldenen, hochhackigen Sandaletten kombiniert hatte. »Herzlich willkommen bei unserer Modenschau!«, begrüßte sie die Gäste. »Wie schön, dass ihr heute alle da seid. Es geht auch gleich los. Applaus bitte für den ersten Walk. Er steht unter dem Motto *Tausendundeine Nacht.*« Sie schnippte leise mit den Fingern und aus einem unsichtbaren Lautsprecher kam stimmungsvolle, orientalische Musik.
Mit einem feierlichen Rascheln ging der Vorhang ganz auf. Ein Mädchen in einem knöchellangen, nachtblauen Kleid schwebte barfuß über den silbernen Laufsteg. Auf der Brust hatte sie eine Schleife, dort war das aufwendig bestickte Kleid gerafft und floss in einem langen weiten Rock nach unten aus. Das Mädchen ging vor bis zur Tür, drehte sich und ging langsam zurück. Ihr entgegen kam das zweite Model. Auch sie trug ein nachtblaues Kleid. Der Schnitt war derselbe, doch statt der Schleife hatte es einen Schalkragen. Kurz darauf hatte das dritte Mädchen seinen Auftritt in einem nachtblauen Kleid mit einem Rundhalsausschnitt. Das Kleid des vierten Mädchens zierte eine Minischleife auf der Schulter.
Nachdem die Models einzeln gelaufen waren, präsentierten sie sich am Schluss gemeinsam vor den Zuschauern.
Marie war so gebannt, dass sie das Klatschen vergaß. Erst der

begeisterte Applaus von Kim, Franzi, Lina und Tessa erinnerte sie daran.
Die Mädchen verschwanden wieder hinter dem Vorhang. Klassische Musik von Mozart stimmte auf den zweiten Walk ein. Jetzt präsentierten die vier Models wunderschöne Kleider, die an Ballett-Tänzerinnen erinnerten. Das Oberteil war jeweils eng geschnitten und der Rock bestand aus luftigem Tüll. Zwei Kleider waren schneeweiß und zwei zartrosa. Dazu trugen die Mädchen Ballerinas, die mit Seidenstoff bezogen waren.
»Ist das schön!«, hörte Marie Tessa flüstern und sah, wie sie Sabines Hand drückte.
Marie fehlten die Worte. Die Modenschau übertraf alle ihre Erwartungen. Konnte es wirklich wahr sein, dass sie selbst bei der Hochzeit auch ein solches Traumkleid tragen durfte? Allein bei der Vorstellung wurde sie schon richtig aufgeregt.
Aber das war noch nicht das Ende, die Modenschau ging weiter! Nun ertönte feierliche Orgelmusik. Das erste Mädchen lief in einem knielangen altrosafarbenen Kleid langsam über den Laufsteg. Die Taille schmückte eine breite fliederfarbene Schleife. Das Kleid des zweiten Mädchens war hellrosa und hatte ebenfalls eine fliederfarbene Schleife. Das dritte und das vierte Mädchen trugen jeweils ein fliederfarbenes Kleid. Alle drei Entwürfe waren sehr schlicht gehalten und trotzdem unglaublich elegant. Die Kleider waren gerade geschnitten, hatten kleine Ärmel und runde Halsausschnitte. Hand in Hand traten die vier Mädchen vors Publikum und verbeugten sich. Die letzten Töne der Musik verklangen. Im Raum war es so still, dass Marie ihren eigenen Herzschlag hören konnte.

Tessas Schultern bebten. Heidi reichte ihr ein Taschentuch, mit dem sie sich die Augen abtupfte. Immer noch traute sich keiner, etwas zu sagen, keiner wollte die feierliche Stimmung durchbrechen.

Irgendwann räusperte Rabea sich leise und gab den Mädchen ein Zeichen. Die Models gingen zu Tessa hin und flüsterten ihr etwas ins Ohr. Tessa nickte, stand auf und verschwand mit ihnen hinter dem Vorhang.

»Was kommt denn jetzt?«, wollte Lina wissen.

Marie verdrehte die Augen. »Keine Ahnung, aber wir werden es gleich sehen.«

Fünf Minuten später erklang noch einmal das Orgelstück. Der Vorhang ging auf und die Mädchen traten wieder mit ihren schlichten Kleidern auf den Laufsteg. Diesmal hatten sie kleine Blumenkörbchen in den Händen. Sie griffen in die Körbchen hinein und streuten orangefarbene Rosenblüten auf den silbernen Boden – Blumen für die Braut.

Marie hielt den Atem an. Tessa erschien in dem Hochzeitskleid, das Yvonne heute erst fertig genäht hatte. Der schimmernde Seidenstoff umhüllte ihren Körper wie eine zweite Haut. Sie wirkte in dem Kleid so zart wie eine Elfe aus einem fernen Märchenland. Tessa hob den Kopf und lächelte. Sie strahlte vor Glück – und dieses Glück breitete sich überall im Raum aus.

Marie blinzelte eine winzige Träne weg. Sie hatte die tollste, wunderschönste Stiefmutter auf der ganzen Welt!

Tessa und die Blumenmädchen fassten sich an den Händen und verbeugten sich. Alle sprangen auf und klatschten wie verrückt.

Rabea wartete ein wenig, bis es wieder etwas ruhiger geworden war. Dann fragte sie mit einem feinen Lächeln: »Na, welche Blumenkleider haben euch jetzt am besten gefallen?«
Marie musste keine Sekunde lang überlegen. »Die vom dritten Walk!«
»Ja, die sind am allertollsten!«, stimmte Kim zu.
Franzi streckte den Daumen nach oben. »Perfekt!«
»Finde ich auch!« – »Ja, genau!« – »Die passen so gut zu deinem Kleid, Tessa!«
Die Erwachsenen und die Kinder redeten aufgeregt durcheinander, doch alle teilten dieselbe Meinung. Die Entscheidung war gefallen!
Die Hochzeits-Planerin freute sich sehr. »Das ist ja super! Vielen Dank, Mädchen, ihr dürft euch jetzt umziehen und nach Hause gehen.« Als die Models gegangen waren, wandte sie sich an die Schneiderin. »Dann darf ich die Blumenkleider also bei dir in Auftrag geben, Yvonne?«
Die Schneiderin nickte. »Sehr gerne. Ich muss nur noch kurz Maß nehmen, damit die Kleider auch richtig gut passen.«
Yvonne holte ihr Maßband. »Lina, möchtest du dich zuerst gerade hinstellen, am besten ohne Schuhe?«
»Ja, klar«, sagte Lina eifrig.
Während die Schneiderin das Maßband um Linas Taille schlang, klingelte Tessas Handy mit der Melodie von »You are so beautiful«.
Tessa ging ran. »Ach, du bist es. Äh … jetzt passt es gerade nicht so gut. Wir sind gerade bei der Schneiderin.« Sie strich verlegen ihr Hochzeitskleid glatt. … »nein, das macht nichts, du hast nicht gestört. Ich ruf dich später zurück, ja? Tschüss!«

»Wer war das denn?«, erkundigte sich Marie interessiert.
»Ach, nur Sebastian«, antwortete Tessa beiläufig, »du weißt schon, mein Bekannter aus dem Studium.«
Rabea konnte ihre Neugier schlecht verbergen. »Lass mich raten, Tessa! Bestimmt ist dieser Sebastian einer deiner glühenden Verehrer, stimmt's oder hab ich recht?«
»Unsinn!«, widersprach Tessa sofort energisch. »Sebastian ist wirklich nur ein flüchtiger Bekannter von früher, nichts weiter!«
Die Hochzeits-Planerin schwieg, aber ihre Mundwinkel zuckten verräterisch.
Marie wechselte hinter Rabeas Rücken einen kurzen Blick mit Kim und Franzi. Was war das denn jetzt gewesen? Hatte die Hochzeits-Planerin ins Schwarze getroffen? War Sebastian damals tatsächlich in Tessa verliebt gewesen? Und was empfand er heute für sie?
Im Grunde spielte es keine Rolle, weil Tessa eine glückliche Braut war und bald heiraten würde. Dennoch hätte Marie dazu gerne mehr gewusst!

Detektivtagebuch von Kim Jülich
Sonntag, 19:10 Uhr
Marie, Franzi und ich sind uns einig: Diesen Sebastian dürfen wir nicht aus den Augen verlieren! Der Typ ist merkwürdig, er heckt irgendeinen geheimen Plan aus, da gibt es keinen Zweifel. Sonst würde er sich nicht plötzlich so stark für Tessa interessieren. Gut möglich, dass die beiden früher mal verliebt oder sogar ein Paar waren, aber das ist im Moment nicht so wichtig. Da steckt mehr dahinter! Hoffentlich finden wir es ganz bald heraus.

Noch sind wir mit unseren Ermittlungen am Anfang, aber immerhin hat Marie von Tessa herausbekommen, wie Sebastian mit Nachnamen heißt: Reusner. Marie hat sofort im Internet nachgesehen und interessante Informationen über unseren Verdächtigen entdeckt.
Sebastian Reusner ist ein ziemlich bekannter Comiczeichner. Er hat schon ein paar sogenannte »Graphic Novels« veröffentlicht. Das sind Comicromane in Buchform, bei denen er sich auch die Geschichten ausgedacht hat. Für einen dieser Romane hat er sogar einen Preis bekommen. Das Beste ist: Übermorgen stellt er diesen Roman bei einer Lesung in der neuen Buchhandlung im Ostviertel vor!
Es liegt auf der Hand, wie unsere nächsten Ermittlungsschritte aussehen: Wir werden zur Lesung gehen und versuchen, dort eventuell über Freunde oder Bekannte von Sebastian Reusner mehr über ihn herauszufinden.
Ich drücke uns ganz fest die Daumen, dass wir jemanden treffen, der uns auf unserer Spur weiterhilft!

Geheimes Tagebuch von Kim Jülich
Sonntag, 19:30 Uhr
Im April macht das Wetter ja bekanntlich, was es will. Es ist absolut unberechenbar. Genauso unberechenbar bin ich auch, falls jemand ohne meine Erlaubnis mein geheimes Tagebuch liest! Der oder die muss sich auf was gefasst machen. Probier es lieber nicht aus!
Beinahe hätte ich alles verraten! Als Michi mich heute gefragt hat, was ich gerade mache, lag mir der Satz schon auf der Zunge: »Ich hab wieder am Fotobuch weitergebastelt!« Zum Glück

konnte ich mich im letzten Augenblick zusammenreißen. Ächz! Das war knapp. Es soll doch eine absolut geniale Überraschung werden. Bald ist es so weit.
Bald darf ich Michi das Buch überreichen! Ich kann es kaum erwarten.
Jetzt muss ich leider doch wieder über Herrn Poschke schreiben. Bei uns daheim geht es gerade nur noch um unseren »lieben« Nachbarn. Meine Eltern haben sich ziemlich aufgeregt, als Poschke tatsächlich bei ihnen angerufen und sich wieder über Ben und Lukas beschwert hat. Er hat zwar nicht gebrüllt, aber er war immer noch total sauer wegen des Blumenbeets. Leider hat die klare Ansage von Marie und mir nicht lange vorgehalten!
Meine Eltern sind ja, wenn es um wichtige Dinge geht, normalerweise einer Meinung. Diesmal aber nicht. Mama hat zu meinen Zwillingsbrüdern gesagt, dass sie mehr Rücksicht nehmen und sich bei unserem Nachbarn entschuldigen sollen. Papa dagegen findet, dass Herr Poschke eindeutig überreagiert hat und zu weit gegangen ist. Das sehe ich übrigens ganz genauso wie er!
Ben und Lukas wollen sich nicht bei unserem Nachbarn entschuldigen. Das sehen sie ja überhaupt nicht ein, behaupten sie stur und grinsen auch noch frech dazu. Ich glaube allerdings, so stark, wie sie tun, sind sie in Wirklichkeit gar nicht. Bestimmt haben sie immer noch ganz schön Angst vor diesem Poschke. Kein Wunder, der ist ja auch wirklich fies. Ungefähr so fies wie die Gegenspieler von James Bond, den meine Brüder so toll finden.
Wie das Ganze wohl ausgehen wird? Ich hoffe ja sehr, dass unser

Nachbar vielleicht bald wieder auszieht und auf eine einsame Insel auswandert. Da kann er dann die Fische anbrüllen, denen macht das vielleicht nicht so viel aus.
Mama und Papa stehen auf jeden Fall voll hinter Ben und Lukas, egal was noch kommt. Das ist echt cool von ihnen!

Achim packt aus

»Nein, Finn, die Tischkärtchen sind nicht für dich!« Marie nahm lachend die kleine Hand ihres Bruders und zog sie sanft weg. »Schau mal, Natascha hat dir Buntpapier hingelegt, das darfst du zerreißen.«

»Jaaa!«, rief Finn begeistert und legte sofort los.

Natascha versuchte seinen Eifer etwas zu bremsen. »Warte doch, nicht so schnell, junger Mann! Lass noch ein paar größere Papierfetzen übrig. Die kannst du dann hier auf das Packpapier kleben. Ich helf dir dabei.«

Marie konnte sich vom Anblick ihres Bruders gar nicht losreißen. Er war einfach zu süß, wie er mit seinen tapsigen Händen herumfuhrwerkte. Hauptsache, er durfte dabei sein, wenn so etwas Wichtiges wie der Bastelabend für Tischkärtchen stattfand!

Tessa und Helmut leerten eine große Tüte und verteilten Rabeas Einkäufe auf dem Esstisch der alten Villa. Die Hochzeits-Planerin hatte in einem Schreibwarenladen Kärtchen aus lachsfarbenem Karton und dazu jede Menge Bastelmaterial und Stifte besorgt. Da gab es goldene Herzen aus Glanzpapier, Perlen, Moosgummi, Filz, selbstklebende Strass-Stei-

ne, Schleifen, Kordeln und Sticker. Außerdem winzige grüne Kleeblätter, Glückskäfer und süße Schornsteinfeger aus Holz. »Viel Spaß beim Basteln!«, stand auf einer Postkarte, die Rabea beigelegt hatte. »Lasst eurer Fantasie freien Lauf.«
Helmut Grevenbroich lächelte. »Das werden wir!« Maries Vater konnte nicht nur sehr gut kochen, er war auch unglaublich geschickt, wenn es um handwerkliche Dinge oder ums Basteln ging.
»Ich finde es so schön, dass wir die Tischkarten mit der Familie und euch Blumenmädchen selbst basteln«, sagte Tessa. »So werden sie eine ganz persönliche Note bekommen.«
Kim betrachtete die Auswahl mit glänzenden Augen. »Ich hab schon ganz viele Ideen, was wir machen könnten!« Sie war in ihrem Element. Auch ihre Weihnachts- und Geburtstagsgeschenke bastelte Kim meistens selbst. »Wir könnten den Rand der Karten mit Filz oder Moosgummi bekleben, damit es wie ein Bilderrahmen aussieht. Und statt die Namen draufzuschreiben, könnten wir Fotos der Gäste verwenden.«
»Klingt toll«, sagte Franzi. »Aber ist das nicht ziemlich aufwendig? Allein die Sache mit den Fotos. Wie viele Gäste kommen denn zur Hochzeit?«
Helmut Grevenbroich warf einen Blick auf die Gästeliste. »Momentan sind es 137. Bei ein paar Leuten warten wir noch auf die endgültige Zusage.«
»So viele!« Franzi hob die Augenbrauen. »Das wird ja eine richtig große Hochzeit.«
»Na klar«, sagte Lina stolz, »was dachtest du denn?«
Tessa und Helmut lächelten sich über den Tisch hinweg glücklich an. »Wir wollen, dass alle unsere Verwandten,

Freunde und Kollegen dabei sind«, erklärte Tessa. »Deshalb ist die Gästeliste in den letzten Monaten immer länger geworden.«

Maries Vater nickte begeistert. »Diesen wunderschönen Tag werden wir mit allen teilen. Deshalb wird die Trauung übrigens in der Jakobikirche in der Innenstadt stattfinden. Die Burgkapelle ist leider zu klein dafür, da würden nicht alle Gäste reinpassen.«

»Das ist ja schade!«, sagte Kim enttäuscht.

Marie hätte die Burgkapelle für die Trauung auch romantischer gefunden, aber die anschließende ausgiebige Feier war ja zum Glück auf der Burg.

Helmut Grevenbroich kam auf die Tischkarten zurück. »Franzi hat recht: Wir sollten die Kärtchen nicht allzu kompliziert gestalten.«

Jetzt brachte jeder seine Ideen ein. Tessa schlug goldene Herzen und eine dünne rote Kordel vor, die man durch ein winziges Loch zog und zu einer Schleife band. Marie wollte die Tischkärtchen mit ganz vielen Strass-Steinen und Perlen bekleben. Lina fand eine Kombination aus Glückskäfern und Schornsteinfegern am schönsten. Und Kim hatte noch eine zweite Idee: die Karten mit orangefarbenen Rosen aus Filz zu bekleben.

»Wisst ihr was?«, sagte Tessa. »Ich finde alle Ideen richtig toll. Was haltet ihr davon, wenn wir die Kärtchen an jedem Tisch anders gestalten? Das sieht bestimmt sehr farbenfroh aus und bringt Abwechslung rein.«

»Ja, das ist super«, stimmte Helmut Grevenbroich zu.

Auch die anderen fanden Tessas Vorschlag prima.

Finn klatschte vergnügt in die Hände. Dabei verteilte er den Kleber so gut, dass seine Finger komplett verschmiert waren. Natascha lachte. »Komm, Finn, wir gehen mal kurz ins Bad Hände waschen.«

Der Rest der Familie und die drei !!! machten sich mit Feuereifer an die Arbeit. Eine Weile hörte man nichts als das Klappern der Scheren und das Rascheln von Papier und Geschenkschleifen.

»Gibt es noch irgendwo Glückskäfer?« Helmut Grevenbroich durchforstete das Bastelmaterial. »Nanu? Was ist das denn?« Er fischte einen kleinen, zartgelben Briefumschlag heraus. »Der ist für dich, Tessa.« Er wollte den Umschlag seiner Braut geben.

Die versuchte gerade hoch konzentriert, eine rote Kordel durch ein winziges Loch zu ziehen. »Ich kann jetzt leider nicht. Bitte mach doch den Umschlag für mich auf.«

Maries Vater holte einen kleinen Zettel heraus und las vor, was darauf stand: *Tessa! Ich liebe dich. Daran hat sich nichts geändert. Noch kannst du dich entscheiden. Sebastian.*

Helmut Grevenbroich zog fragend die Augenbrauen hoch. »Das ist ja ein merkwürdiger Brief! Wo kommt der denn plötzlich her, Tessa? Weißt du irgendwas darüber?«

Tessa hatte inzwischen die Kordel erfolgreich durchgefädelt und ließ sich den Brief geben. Sie stutzte kurz, dann rief sie: »Ha, zu spät! Ich heirate in ein paar Wochen den tollsten Mann auf der ganzen Welt!«

Helmut Grevenbroich musste lachen. »Freut mich zu hören. Und ich heirate bald die tollste Frau der Welt. Aber jetzt bin ich schon ein bisschen neugierig. Kenne ich diesen Sebastian?«

»Nein.« Tessa schüttelte den Kopf. »Sebastian ist ein alter Studienfreund. Wir haben uns seit damals nicht gesehen. Neulich sind wir uns zufällig wieder über den Weg gelaufen. Er war nett und meinte, wir könnten ja mal telefonieren. Er war überhaupt nicht aufdringlich oder so. Ich werde ihn bei Gelegenheit mal fragen, was das mit dem Brief soll.«
»Tu das, Liebling«, sagte Maries Vater und zwinkerte seiner Braut zu. »Sebastian hat wirklich Pech. Du bist so bis über beide Ohren verliebt in mich, da hat kein anderer Mann auch nur die geringste Chance!«
Tessa sprang spontan auf, lief zu Helmut hinüber und schlang ihre Arme theatralisch um seinen Hals. »Genau so ist es! Und für die Frauen da draußen gilt übrigens das Gleiche. Sie sollen ruhig todunglücklich sein und sich die Augen ausheulen, weil sie so einen attraktiven Mann wie dich leider nicht kriegen können!«
Das Paar küsste sich lachend.
»Und Cut!«, rief Marie. »Schade, dass ich die Szene nicht mit meinem Handy gefilmt hab. Die war hollywoodreif!«
»Danke fürs Einschalten!« Helmut Grevenbroich verbeugte sich und Tessa winkte lächelnd, als würde sie gerade über den roten Teppich zu einer Filmpremiere schreiten.
Die Stimmung blieb heiter an diesem Abend. Eine Stunde später hatten sie über die Hälfte der Tischkärtchen fertig und stellten sie in Reihen nebeneinander auf den Esstisch.
»Ich bin stolz auf uns!«, sagte Tessa. »Für heute bin ich wunschlos glücklich.«
Marie wurde nachdenklich. Dasselbe konnte sie von sich nicht behaupten. Immer wieder hatte sie an diesem Abend

an Sebastian denken müssen. Was bezweckte er mit dem merkwürdigen Liebesbrief? War es ein harmloser Scherz? Oder wollte er sich zwischen Tessa und Helmut drängen, um sein eigenes Glück zu finden? Oder plante er irgendetwas anderes, das gar nichts mit Liebe zu tun hatte? Es blieb rätselhaft.
Marie hoffte sehr, dass die drei !!! auf Sebastians Lesung morgen mehr herausfinden würden. Während Tessa, Helmut und Lina die Bastelsachen aufräumten und Natascha Finn ins Bett brachte, zückte Marie unauffällig ihr Handy und schoss ein Foto von Sebastians Brief. Es konnte gut sein, dass sie den Beweis später noch brauchen würden.

Marie blieb auf der Schwelle der Buchhandlung *Kolibri* stehen. Sie war heute zum ersten Mal hier und sah sich neugierig um. Der Verkaufsraum war nicht besonders groß, aber sehr liebevoll eingerichtet. Im vorderen Bereich konnte man sich aus den Regalen und an runden Tischen Bücher und Geschenkartikel aussuchen. Im hinteren Bereich gab es ein kleines Café mit gemütlichen Hockern und Kissen zum Schmökern. Für die Lesung hatte die Buchhändlerin noch ein paar Klappstühle dazugestellt.
Die Buchhandlung füllte sich langsam mit Besuchern, die sich angeregt im Stehen unterhielten. Sebastian Reusner konnte Marie nicht entdecken. Wahrscheinlich bereitete er sich in einem Nebenraum auf die Lesung vor.
»Da bist du ja endlich!«, rief Franzi. Kim und Franzi kamen auf Marie zu und nahmen sie in die Mitte.
Kim tippte nervös auf ihre Armbanduhr. »Wir haben schon

auf dich gewartet. Wir müssen vor der Lesung nämlich noch was Wichtiges erledigen.«
»Was denn?«, fragte Marie verwundert.
Kim und Franzi warfen ihr vielsagende Blicke zu, und Kim formte lautlos mit den Lippen »Power«.
Da wusste Marie Bescheid. »Ach so, klar!«
Immer wenn die !!! einen neuen Fall an Land gezogen hatten oder gerade in besonders schwierigen Ermittlungen steckten, sagten sie gemeinsam den Powerspruch auf, um sich gegenseitig zu stärken.
Kim, Franzi und Marie fanden einen ruhigen Hauseingang ein paar Meter von der Buchhandlung entfernt. Dort stellten sie sich im Kreis auf und legten feierlich die Hände aufeinander.
Kim sagte: »Eins«, Franzi »Zwei« und Marie »Drei!«. Am Schluss warfen sie gleichzeitig die Hände in die Luft und riefen laut: »Power!!!«
Marie spürte sofort neue Energie und war hellwach. Jetzt konnte der Abend losgehen!
Als die Detektivinnen in die Buchhandlung zurückkehrten, saßen die meisten Besucher bereits erwartungsvoll auf ihren Plätzen. Kim, Franzi und Marie ergatterten drei Stühle nebeneinander in der dritten Reihe am Rand. Kaum saßen sie, kam auch schon Sebastian Reusner herein.
Mit schnellen Schritten ging der Comiczeichner zu einem Tisch, während das Publikum applaudierte, und setzte sich.
»Vielen Dank! Schön, heute hier zu sein.« Er ließ den Blick über die Köpfe der Zuhörer schweifen. Bei Kim, Franzi und Marie blieb er kurz hängen und runzelte die Stirn. »Ich wer-

de aus meiner neuen Graphic Novel lesen. Sie heißt *Amerika*, und ich habe darin meine Reiseerfahrungen in Worten und Bildern verarbeitet.« Er startete seinen Laptop, damit die Zuhörer die vergrößerten Bild-Doppelseiten des Buchs sehen konnten, und begann mit der Lesung.

Die Geschichte drehte sich um eine Familie, die nach dem Zweiten Weltkrieg nach Amerika ausgewandert war und dort einen Waschsalon aufmachte. Es gab viele lustige Stellen, bei denen das Publikum herzhaft lachte. Marie lachte auch mit, konzentrierte sich aber vor allem auf das Publikum. Die weißhaarige Frau dort in der ersten Reihe mit der starken Brille, war das vielleicht die Mutter des Comiczeichners? Und der Mann mit dem Dreitagebart, der immer so amüsiert in sich hineingrinste, kannte der Sebastian persönlich?

Marie prägte sich für alle Fälle schon mal die Personenbeschreibungen der beiden ein. Das war mittlerweile zu einer festen Gewohnheit bei ihr geworden.

Vom Inhalt des Buches bekam Marie nicht allzu viel mit. Die Lesung ging schnell vorüber. Am Ende klatschten die Zuhörer begeistert und Sebastian Reusner forderte sie auf, ihm gerne Fragen zu stellen.

Die weißhaarige Frau meldete sich als Erste: »Ich habe selbst einen Sohn in Ihrem Alter, der möchte auch Bücher schreiben. Was für einen Tipp können Sie ihm denn mit auf seinen Weg geben?«

Damit war schon mal klar, dass es sich bei der Frau nicht um die Mutter des Comiczeichners handelte.

Sebastian Reusner überlegte. »Ich kann nur sagen, was ich damals am Anfang gemacht habe: Ich bin zur Buchmesse und zu

Comicausstellungen gegangen und hab mit Leuten Kontakt aufgenommen. Dann hab ich an Schreib- und Zeichenworkshops teilgenommen und verschiedene Zeichenstile ausprobiert. Auch an Schreib-Wettbewerben hab ich teilgenommen. Später hab ich mein erstes kleines Comic-Heft bei einem Verlag angeboten, der es dann auch veröffentlicht hat.«

Was er erzählte, erinnerte Marie an Kims erste Erfolge als Krimiautorin. Kim hatte sich noch nicht entschieden, ob sie später einmal Autorin oder Detektivin werden wollte.

Ein paar weitere Zuhörer stellten Fragen. Dann verkündete die Buchhändlerin: »Vielen Dank, lieber Herr Reusner. Wir wollen den Abend noch mit einem Umtrunk ausklingen lassen, zu dem Sie alle herzlich eingeladen sind. Es gibt Wein, Wasser und Orangensaft. Sie können Bücher kaufen und vom Autor signieren lassen. Und Sie haben natürlich die einmalige Gelegenheit, ganz ungezwungen mit Herrn Reusner zu plaudern.«

Kim, Franzi und Marie ließen sich Orangensaft einschenken und mischten sich unter die Gäste. Marie richtete es so ein, dass sie möglichst in der Nähe des Typen mit dem Dreitagebart blieb.

Der ging auf Sebastian Reusner zu und klopfte ihm anerkennend auf die Schulter. »Tolle Lesung, super Buch!«

Der Comiczeichner war geschmeichelt. »Danke, Achim! Das ist echt nett von dir. Tut mir leid, aber da wartet jemand auf mich.« Er deutete auf die Zuhörer, die sich neugierig um ihn scharten und Bücher von ihm signieren lassen wollten. »Aber wenn du ein bisschen Zeit mitgebracht hast, können wir uns hinterher noch unterhalten.«

»Geht klar.« Achim räumte großzügig das Feld, ging zum Büchertisch und blätterte in einem Exemplar von *Amerika.*
Die drei !!! verständigten sich wortlos und stellten sich neben ihn. Erst taten sie so, als würden sie sich auch für das neue Buch interessieren, dann fing Marie ein harmloses Gespräch an. »Uns hat die Lesung auch total gut gefallen.«
Franzi lächelte. »Und der Autor ist so sympathisch, überhaupt nicht eingebildet, obwohl er doch schon einen Preis gewonnen hat.«
»Ja, das stimmt«, bestätigte Achim. »Eingebildet war Sebastian noch nie.«
Kim hakte sofort nach: »Sie kennen ihn persönlich?«
Achim nickte. »Ja, wir sind gemeinsam zur Schule gegangen, waren damals schon befreundet und verstehen uns auch heute noch gut.«
Marie freute sich, dass sie mit ihrer Vermutung richtiggelegen hatte. »Das ist ja spannend!«, sagte sie. »Erzählen Sie doch mal: Wie war Sebastian Reusner denn so, damals in der Schule?«
Achim grinste wieder amüsiert in sich hinein. »Schüchtern auf jeden Fall nicht! Sebastian war ein ziemlicher Draufgänger. Er hat den Lehrern Streiche gespielt, war für jeden Scherz zu haben und hat auch sonst nichts anbrennen lassen.«
»Echt?« Franzi kicherte. »Das sieht man ihm gar nicht an. Hat er schon damals Comics gezeichnet?«
Achim nahm einen Schluck Wein. »In der Schule noch nicht. Aber Kunst fand er immer schon toll, allerdings nur die Kunst, die verboten und gefährlich war. Sebastian hat in einer Nacht-und-Nebel-Aktion unsere Turnhalle mit Graffi-

ti besprüht. Ich muss dazu sagen, dass die richtig hässlich war, er hat sie also verschönert. Trotzdem hat er natürlich einen Riesenärger mit der Schulleitung bekommen.«
Kim nickte erstaunt. »Da war er ja echt mutig!«
Achim nickte. »Und das ist er jetzt auch. Ich hätte mich an seiner Stelle nicht getraut, mich selbstständig zu machen. Aber der Erfolg gibt ihm recht.« Zum ersten Mal sah er Kim, Franzi und Marie genauer an. »Und wie steht's mit euch? Wisst ihr schon, was ihr später mal werden wollt?«
»Detektivin«, rutschte es Franzi heraus. »Das bin ich übrigens jetzt auch schon. Wir haben nämlich einen Club und …«
Die warnenden Blicke von Kim und Marie brachten sie zum Schweigen.
Normalerweise erzählten die drei !!! nicht jedem von ihrem Detektivclub. Schließlich wollten sie auch in Zukunft möglichst ungestört ermitteln. Außerdem war Sebastian im Raum. Er sollte davon besser nichts mitbekommen.
Achim wurde sofort hellhörig. »Ein Detektivclub, das ist ja ein Ding! Habt ihr auch einen Namen? Wie heißt ihr denn?«
»Die drei !!!«, gab Marie zögernd preis.
Achim kratzte sich am Kopf. »*Die drei !!!*? Da war doch neulich ein Artikel von euch in der Stadtzeitung. Habt ihr nicht diesen komplizierten Fall mit dem verschwundenen Popstar gelöst?«
»Ja«, antwortete Kim bescheiden. »Das waren wir.«
Achim betrachtete die Mädchen jetzt mit ganz neuem Respekt. »Cool! Und das war nicht euer erster Fall, wenn ich mich recht erinnere, oder? Ihr seid Profis. Da fällt mir ein …«, er zog die Augenbrauen zusammen, »mir ist schon

zum zweiten Mal in einer Woche mein Autospiegel geklaut worden. Meinem Nachbarn in der Josefstraße ist es auch passiert. Da steckt bestimmt so eine Bande dahinter. Könntet ihr euch da mal ein bisschen umhören?«

Für neue Aufträge waren die drei !!! natürlich prinzipiell offen.

»Klar, machen wir gerne.« Franzi kramte in ihrer Tasche, holte eine Visitenkarte des Clubs heraus und gab sie Achim. Der las den aufgedruckten Text.

»Cool!«, sagte Achim noch mal. »Und vielen Dank. Ich melde mich bei euch, wenn mir noch was Verdächtiges auffällt.« Er grinste wieder amüsiert. »Dann kann mir ja jetzt in Zukunft nichts mehr passieren, wenn ich euch Profis am Start habe.«

»Achim?« Sebastian Reusner winkte seinem Freund zu. »Jetzt kannst du gern kommen.«

»Also dann, bis bald vielleicht«, verabschiedete sich Achim und drehte sich um.

Marie sah ihre Freundinnen fragend an. »Sollen wir gehen? Unser Einsatz für heute ist beendet, oder?«

Kim schüttelte den Kopf. »Nein, da fehlt noch was. Wartet kurz, bin gleich wieder da!« Sie ging zum Büchertisch, kaufte sich ein Buch von Sebastian Reusner und ließ es sich vom Autor signieren. Hochzufrieden kehrte sie zu Franzi und Marie zurück. »*Jetzt* ist unser Einsatz beendet. Das Buch muss ich unbedingt lesen. Vielleicht finde ich darin Informationen, die uns noch nützlich sein könnten. Zwischen den Zeilen verrät ein Autor nämlich immer auch persönliche Dinge über sich!«

Don Juan

»Toll, dass wir heute einen Nachmittag zu zweit haben!« Marie hakte sich bei ihrem Vater unter und stieg mit ihm in die U-Bahn.

Helmut Grevenbroich drückte ihre Hand. »Das finde ich auch. Unser letzter Vater-Tochter-Ausflug ist schon viel zu lange her. Obwohl du dir wahrscheinlich ein schöneres Ausflugsziel vorstellen könntest.«

»Zurückbleiben bitte!«, tönte der Schaffner durch den Lautsprecher.

Sie suchten sich zwei Sitzplätze.

Marie grinste. »Wieso? Im Tiergarten und beim Einkaufsbummel waren wir schon so oft. Ein Autoverleih ist mal was anderes.«

»Da hast du allerdings recht«, sagte ihr Vater. »Und gerade bei dem Termin wollte ich dich gerne dabeihaben. Du hast so einen guten Geschmack, Prinzessin!«

»Den ich vermutlich von dir geerbt habe«, gab Marie das Kompliment zurück.

Es ging um das Brautauto, mit dem Tessa und Helmut zur Kirche fahren würden. Rabea kannte eine Firma, die sich auf

Mietautos für besondere Anlässe spezialisiert hatte und eine große Auswahl verschiedenster Modelle anbot. Die Hochzeits-Planerin hatte mit dem Chef einen Termin vereinbart, und der hatte versprochen, sich extra viel Zeit für sie zu nehmen.

Marie fuhr mit ihrem Vater bis zur Endhaltestelle der U-Bahn. Die Autoverleihfirma *Regensburger* lag an einer belebten Straße und hatte neben der verglasten Verkaufshalle einen riesigen Parkplatz.

Herr Regensburger empfing sie mit offenen Armen am Eingang. »Herzlich willkommen! Herr Grevenbroich, Marie: Danke, dass Sie den weiten Weg zu uns gemacht haben! Sie werden es nicht bereuen.« Der Chef trug einen teuren dunklen Anzug mit einer auffällig gemusterten Krawatte. Als Marie genauer hinsah, entpuppte sich das Muster als eine bunte Abfolge von Sportwagen.

»Ihre Braut ist nicht mitgekommen?«, erkundigte sich Herr Regensburger. »Wie schade! Ich hätte sie so gerne kennengelernt.«

Helmut Grevenbroich lachte. »Tessa findet, dass Autos ein fahrbarer Untersatz sind, nicht mehr und nicht weniger. Sie überlässt uns die Auswahl.«

»Sehr schön.« Der Chef des Autohauses nickte zufrieden. »Dann starten wir am besten gleich unseren Rundgang. Zuerst möchte ich Ihnen unsere Limousinen zeigen. Sie werden sehen: Das ist Luxus pur!« Er führte sie zu zwei Nobelkarossen mit getönten Scheiben. Die eine war schwarz, die andere schimmerte in einem Elfenbeinton. »Die Braut trägt Weiß, habe ich gehört. Dann wäre doch die elfenbeinfarbene Li-

mousine perfekt, nicht wahr?« Er öffnete die Tür hinter dem Beifahrer. Edle Ledersitze kamen zum Vorschein, ebenfalls in Elfenbein, und Platz für mindestens sechs Personen.
Maries Vater wehrte ab. »Nein, das ist mir zu teuer und zu viel Prunk. Meine Frau würde sich in so einem Luxusschlitten auch nicht wohlfühlen.«
»Verstehe.« Herr Regensburger nickte verständnisvoll. »Dann ist vielleicht ein schöner Oldtimer das Richtige für Sie?« Er ging weiter zu einem rosafarbenen amerikanischen Straßenkreuzer aus den Fünfzigerjahren.
Marie war hin und weg. »Der sieht aus wie ein Himbeer-Milchshake. Papa, der ist genial, den müssen wir nehmen!«
Helmut Grevenbroich schien gewisse Zweifel zu haben. »Das stimmt schon mit dem Milchshake, aber der Cadillac ist mir, ehrlich gesagt, zu kitschig.«
»Schade«, fand Marie, wobei sie zugeben musste, dass Tessa vermutlich derselben Meinung sein würde. Schließlich hatte sie sich ja auch bewusst ein Kleid ausgesucht, das *nicht* einem Sahne-Baiser ähnelte.
Plötzlich ließ Helmut Grevenbroich einen Schrei los.
Marie erschrak. »Was ist passiert? Hast du dir wehgetan?«
»Was??« Helmut Grevenbroich hatte gar nicht zugehört. Er umrundete den himbeerfarbenen Cadillac und verschwand mit unbekanntem Ziel.
Marie und der Chef des Autohauses folgten ihm beunruhigt. Sie fanden den Bräutigam im hintersten Teil der Ausstellungshalle. Helmut Grevenbroich stand vor einem unscheinbaren alten VW Käfer, dessen gelber Lack von deutlichen Rostspuren durchsetzt war.

Herr Regensburger entschuldigte sich verlegen: »Äh … die alte Rostlaube sollte eigentlich gar nicht mehr hier sein. Ich hatte meinem Angestellten ausdrücklich gesagt, dass der Wagen nicht in unser Programm passt und dass er ihn so schnell wie möglich zu einem anderen Händler bringen soll.«
»Bloß nicht!«, protestierte Maries Vater.
Herr Regensburger starrte ihn verdutzt an. »Aber wieso denn nicht?«
»Ja, Papa, warum nicht?«, wollte auch Marie wissen.
Helmut Grevenbroich bekam einen schwärmerischen Gesichtsausdruck. »Ich glaub's einfach nicht! Genau so ein Modell hatte ich in meiner Studentenzeit: gelb mit roten Kotflügeln.« Er lugte durch die Fensterscheibe. »Sogar die Sitze sind gleich: schwarz mit roten Streifen!«
»Äh … ja … und?«, sagte Marie. Sie konnte die Begeisterung ihres Vaters immer noch nicht nachvollziehen.
Helmut Grevenbroich strich zärtlich über die Kühlerhaube des Käfers. »Das war mein allererstes Auto, das ich mir von meinem selbst gesparten Geld gekauft habe.«
Jetzt betrachtete Marie das Auto mit anderen Augen. Natürlich war es alt und hatte seine besten Jahre längst hinter sich. Andererseits war die Farbe heute schon wieder richtig cool.
»Du hast recht«, räumte Marie ein. »Irgendwie ist er ganz süß.«
Herr Regensburger suchte nach den passenden Worten: »Ja … ein toller Wagen mit Geschichte. Da kommen schöne Erinnerungen auf, an die Jugend … äh … damit wollte ich nicht sagen, dass Sie alt sind, Herr Grevenbroich, ganz im Gegenteil …« Je mehr er sich zu entschuldigen versuchte,

umso tiefer trat er in das Fettnäpfchen, dem er hatte ausweichen wollen.
Maries Vater hatte kein Problem mit seinem Alter. Lachend meinte er: »Das wird unser Brautauto! Läuft der Wagen denn? Ist er in Schuss?«
Der Chef des Autohauses versicherte: »Ich werde ihn bis zu Ihrer Hochzeit gründlich überholen lassen. Er wird laufen, darauf gebe ich Ihnen mein Wort.« Er streckte die Hand aus, Helmut Grevenbroich schlug ein, und damit war der Handel besiegelt.

Nach der aufregenden Autosuche gingen Marie und ihr Vater noch in eine Eisdiele in der Innenstadt. Marie bestellte sich einen Fruchtbecher und Helmut Grevenbroich ein Spaghetti-Eis.
Eine Weile löffelten sie genussvoll schweigend. Dann musste Marie plötzlich lachen. »Das Gesicht von diesem Herrn Regensburger hättest du sehen sollen! Seine schönsten Träume sind geplatzt, als er gemerkt hat, dass du statt einem teuren Luxus-Auto den alten Käfer nimmst.«
Maries Vater grinste verschmitzt. »Tja, ich hab schon manche Leute verblüfft, weil sie mich ganz anders eingeschätzt haben. Deine Mutter übrigens auch.«
»Ehrlich?« Marie legte ihren Eislöffel beiseite. »Das hast du mir noch gar nicht erzählt.«
Helmut Grevenbroich räusperte sich. »Das war keine Absicht. Wenn du möchtest, erzähle ich dir die Geschichte jetzt.«
Natürlich wollte Marie das. Was für eine Frage!

Herr Grevenbroich lehnte sich in seinem Stuhl zurück. Seine Augen begannen zu leuchten. »Als deine Mutter und ich uns kennengelernt haben, hatte ich gerade den Abschluss von der Schauspielschule in der Tasche und mein erstes Engagement am Theater bekommen. Ich durfte den Don Juan in Molières gleichnamigem Stück spielen. Don Juan ist ein Adliger und ein Frauenheld. Er kann keiner Frau treu sein, ihn interessiert nur die Eroberung, dann zieht er wie ein Schmetterling weiter.«
Marie lauschte gespannt. Gleich würde ihre Mutter ins Spiel kommen!
Helmut Grevenbroich erzählte weiter: »In der Probenzeit hab ich Anne getroffen, deine Mutter. Wir sind uns zufällig in einer meiner Pausen an der Supermarktkasse begegnet. Ich hab mich auf den ersten Blick in sie verliebt und ihr Komplimente gemacht. Deine Mutter hat sich gefreut. Unser erstes Date war wunderbar, wir haben geredet und geredet – doch danach hat sie sich auf einmal nicht mehr gemeldet. Ich war verzweifelt! Erst nach einer Woche hab ich den Grund erfahren: Sie dachte, dass ich auch im richtigen Leben ein Don Juan bin und nicht treu sein kann. Deshalb wollte sie sich lieber gleich von mir lösen, bevor es zu schmerzhaft für sie werden würde. Ich konnte sie erst ein halbes Jahr später vom Gegenteil überzeugen, nachdem wir uns mehrmals getroffen hatten und Freunde geworden waren.«
»Wie hast du das geschafft?«, fragte Marie. »Womit hast du sie überzeugt?«
Die Augen ihres Vaters ruhten voller Liebe auf ihr. »Ich habe deine Mutter gefragt, ob sie mich heiraten möchte und ob

sie sich vorstellen könnte, mit mir ein Kind zu bekommen, am liebsten eine wunderbare Tochter, und ich wüsste auch schon einen wundervollen Namen für sie …«

»Marie?«

»Ja.«

»Danke«, flüsterte Marie, »danke, dass du mir die Geschichte erzählt hast. Die bekommt einen ganz besonderen Platz in meinem Herzen.«

Das Eis in den Bechern schmolz langsam dahin, aber weder Marie noch ihr Vater merkten es. Sie sahen sich an und waren sich nahe.

Irgendwann trat die Bedienung an ihren Tisch. »Entschuldigung, wenn ich störe, aber ich habe gleich Feierabend und muss abkassieren.«

»Ist gut.« Helmut Grevenbroich zückte seinen Geldbeutel. Während er die Münzen abzählte, klingelte Maries Handy. Holger erschien auf dem Display.

»Sag mal, wo bleibst du denn?«, rief Holger mit leichter Panik in der Stimme. »Ich warte schon seit einer Dreiviertelstunde an der Bushaltestelle in Billershausen auf dich. Ist irgendwas passiert? Geht's dir gut?«

Es war so süß, dass Holger sich als Erstes Sorgen um sie machte. Doch jetzt kehrte Maries Erinnerung zurück. »Oje! Unsere Radtour, die hab ich leider total vergessen«, gab Marie zerknirscht zu.

Nach einer Schrecksekunde schnaufte Holger empört. »Es war doch dein Vorschlag! Wie konntest du unser Date nur vergessen? Das versteh ich nicht.«

Marie suchte nach einem Grund und fand keinen, der überzeugend gewesen wäre. »Es tut mir so leid, ich hatte wegen der Hochzeit so viel um die Ohren. Gerade war ich noch mit meinem Vater in einem Autohaus, wir haben uns ein Brautauto ausgesucht.«

»Die Hochzeit.«

Holger klang nicht mal mehr wütend, sondern einfach nur traurig. Das fand Marie fast noch schlimmer. »Bitte verzeih mir. Ich mach's wieder gut! Wir holen unser Date ganz bald nach, das verspreche ich dir.«

»Versprich lieber nichts, was du hinterher nicht halten kannst«, sagte Holger.

Tuuut-Tuuut-Tuuut! Er hatte aufgelegt, ohne sich zu verabschieden.

Marie konnte es einfach nicht glauben. Gerade noch war sie so unendlich glücklich gewesen, und jetzt hätte sie losheulen können!

»Alles in Ordnung?«, erkundigte sich ihr Vater besorgt.

»Geht so«, antwortete Marie ausweichend. »Nur ein kleines Missverständnis zwischen Holger und mir.«

»Ich drück dir die Daumen, dass ihr es bald wieder ausräumen könnt.« Helmut Grevenbroich lächelte ihr aufmunternd zu. »Und was fangen wir jetzt mit dem restlichen Nachmittag an? Bis zum Abendessen haben wir noch ein bisschen Zeit. Hast du Lust, einen Abstecher in deine Lieblings-Boutique zu machen?«

Marie lächelte. So ein tolles Angebot konnte sie natürlich nicht ausschlagen. Gerade als sie ihr Handy in die Jackentasche stecken wollte, machte es »Pling!«. Kim hatte eine SMS geschickt.

Hi Franzi, hi Marie!
Notfall! Bin mit meinen Eltern im Auto auf dem Weg zu Michis Zeugnisfeier. Wir sind gerade an einer Firma vorbeigefahren. Da hab ich Sebastian gesehen! Er ist um das Gebäude herumgeschlichen. Sieht ganz danach aus, dass er einbrechen oder und was klauen will. Ich kann jetzt nicht weg. Fahrt ihr hin: Leonrodstraße 4. Viel Glück!
Manchmal war das Leben als Detektivin echt hart. Marie musste ein Opfer bringen. »Ich hab leider keine Zeit, mit dir shoppen zu gehen«, sagte sie zu ihrem Vater. »Ich muss dringend was erledigen, jetzt sofort!«

Rätselhafte Übergabe

Elf Minuten und zehn Sekunden später erreichte Marie die Leonrodstraße. Zwischen Eisdiele und dem Treffpunkt mit Franzi lagen nur drei Stationen mit dem Bus. Marie lief eilig die ruhige Seitenstraße entlang, in der es neben einem Friseur und einem Bäcker hauptsächlich Wohnhäuser gab. Hausnummer 4 war ein roter Backsteinbau mit schmalen, hohen Fenstern. An der Außenmauer hing ein Messingschild mit der Aufschrift *Flying Food – Catering für Ihre Feier*.
Marie runzelte die Stirn. Den Namen kannte sie! Das war die Firma, die Rabea für das Hochzeitscatering engagiert hatte. Nach dem Standesamt sollte es zum Fototermin im Jakobipark Sekt und Häppchen geben. Tessa hatte neulich den Namen der Firma erwähnt.
Aber warum interessierte sich Sebastian für *Flying Food*? Suchend sah sich Marie um. Von Sebastian Reusner war weit und breit nichts zu sehen.
Plötzlich hörte Marie hinter sich ein gleichmäßiges Rauschen.
Franzi kam mit ihren Inlinern angedüst, umrundete einen Laternenpfahl und bremste lässig vor ihrer Freundin. »Hi! Es

ging leider nicht schneller. Heute war total viel los auf den Straßen.«

»Ist nicht so schlimm«, sagte Marie. »Bisher gibt es keine Spur von ihm. Entweder ist er gleich wieder abgehauen oder inzwischen drinnen im Gebäude. Du, das ist die Cateringfirma, die unsere Hochzeits-Planerin beauftragt hat!«

Franzi nahm ihren Helm ab und wuschelte sich mit der Hand durch die Haare. »Das kann kein Zufall sein. Die Sache wird immer merkwürdiger.«

»Wir müssen da unbedingt rein«, sagte Marie entschlossen. »Meinst du, wir sollten klingeln?«

Franzi schnallte ihre Inliner ab und befestigte sie zusammen mit dem Helm außen an ihrem Rucksack. »Ja, aber nicht bei der Firma, sondern bei einer von den Wohnungen, die auch hier im Haus sind.«

»Gute Idee.« Marie entschied sich spontan für Kohlhammer. Energisch drückte sie auf den Klingelknopf. Als eine Frauenstimme »Ja, hallo?« fragte, sagte sie munter: »Ich verteile die Stadtteilzeitung. Machen Sie mir bitte die Tür auf?«

»Klar.«

Der Summer ertönte, Marie und Franzi hatten es geschafft: Sie waren im Treppenhaus. *Flying Food* hatte seine Geschäftsräume im Erdgeschoss. Die Tür war nur angelehnt. Offenbar war sie nicht richtig zugezogen worden. Von innen hörten sie halblaute Männerstimmen.

Maries Puls beschleunigte sich. »Wollen wir dann?«, flüsterte sie.

Franzi nickte und öffnete in Zeitlupe die Tür. Auf Zehenspitzen schlichen sie hinein. Der Flur war nur schwach be-

leuchtet. An den Wänden hingen bunte Fotos von Bananen, Orangen, Paprika, Gurken und anderen Obst- und Gemüsesorten. Es duftete nach frischem Ingwer und Curry.
Die Stimmen kamen vom Ende des Flurs. Vorsichtig pirschten sich Marie und Franzi näher heran. Der Duft wurde stärker. Wahrscheinlich hielten sich die Männer in der Küche auf. Und wieder hatten sie Glück. Die Tür war einen Spaltbreit offen.
Marie wagte sich mutig bis zur Tür vor. Jetzt konnte sie Sebastian Reusner sehen. Der Comiczeichner stand mit einem blonden Mann zusammen, der eine Kochschürze über dem karierten Hemd trug. Im Hintergrund erkannte Marie einen großen Gasherd und jede Menge Töpfe und Pfannen, die an Haken über einer Arbeitsplatte aus Edelstahl hingen.
»Ich habe die Originale mitgebracht, so wie wir es am Telefon besprochen haben«, erzählte Sebastian gerade. »Aber ich möchte kein Risiko eingehen. Das Ganze muss absolut geheim bleiben.«
Der Koch strich sich über seinen rundlichen Bauch. »Sie gehen kein Risiko ein. Auf mich können Sie sich hundertprozentig verlassen, ich bin hier schließlich der Geschäftsführer. Also, dann zeigen Sie mal her.«
Sebastian Reusner zögerte. Dann holte er langsam einen braunen DIN-A4-Umschlag aus einer schwarzen Umhängetasche.
Der Catering-Chef nahm den Umschlag entgegen und fischte etwas heraus. Marie konnte leider nicht sehen, um was es sich handelte, weil er ihr den Rücken zudrehte. »Sie sind ja wirklich ein Profi!« Der Chef schnalzte mit der Zunge. »Ich

hatte nämlich am Telefon so meine Zweifel. Das geht klar, vielen Dank.« Er verstaute den Inhalt wieder im Umschlag.

»Und wann ist die Übergabe?«, wollte Sebastian Reusner wissen.

Der Geschäftsführer kratzte sich am Kinn. »Zum Wunschtermin, wie vereinbart. Das erledigen wir, Sie müssen sich um nichts kümmern.«

Der Comiczeichner schulterte seine Umhängetasche. »Einverstanden. Also dann: Falls wir uns zufällig in der Öffentlichkeit begegnen sollten …«

»… dann haben wir uns noch nie zuvor getroffen«, beendete der Chef den Satz. »Wir sind völlig Fremde. Kein Problem.«

Sebastian Reusner nickte. »Das hoffe ich. Jetzt muss ich los. Bin schon viel zu lange hier. Tschüss!«

»Einen Moment noch!«, bat der Geschäftsführer. »Vergessen Sie nicht Ihre Jacke. Die liegt da drüben auf der …«

Marie und Franzi hatten genug gehört. Blitzschnell zogen sie sich zurück, rannten den Flur entlang zur Tür und weiter ins Treppenhaus. Als sie auf der Straße waren, sahen sie sich hektisch um.

»Wohin?«, fragte Franzi.

»Zum Bäcker«, schlug Marie vor. »Da sind wir in Sicherheit und können ihn abpassen.«

Gesagt, getan. Marie und Franzi reihten sich in die lange Schlange ein. Franzi blieb dabei in der Nähe der Tür und hielt nach Sebastian Reusner Ausschau.

Endlich kam er angelaufen, die Hände in den Taschen seiner Jacke vergraben, den Rücken gebeugt, starrte er finster auf den Gehsteig.

Marie und Franzi schossen aus der Bäckerei heraus und versperrten ihm den Weg.
»Hallo, Herr Reusner! Wir müssen mit Ihnen reden«, sagte Marie.
Der Comiczeichner zog seine buschigen Augenbrauen zusammen. »Was wollt ihr denn schon wieder von mir? Ich hab keine Zeit.«
Franzi ließ sich nicht abwimmeln. »Die Zeit werden Sie sich nehmen müssen. Wir haben ein paar Fragen an Sie.«
Sebastian Reusner stöhnte. »Ach ja? Bei der Lesung hättet ihr mir jede Menge Fragen stellen können, aber da hattet ihr ja anscheinend keine Lust dazu. Was wollt ihr denn?«
»Wir wollen wissen, warum Sie immer dort sind, wo meine Stiefmutter Tessa ist, oder an Orten, wo es um die Hochzeit von ihr und meinem Vater geht.« Marie sah den Comiczeichner scharf an. »Das finden wir ziemlich merkwürdig.«
Sebastian Reusner runzelte verärgert die Stirn. »Wie bitte? Ich hab keine Ahnung, wovon du da redest.«
»Kein Problem, ich helfe Ihnen gerne auf die Sprünge«, sagte Marie ruhig. »Erst haben Sie im *Café Lomo* die ganzen Zeitungsausschnitte von Tessa und meinem Vater ausgebreitet. Dann waren Sie im Blumenladen und haben die Brautsträuße von Tessa fotografiert. Und gerade eben waren Sie bei der Catering-Firma, die für die Hochzeit von Tessa und meinem Vater zuständig ist.«
»Woher wisst ihr das denn?«, fragte Sebastian Reusner verblüfft. »Verfolgt ihr mich etwa? Was soll das Ganze? Das lasse ich mir nicht gefallen!«
Franzi ging nicht darauf ein. »Was war in dem Umschlag,

den Sie dem Chef von *Flying Food* übergeben haben? Sie haben von Originalen gesprochen. Waren das Fotos, mit denen Sie den Chef erpressen wollen?«

»Ihr habt wohl zu viele Krimis angeschaut!«, sagte der Comiczeichner. »Tut mir leid, aber so einen Blödsinn höre ich mir nicht länger an. Da hab ich wirklich Besseres zu tun.« Er drehte sich auf dem Absatz um, drängte Marie und Franzi an den Gehsteigrand und lief einfach weiter.

»Der kann doch nicht einfach abhauen!«, rief Marie entrüstet.

»Ich fürchte, das kann er leider schon.« Franzi ballte ihre Fäuste. »Wir haben nichts gegen ihn in der Hand und nicht mal einen konkreten Verdacht. Die Sache mit dem Umschlag und der Übergabe ist noch völlig unklar. Ich hab nur ins Blaue hinein geraten, als ich die Erpressung erwähnt habe.«

Marie lehnte sich gegen die kalte Außenmauer der Bäckerei. Sie wollte nicht hören, was Franzi da gerade sagte, aber sie musste ihr recht geben. Sie tappten in diesem Fall im Dunkeln und hatten keinerlei Beweise. Nach der ersten Enttäuschung spürte Marie, wie sie wütend wurde. Dieser Zustand musste sich so schnell wie möglich ändern. Dafür würden die drei !!! sorgen!

Ächzend warf Marie in der Eingangshalle allen Ballast von sich: Jacke, Schuhe und Tasche. Dieser Nachmittag hatte es in sich gehabt. Erst die Aufregung um den VW Käfer, dann die berührende Geschichte über ihre Mutter, Holgers Ärger und das geplatzte Date und am Schluss auch noch die unbefriedigende Befragung von Sebastian Reusner. Marie hatte

nur noch einen Wunsch: mit ihrer Familie gemütlich Abend zu essen und danach früh schlafen zu gehen.
In der Wohnküche war es verdächtig ruhig. Sonst wurden um diese Zeit alle Familienmitglieder von Helmut Grevenbroichs Klappern mit Töpfen und Pfannen magisch angezogen. Heute empfing Marie gähnende Leere. Nanu? Wo waren denn die anderen? Hatte sie irgendetwas verpasst? Wollten sie heute auswärts essen gehen?
»Hallo, jemand zu Hause?« Marie durchquerte die Halle.
Im Wohnzimmer war auch niemand. Seltsam. Marie lief hinauf in den ersten Stock, und da hörte sie laute Stimmen aus dem Arbeitszimmer ihres Vaters.
»Helmut, bitte, mach doch kein Drama draus!«, sagte Tessa.
»Natürlich rege ich mich auf!«, brauste Helmut Grevenbroich auf. »Das ist doch kein Wunder. Ich komme heim, sehe meine Post durch und finde das hier!«
Marie wurde unruhig. Tessa und ihr Vater stritten sich nicht oft. Meistens waren sie ein Herz und eine Seele und gingen selbst in den stressigsten Situationen immer liebevoll miteinander um. Was war passiert? Marie musste es herausfinden.
Vorsichtig klopfte sie an die offene Tür des Arbeitszimmers und fragte: »Alles klar bei euch? Was ist denn los?«
Zwei erhitzte Köpfe fuhren herum. Maries Vater saß hinter seinem Schreibtisch, Tessa stand davor.
»Ach, du bist es, Marie. Das hier ist los!« Helmut wedelte mit einem Stück Papier in der Luft und ließ es zurück auf den Tisch fallen. Dann setzte er das Streitgespräch mit Tessa fort. »Kannst du mir mal verraten, wie diese hohe Summe bei der Rechnung zustande kommt?«

»Es ist eine Zwischenrechnung«, stellte Tessa klar.
»Umso schlimmer«, rief Helmut Grevenbroich. »Dann kommt ja hinterher noch mehr auf uns zu.«
Tessa regte sich jetzt auch auf. »Was willst du damit sagen? Dass ich zu viel Geld ausgegeben habe?«
»Nein, natürlich nicht«, ruderte Maries Vater zurück. »Ich kann mir das nur einfach nicht erklären.« Er stand auf und tigerte nervös auf und ab.
Tessa stöhnte. »Wir haben die Rechnung doch noch gar nicht richtig durchgelesen. Das sollten wir erst mal in Ruhe tun.«
»Das muss ich nicht, der Endbetrag genügt mir«, fand Helmut Grevenbroich.
Die beiden redeten weiter aufeinander ein und waren völlig mit sich beschäftigt. Marie nutzte die Gelegenheit, um unauffällig zum Schreibtisch zu gehen und einen Blick auf die Rechnung zu werfen. Sie war auf dem Geschäftspapier der Hochzeitsagentur gedruckt und stammte von Rabea.
Im Gegensatz zu ihrem Vater ging Marie jeden einzelnen Posten durch. Je länger sie las, umso größer wurden ihre Augen. Das durfte ja wohl nicht wahr sein! Die »kleinen Aufschläge«, von denen die Hochzeits-Planerin immer gesprochen hatte, waren in Wirklichkeit beachtlich groß. Es tauchten auch noch diverse zusätzliche Posten auf, zum Beispiel rätselhafte »Sonderaufwendungen« und Extrakosten für Telefon- und Internet-Recherchen. Außerdem standen in der Rechnung plötzlich ein Ausfallhonorar für den Konditor und Anfahrtskosten für Rabea. Das war nicht fair!
Marie erinnerte sich noch ganz genau an das Telefonat, das

Tessa bei den Winklers mit Rabea geführt hatte. Tessa hatte damals doch die Lautsprecherfunktion aktiviert. Bei diesem Gespräch hatte Rabea von sich aus versichert, es würden keine weiteren Kosten entstehen. Von wegen!
Marie legte die Rechnung auf den Schreibtisch zurück. In ihrem Detektivgehirn liefen die Drähte heiß. Was hatte das zu bedeuten? Hatte Rabea absichtlich die Preise in die Höhe getrieben?
Marie überlegte, ob sie Tessa und ihren Vater auf ihre Entdeckung und die Details der Rechnung hinweisen sollte. Sie entschied sich dagegen. Es war noch zu früh. Noch würde es schwer sein, Rabea nachzuweisen, dass sie mit voller Absicht falsche Bedingungen genannt und einen Betrug begangen hatte. Die drei !!! müssten erst noch Beweise sammeln und sie am besten auf frischer Tat ertappen.
Schnell holte Marie ihr Handy heraus und fotografierte die Rechnung, auf der Rabea schwungvoll mit Vor- und Nachnamen unterschrieben hatte. Zur Sicherheit machte sie gleich zwei Fotos, und dabei zuckte ein Gedanke durch ihren Kopf, den sie nicht richtig greifen konnte. Irgendetwas irritierte sie an der Rechnung. Oder hatte es mit was anderem zu tun? Marie kam nicht darauf.
Inzwischen hatten Tessa und Helmut Grevenbroich sich wieder etwas beruhigt.
»Lass uns ein andermal darüber reden«, lenkte Maries Vaters ein.
»Gute Idee.« Tessa sah auf ihre Armbanduhr. »Es ist schon sieben Uhr, höchste Zeit fürs Abendessen.«
Helmut Grevenbroich zuckte zusammen. »Was, schon sie-

ben? Ich hab heute noch eine Besprechung in der Filmstadt wegen der neuen Folge der *Vorstadtwache*. Der Regisseur konnte nicht früher, weil er mit einer anderen Produktion einen Außendreh hatte. Tut mir leid, heute kann ich nicht kochen.«

»Schade«, sagte Tessa. »Pass auf dich auf. Fahr nicht so schnell mit dem Auto!«

»Mach ich, Schatz«, versprach Helmut Grevenbroich und gab seiner Braut einen schnellen Kuss auf die Wange.

Marie atmete erleichtert auf. Die schlechte Stimmung war gebannt!

Schock in der Kirche

»Seht nur, die beiden Enten da drüben!«, rief Kim.

Die drei !!! standen im Jakobipark vor dem Teich und beobachteten ein Entenpärchen, das dicht nebeneinander langsam durchs Wasser glitt. Das Männchen steckte immer wieder liebevoll seinen Schnabel unter das Gefieder des Weibchens. Das Weibchen hielt ganz still und schien die Zweisamkeit zu genießen.

Franzi grinste. »Ich glaube, die sind schwer verliebt!«

»Genau wie Tessa und mein Vater.« Marie musste an den Streit gestern denken. Auch wenn ihre Stiefmutter und ihr Vater unterschiedlicher Meinung gewesen waren, beim Abschied hatte Marie deutlich gespürt, wie lieb sie sich hatten.

Die Glocken der Jakobikirche schlugen viermal zur vollen Stunde und dann dreimal. Ein kühler Wind wirbelte ein paar Blätter vom letzten Herbst auf. Am Himmel türmten sich dunkle Wolkenberge.

Kim zog fröstelnd den Reißverschluss ihrer Jacke hoch. »Lasst uns reingehen! Die Probe fängt gleich an, oder?«

»Stimmt«, sagte Marie.

Rabea hatte das Brautpaar und die Blumenmädchen am

Donnerstagnachmittag zur Jakobikirche bestellt, um den Ablauf der Trauung zu proben. Am Hochzeitstag, wenn alle aufgeregt waren, sollte alles reibungslos klappen.
Marie spürte ein leichtes Kribbeln im Magen, und das hatte nichts mit der Probe zu tun. Wegen des Ablaufs machte sie sich keine Sorgen, aber gleich würde sie Rabea treffen. Ab heute würde sie die Hochzeits-Planerin genauer beobachten. Kim und Franzi wussten Bescheid. Die Detektivinnen hatten vereinbart, besonders wachsam zu sein. Vielleicht machte Rabea ja unbewusst eine verdächtige Bemerkung oder verhielt sich irgendwie merkwürdig.
Gemeinsam gingen sie über die Kieswege zur Kirche hinüber und traten in den kühlen Innenraum, der von Kerzen in den Seitenaltären stimmungsvoll beleuchtet wurde. Tessa, Helmut, Rabea und Lina waren bereits da. Tessa und Lina standen in der Mitte des Kirchenschiffs und bewunderten die reich verzierte Barockorgel.
Maries Vater sprach mit Rabea. Die Hochzeits-Planerin trug heute ein elegantes brombeerfarbenes Kostüm und einen langen Blazer mit aufgesetzten Taschen.
Helmut Grevenbroich zog sie ein wenig zur Seite und fragte halblaut: »Gestern haben wir deine Rechnung bekommen. Die ist wirklich ganz schön gesalzen. Sag mal, könnten wir noch mal darüber reden? Wir hatten einige Sachen anders vereinbart. Manches können wir uns auch gar nicht erklären.«
Die Hochzeits-Planerin setzte ihr professionelles Lächeln auf. »Natürlich können wir gerne über alles reden, jederzeit. Ich bin da ganz offen für eure Wünsche und Vorschläge.

Nur bitte nicht heute! Jetzt ist die Probe, und danach muss ich leider sofort weiter zu zwei anderen Terminen.«
»Kein Problem.« Helmut Grevenbroich schien über die Reaktion von Rabea erleichtert zu sein. Damit war das unangenehme Thema Rechnung für ihn erst mal vertagt.
Rabea klatschte betont munter in die Hände. »Kommt bitte alle nach vorne in die erste Reihe«, forderte sie die Anwesenden auf. »Wir setzen uns kurz hin und ich erkläre, was wir heute vorhaben.«
Tessa reichte ihrem zukünftigen Mann die Hand. »Darf ich bitten?«
Maries Vater zwinkerte ihr zu. »Sehr gerne, mein Schatz!« Er griff nach einer Papiertüte, die er im Mittelgang abgestellt hatte. »Ich hab übrigens extra meine neuen schwarzen Lackschuhe mitgebracht. Die sind ein bisschen eng, dann kann ich sie gleich einlaufen.«
»Du denkst aber auch an alles«, sagte Tessa lachend.
Ansonsten trugen alle ihre Alltagskleidung. Die Schneiderin arbeitete auf Hochtouren, damit die Blumenkleider rechtzeitig fertig wurden. Auch am Brautkleid gab es noch ein paar kleine Änderungen.
Als sich alle versammelt hatten, erklärte Rabea, wie die Trauung im Einzelnen ablaufen würde: »Die Hochzeitsgäste dürfen sich vor dem Beginn gerne schon in die Kirche setzen. Beim Orgelvorspiel kommt dann der feierliche Einzug des Brautpaars. Tessa, Helmut, ihr habt euch ja dafür entschieden, gemeinsam die Kirche zu betreten. Das finde ich sehr romantisch. Hinter Tessa und Helmut gehen Marie und Lina. Sie dürfen mit einer Hand die Schleppe tragen und mit

der anderen ihr Blumenkörbchen halten. Kim und Franzi, ihr folgt den beiden mit zwei Schritten Abstand. Auch ihr habt eure Körbchen in der Hand und …«

Marie ertappte sich dabei, dass die Worte der Hochzeits-Planerin mehr oder weniger an ihr vorbeirauschten. Sie konzentrierte sich vor allem darauf, Rabeas Körpersprache zu beobachten – was gar nicht so leicht war, weil ihr Vater in der Zwischenzeit seine Lackschuhe anzog und dabei leise vor sich hin stöhnte.

»Autsch, die sind aber wirklich eng!«, schimpfte er.

Aber auch die anderen waren nicht hundertprozentig bei der Sache. Lina kicherte immer wieder grundlos, Tessa rutschte unruhig auf der Bank hin und her, und Kim und Franzi waren auch abgelenkt.

»Ist dann so weit alles klar?«, fragte Rabea. »Ist eigentlich ganz einfach, nicht wahr? Dann wollen wir gleich mal den Einzug in die Kirche üben, bis zu dem Zeitpunkt, wenn das Brautpaar vor den Altar tritt.«

Helmut Grevenbroich stand auf und verzog das Gesicht.

»Ist es so schlimm?«, fragte Tessa besorgt.

Er schüttelte den Kopf. »Nein, nein, geht schon. Aber wie war das noch gleich? Wo müssen wir jetzt hin?«

Wie sich bald herausstellte, war der Einzug eben nicht »ganz einfach«. Rabea verteilte nämlich zum Üben kleine Plastikkörbchen an die Blumenmädchen und befestigte mit einer Sicherheitsnadel einen Tüll-Schleier an Tessas Jeans. Das Teil bauschte sich derartig, dass Kim sich darin verhedderte und beim Versuch, sich wieder aus dem Zugriff des Stoffs zu befreien, Marie anrempelte. Die ließ daraufhin ihr Blumenkörbchen fallen. Tessa fand die Situation so komisch, dass sie einen Lachanfall bekam und viel zu schnell zum Altar lief. Helmut Grevenbroich humpelte mit seinen engen Lackschuhen einen halben Meter hinter seiner Braut her.

»Stopp, stopp!«, rief Rabea. »Das soll doch kein Sprint-Wettkampf werden. Noch mal von vorne bitte.«

Tessa hatte vor Lachen Seitenstechen bekommen und musste sich kurz auf eine Bank setzen. Rabeas Handy klingelte schon wieder. Die Hochzeits-Planerin ging ran und hatte offenbar etwas wahnsinnig Wichtiges mit ihrer Chefin abzuklären.

Mitten in diesem ganzen Durcheinander ging plötzlich die Tür auf und ein Mann kam herein: Sebastian Reusner!

Weder Tessa noch Helmut noch Rabea bemerkten ihn. Die drei !!! konnten es nicht glauben. Was machte der Comiczeichner schon wieder hier? Woher wusste er überhaupt von der Probe?

Ungläubig beobachteten die Detektivinnen, wie Sebastian Reusner seine Kamera zückte und Fotos vom Brautpaar schoss. Genauso schnell, wie er gekommen war, verschwand er auch wieder.

»Soll ich ihm nachlaufen?«, fragte Franzi leise.

Kim schüttelte den Kopf. »Nein, das geht nicht. Du kannst die Probe nicht einfach sausen lassen.«

Auch Marie hätte Sebastian Reusner gerne beschattet, aber sie konnte nicht an zwei Orten gleichzeitig sein. Wichtig war es jetzt, Rabea nicht aus den Augen zu lassen. Die Hochzeits-Planerin drängte darauf, den Einzug ein zweites Mal zu üben. Diesmal klappte es halbwegs. Niemand stolperte über den Schleier, niemand ließ ein Blumenkörbchen fallen.

Die letzten Schritte zum Altar durften Tessa und Helmut alleine machen. Kim, Franzi, Marie und Lina setzten sich in die erste Reihe und sahen zu.
Vier Stufen, die mit einem Teppich ausgelegt waren, führten zu den roten Samtstühlen, auf denen das Brautpaar während der Trauung Platz nehmen würde. Helmut und Tessa schritten feierlich die Stufen empor. Sie waren schon fast oben, da passierte es.
Plötzlich hörte Marie ihren Vater laut schreien: »Aaah! Was ist … das …?«
Auf einmal sah Marie alles in Zeitlupe: den rechten Fuß ihres Vaters, der auf dem Läufer ausrutschte. Das merkwürdige Glänzen eines länglichen Gegenstands, den Marie nicht erkennen konnte. Helmut Grevenbroichs Oberkörper, der noch versuchte, das Gleichgewicht zu halten, was ihm nicht gelang. Das langsame Schwanken, die Schräglage und schließlich den Sturz, nur halb abgefangen von den Händen. Begleitet wurde das Ganze von einem hässlichen Geräusch, das sich anhörte, als würde Metall aufeinanderschlagen.
Maries Herz raste. Was war bloß mit ihrem Vater passiert?
»Papa!«, rief Marie und rannte zu ihm hin.
Gleichzeitig liefen auch Rabea, Lina, Franzi und Kim los.
Tessa kniete bereits vor Helmut Grevenbroich und nahm behutsam seinen Kopf in ihre Hände. »Helmut, hast du dich verletzt? Wie geht es dir?«
»Ganz … okay«, brachte Maries Vater mühsam hervor. Er versuchte sich ein wenig aufzurichten. »Ich glaube, es ist nichts gebrochen.« Er berührte seinen rechten Fuß. »Aaaah! Tut das weh!«

»Wo?«, fragte Marie. »Ist es dein Knöchel?«
Helmut Grevenbroich nickte. »Ja … ich glaube schon. Da war irgendetwas auf den Stufen. Ich hab es nur aus den Augenwinkeln gesehen …«
»Darum kümmern wir uns später«, sagte Rabea. »Darf ich mal? Ich hab vor Kurzem einen Erste-Hilfe-Kurs gemacht.«
Die Hochzeits-Planerin zog Maries Vater den rechten Lackschuh aus und tastete behutsam seinen Knöchel ab. »Du hast Glück gehabt! Es ist nichts gebrochen, aber der Knöchel ist rot und schwillt schon an. Du solltest sofort zum Arzt. Wahrscheinlich ist es eine Verstauchung.«
»Ausgerechnet jetzt, so kurz vor der Hochzeit!«, stöhnte Maries Vater. »Was für ein tolles Timing!«
»Mach dir deswegen keinen Kopf«, beruhigte Tessa ihn.
Marie fiel ein Riesenstein vom Herzen. Der Sturz hatte so dramatisch ausgesehen! Sie war so froh, dass ihr Vater Glück im Unglück hatte.
Tessa, Rabea und Lina halfen Helmut Grevenbroich auf die Beine und stützten ihn zu dritt. Humpelnd schaffte er es zur vordersten Bank, auf der er sich schnaufend niederließ.
»Den zweiten Schuh ziehst du am besten auch gleich aus«, schlug Tessa vor. »Vielleicht bist du ja wegen deiner engen Schuhe gestolpert. Mach es dir bequem, ich schau mal, ob ich irgendwo eine Wolldecke auftreiben kann.«
»Das kann ich machen!«, bot Lina an.
Marie wusste ihren Vater gut versorgt. Jetzt konnte sie mit Kim und Franzi den seltsam glänzenden länglichen Gegenstand auf dem Läufer genauer unter die Lupe nehmen. Die drei !!! gingen zu den Altarstufen. Am Ende jeder Stufe gab

es einen dünnen Metallstab, der den Läufer an seinem Platz hielt und verhinderte, dass der Stoff verrutschte oder Falten warf. Die Metallstäbe waren ordentlich festgeschraubt – bis auf den Stab der letzten Stufe! Der hatte sich gelöst und lag schräg versetzt auf dem Teil der Treppe, den Helmut Grevenbroich hinaufgegangen war.

»Dein Vater ist nicht wegen seiner engen Lackschuhe gestolpert«, kombinierte Kim. »Der lose Metallstab hier war schuld!«

Rabea hatte Kims Worte mitbekommen und kam herüber. »Das darf wohl nicht wahr sein!«, rief sie aufgebracht. »Das ist ja total gefährlich.« Sie schüttelte ungläubig den Kopf. »Es tut mir so leid. Das hätte ich sehen müssen. Ich war vor euch in der Kirche und hab einen kleinen Rundgang gemacht, um zu kontrollieren, ob alles in Ordnung ist. Der lose Metallstab ist mir aber nicht aufgefallen. Wahrscheinlich, weil es hier drinnen so dunkel ist.«

»Es bringt nichts, hinterher zu grübeln, wie so was passieren konnte«, meinte Helmut Grevenbroich pragmatisch. »Es ist eben geschehen, da kann man nichts machen.«

Tessa nickte. »Ja, du hast einfach Pech gehabt!«

Tessa und ihr Vater mochten recht haben. Trotzdem hatte Marie ein komisches Gefühl bei der Sache mit der Metallstange, ohne dass sie es richtig benennen konnte.

»Zu lieb von euch, dass ihr mich in Schutz nehmt!«, sagte Rabea. »Ich rufe jetzt ein Taxi, und das geht selbstverständlich auf meine Kosten. Hast du einen guten Hausarzt, Helmut, oder möchtest du lieber ins Krankenhaus?«

»Nein, das ist nicht nötig«, entschied Maries Vater. »Zu meinem Hausarzt habe ich absolutes Vertrauen. Er hat auch donnerstags immer bis abends Sprechstunde, und seine Praxis ist gar nicht weit von hier.«

»Hört sich perfekt an.« Die Hochzeits-Planerin telefonierte mit dem Taxi-Unternehmen. »Hallo! Hier spricht Rabea Leinisch. Wir brauchen sofort ein Taxi für einen Krankentransport. Zum Haupteingang der Jakobikirche bitte.« Sie hielt das Handy ein Stück weg vom Ohr. »Für wie viele Personen?«

Tessa überlegte. »Lina und ich kommen auf jeden Fall mit. Marie, könntest du in der Zwischenzeit zu Finn und Natascha nach Hause fahren?«

»Klar«, sagte Marie. Das passte ihr sogar sehr gut. Dann konnte sie noch mit Kim und Franzi ein bisschen in der Kirche bleiben und sich den Läufer noch mal ansehen.

»Ein Auto für drei Personen bitte«, gab Rabea an das Taxiunternehmen weiter. »Vielen Dank.«

Zum Taxi gingen Kim, Franzi und Marie noch kurz mit. Rabea ließ es sich nicht nehmen, Helmut Grevenbroich so zu stützen, dass er bequem ins Auto einsteigen konnte. Dann kramte sie in ihrer Handtasche nach dem Taxigeld. Sie beugte sich nach vorne, um den Inhalt ihres Geldbeutels zu prüfen. Dabei rutschte etwas aus einer Tasche ihres Blazers. Klimpernd landete der Gegenstand auf dem Gehsteig. In der allgemeinen Aufregung beim Aufbruch bekam es niemand mit – bis auf die drei !!!, die Rabea die ganze Zeit scharf beobachtet hatten.

»Tschüss, bis später!«, rief Helmut Grevenbroich durchs heruntergelassene Beifahrerfenster. »Und lasst mir noch was von dem guten Käse übrig, den ich gestern eingekauft habe.«

»Machen wir«, versprach Marie. Wie beruhigend, dass ihr Vater schon wieder ans Essen dachte! Dann ging es ihm besser.

Die drei !!! winkten, das Taxi brauste davon und verschwand hinter der Kirchenmauer. Marie bückte sich und suchte den Gehsteig ab. »Was haben wir denn da?«, rief sie triumphierend und hob ein kleines Werkzeug auf.

»Ein Schraubendreher«, sagte Franzi verblüfft. »So was trägt man normalerweise nicht im Blazer mit sich herum.«

Kim inspizierte ebenfalls den Gehsteig. »Hier ist noch etwas: eine kleine Schraube!«

»Sehr verdächtig«, fand Marie. »Kommt, lasst uns gleich nachschauen, ob die Schraube beim Treppenabsatz vom Läufer passt.«

Die Detektivinnen kehrten zum Tatort zurück. Franzi tastete mit den Händen die Stelle ab, an der die lose Metallstange befestigt gewesen war. Kim assistierte ihr mit der Lupe.

»Und, kannst du was fühlen?«, fragte Marie gespannt.

»Ja! Da fehlt ein Stück Stoff. Das hat jemand herausgerissen. Mist! Jetzt können wir nicht überprüfen, ob die Schraube reinpasst.«

»Aber wir können die Schraube mit den anderen vergleichen«, fiel Kim ein.

Das Ergebnis war eindeutig: Das Fundstück vom Gehsteig war genauso groß wie die anderen Schrauben, welche die Metallstäbe an ihrem Platz hielten. Und der Schraubendreher hatte auch genau die richtige Größe.

Franzi stand auf und klopfte sich den Staub von der Jeans. »Das ist der Beweis! Rabea hat die Stange absichtlich entfernt.«

»Aber warum wollte sie, dass jemand darüber stolpert?«, überlegte Marie.
»Nicht irgendjemand«, verbesserte Kim. »Sie hatte es auf deinen Vater abgesehen! Erinnert ihr euch, wie genau sie ihm vorgeschrieben hat, an welcher Stelle er die Treppenstufen zum Altar betreten soll?«
Marie nickte düster. »Ja. Ich hab mich schon gewundert, weil ich dachte, jetzt übertreibt sie es aber wirklich mit ihren Anweisungen. Wie gemein von Rabea! Wieso hat sie das bloß gemacht? Oder steckt die Agentur dahinter? Das ergibt alles noch keinen Sinn.«
»Für mich auch noch nicht.« Franzi verstaute den Schraubendreher und die Schraube sorgfältig in einem Plastiktütchen. Die Indizien würden sie später bestimmt noch brauchen.
Kim starrte auf den mit Blumen geschmückten Altar. »Vielleicht hat sie noch ein anderes Motiv, das mit deinem Vater zu tun hat?«
»Gut möglich«, sagte Marie. »Aber heute ist sie eindeutig zu weit gegangen. Wir müssen sie stoppen, bevor sie noch mehr Unheil anrichtet. Das geht vor. Um Sebastian Reusner kümmern wir uns später.«
Kim und Franzi waren derselben Meinung.
»Am besten stellen wir Rabea gleich morgen oder spätestens übermorgen zur Rede«, schlug Kim vor. »Vorausgesetzt natürlich, dass es deinem Vater wieder besser geht. Vorher sollten wir uns zu einer Clubsitzung im *Lomo* treffen und uns beraten, wie wir Rabea eine Falle stellen und sie überführen können.«
»Clubsitzung geht klar«, sagte Franzi. »Morgen, am Freitag,

nach der Schule? Prima! Und wo stellen wir ihr dann eine Falle?«

Maries Augen blitzten herausfordernd. »In ihrer Agentur. Wir wagen uns mitten hinein in die Höhle des Löwen!«

Eine Stunde später saß Marie in der Wohnküche der alten Villa und spielte nervös auf ihrem Handy herum. Natascha bereitete das Abendessen vor. Finn machte jede Menge Quatsch dabei.

Marie beneidete ihren kleinen Stiefbruder. Er war so unbeschwert, während sie selbst immer unruhiger wurde, je länger ihr Vater, Tessa und Lina wegblieben. Hatte er sich doch eine größere Verletzung am Knöchel zugezogen? Musste er damit ins Krankenhaus? Aber dann hätte Tessa bestimmt angerufen. Trotzdem machte sich Marie Sorgen.

Um sich abzulenken, checkte sie ihre E-Mails. Holger hatte sich seit gestern auch nicht mehr gemeldet. Sonst schickte er ihr täglich mindestens zwei SMS oder eine Mail. Er war bestimmt immer noch sauer auf sie – und Marie konnte es ihm nicht mal verübeln.

Schnell tippte sie eine kurze Nachricht an ihn ins Handy.

Hallo Holger,
wollte mich noch mal entschuldigen.
Es tut mir wirklich sehr leid.
Wann hättest du Zeit, dass wir unsere
Mountain-Bike-Tour nachholen?
Hdgdl,
Marie

Mit klopfendem Herzen schickte Marie die SMS ab. Holger hatte am Donnerstagabend immer Fußballtraining. Er würde ihr also vermutlich erst später antworten.
Marie suchte nach einer neuen Ablenkung. Sie legte auf ihrem Handy einen neuen Fotoordner an. Unter dem Stichwort »R. und S.« sortierte sie alle Aufnahmen, die sie bisher im rätselhaften Doppelfall Rabea Leinisch und Sebastian Reusner gemacht hatte.
Noch einmal las sie kopfschüttelnd den Liebesbrief von Sebastian. Wie naiv war der Comiczeichner eigentlich? Dachte er wirklich, er könnte Tessa so kurz vor der Hochzeit dazu bringen, ihr ganzes Leben auf den Kopf zu stellen und sich stattdessen für ihn zu entscheiden? Vielleicht glaubte er das tatsächlich. Im Laufe ihrer Arbeit als Detektivin hatte Marie schon einige haarsträubende Geschichten mitbekommen.
Marie scrollte weiter nach unten und stieß auf die überteuerte Rechnung der Hochzeits-Planerin. Die schwungvolle, ausladende Unterschrift passte zu Rabeas extrovertierter Art. Plötzlich stutzte Marie. Moment mal! Die Schrift kam ihr irgendwie bekannt vor.
Marie sah sich den Liebesbrief erneut an und verglich die Schriften miteinander. Beide Dokumente stammten von ein und derselben Person!
Jetzt wurde der verschwommene Gedanke von gestern, als sie Rabeas Rechnung zum ersten Mal gesehen hatte und bei der Unterschrift hängen geblieben war, ganz klar. Sebastian Reusner hatte den Liebesbrief nicht geschrieben. Die Hochzeits-Planerin hatte ihn gefälscht!
Geschockt legte Marie ihr Handy auf den Esstisch. Rabea

war nicht nur eine Betrügerin, die ein glückliches Brautpaar abzocken wollte. Die Hochzeits-Planerin verfolgte einen größeren Plan. Aber welchen? Und was war ihr Motiv?
Die ungeklärten Fragen zermürbten Marie. Sie wollte die volle Wahrheit wissen – jetzt! Bis morgen dauerte es noch so lange!
Geräusche an der Haustür rissen Marie aus ihren Gedanken. Ein Schlüssel wurde im Schloss herumgedreht. Dann ertönte die fröhliche Stimme ihres Vaters: »Endlich wieder zu Hause! Ich hab so Hunger, ich könnte ein ganzes Wildschwein verdrücken!«
»Papa, Papa!«, krähte Finn laut und lief auf seinen kurzen Beinchen hinaus in die Eingangshalle.
Marie und Natascha folgten ihm aufgeregt.
Helmut Grevenbroich hatte einen weißen Verband um seinen rechten Knöchel. Tapfer humpelte er auf Finn, Marie und Natascha zu. Dabei strahlte er über das ganze Gesicht.
»Gute Nachrichten! Mein Knöchel ist nur leicht verstaucht. Bis zur Hochzeit wird die Schwellung komplett zurückgegangen sein.«
»Das ist ja toll!«, freute sich Marie. Lachend fiel sie ihrem Vater um den Hals, während Finn wie ein Flummi auf und ab hüpfte.

Träume werden wahr

»Wie dreist ist das denn, einen Liebesbrief zu fälschen?« Kim stellte ihren Becher so energisch ab, dass der *Kakao Spezial* über den Rand schwappte.

»Tja, manche Leute schrecken vor nichts zurück.« Franzi reichte Kim ihre Serviette, damit sie die Flecken auf dem Couchtisch aufwischen konnte.

Marie musste grinsen. »Besonders schlau ist Rabea aber nicht vorgegangen. Sie hätte sich das Notizbuch von Sebastian klauen und die Schrift nachmachen müssen. Dann wären wir ihr nicht so schnell auf die Schliche gekommen.«

»Das war ihr wahrscheinlich zu aufwendig«, vermutete Kim. »Schlecht für sie, gut für uns. Jetzt haben wir nämlich nicht nur den Schraubendreher und die Schraube als Beweisstücke, sondern auch noch die beiden Fotos mit Rabeas Schrift.« Kim nahm sich einen Mini-Gugelhupf von der Kuchenplatte und kaute konzentriert. »Also, wie könnte unser Plan aussehen?«

»Zuerst mal platzen wir ohne Vorankündigung in ihr Büro«, sagte Marie. »Wenn sie gerade nicht da ist, nehmen wir uns ihren Schreibtisch vor. Da finden wir vielleicht noch andere interessante Dinge.«

»Gute Idee.« Franzi nickte eifrig. »Und wenn sie doch da sein sollte, konfrontieren wir sie sofort mit ihren Taten. Das wird sie so aus der Fassung bringen, dass ihr vielleicht aus Versehen die Wahrheit herausrutscht, oder sie legt sogar freiwillig ein Geständnis ab.«

»Träumt weiter!«, sagte Kim trocken. »Darauf dürfen wir nicht hoffen. Ich finde, wir brauchen unbedingt einen Plan B. Der könnte zum Beispiel so aussehen …« Sie holte tief Luft.

Marie und Franzi blickten sie erwartungsvoll an, aber es kam nichts. Kim saß einfach nur mit offenem Mund da.

Erst nach ein paar Sekunden entdeckte Marie den Grund. Kim starrte zur Tür des *Café Lomo*. Dort spazierte niemand anderes als Sebastian Reusner höchstpersönlich herein! Er sah die drei !!! nicht, die wie immer in ihrer Sitzecke im hinteren Teil des Cafés saßen.

Der Comiczeichner setzte sich an einen Tisch am Fenster und bestellte sich einen Cappuccino. Danach breitete er einen Stapel Fotos auf dem Tisch aus und begann eifrig zu zeichnen.

»Okay«, sagte Marie. »Wenn er schon hier reinschneit, müssen wir ihn auch ansprechen. Ich will jetzt endlich wissen, was er für ein Geheimnis hat und was er in der Catering-Firma wollte.«

Kim und Franzi nickten sich kurz zu. Dann sagte Franzi unternehmungslustig: »Also gut, nichts wie los!«

Die Detektivinnen standen auf und gingen zum Tisch von Sebastian Reusner. Der war so vertieft in seine Arbeit, dass er sie immer noch nicht bemerkte. Es war keine große Überraschung, was Marie auf den Fotos entdeckte: den Blumen-

laden, den Brautstrauß aus mehreren Perspektiven, Tessa auf der Straße von hinten fotografiert und Innenaufnahmen aus der Jakobikirche.
Neugierig warf Marie jetzt einen Blick auf die Comic-Doppelseite, an der Sebastian Reusner gerade mit schwarzer Tusche zeichnete. Eine Frau kam auf fast jedem Bild vor. Die Frau sah haargenau aus wie Tessa! Auch auf dem Cover des Comic-Heftes, das neben der Cappuccino-Tasse lag, war sie abgebildet.
Fassungslos las Marie den Titel des Comics. Er bestand aus zwei Teilen. Der erste Teil lautete: »Wie Tessa ihre große Liebe Helmut fand«. Darunter stand: »Alles Gute zur Hochzeit!«
Was sollte das denn jetzt bedeuten? Die Wahrheit schien so nah zu sein, aber Marie konnte sie noch nicht greifen.
Sebastian Reusner hob den Kopf und lächelte gequält. »Ihr schon wieder! Hab ich mich beim Reingehen also doch nicht getäuscht, dass ihr hier seid.«
Auf einmal fiel es Marie wie Schuppen von den Augen: Deshalb hatte Sebastian Reusner die vielen Zeitungsartikel gesammelt, deshalb war er an allen möglichen Orten aufgetaucht, die mit der Hochzeit von Tessa und Helmut zu tun hatten! All das diente als Recherche für sein Comic-Heft! Einen Comic, den er dem Brautpaar zur Hochzeit schenken wollte!
In dem Moment, als Marie die Wahrheit aufgedeckt hatte, sagte Sebastian Reusner: »Glückwunsch! Jetzt habt ihr herausgefunden, woran ich arbeite. Dabei hab ich alles dafür getan, um mein Hochzeitsgeschenk vor den anderen Gästen geheim zu halten!«

»Weil Sie Angst hatten, dass ich es zu Hause erzählen würde?«, wollte Marie wissen.
»Ganz genau.« Sebastian Reusner sah Kim, Franzi und Marie prüfend an. »Ich hab selber eine Nichte in eurem Alter und weiß, dass Mädchen grundsätzlich keine Geheimnisse für sich behalten können. Sie müssen sie sofort der besten Freundin anvertrauen, und die gibt sie wiederum an ihre zweitbeste Freundin weiter und so fort.«
Kim musterte den Comiczeichner kühl. »Ach, ist das wirklich so? Also wir sind Detektivinnen und geben grundsätzlich keine Details unserer Ermittlungen preis. Wir haben übrigens schon über 50 Fälle gelöst.«
»Oh!« Sebastian Reusner war platt. Damit hatte er nicht gerechnet. »Entschuldigt bitte! Vergesst den Blödsinn, den ich gerade gesagt habe. War nicht so gemeint. Manchmal bin ich ein bisschen unfreundlich.« Er wirkte ehrlich zerknirscht.
»Entschuldigung angenommen«, sagte Franzi. »Der Comic gefällt mir übrigens richtig gut. Der Stil ist cool.«
»Danke.« Sebastian Reusner verpasste Tessa auf dem letzten Bild der Doppelseite ein verschmitztes Lächeln.
»Wie sind Sie eigentlich auf die Idee gekommen, Tessa und Helmut ein Comic-Heft zu schenken?«, fragte Kim.
Sebastian Reusner erzählte bereitwillig die Hintergründe: »Es war gar nicht meine Idee, obwohl oder vielleicht gerade weil es mein Beruf ist, Comics zu zeichnen. Studienfreunde von Tessa haben eine Ausstellung von mir gesehen. Sie haben mir gemailt und gemeint, das wäre doch super, wenn ich so was mache. Alle Freunde steuern Ideen dazu bei.«
Marie musste eine Frage loswerden, die ihr schon die ganze

Zeit auf der Zunge lag. »Waren Sie nun im Studium in Tessa verliebt oder nicht?«
Sebastian Reusner zog seine buschigen Augenbrauen zusammen. »Neugierig bist du gar nicht, wie? Na schön, weil ihr mir sonst keine Ruhe lasst, verrate ich euch auch das noch: Ja, ich war in Tessa verknallt, aber das waren ganz viele Mitstudenten damals. Und sie hat mir leider einen Korb gegeben. Wir haben uns danach noch ab und zu auf Studentenpartys gesehen und zusammen getanzt. Aber falls es euch beruhigt: Ich bin seit 15 Jahren glücklich verheiratet.« Stolz hob er seine rechte Hand, an der ein goldener Ehering glänzte.
Marie ärgerte sich ein bisschen über sich selbst. Der Ehering war ihr bisher gar nicht aufgefallen! In Zukunft musste sie sich Details bei verdächtigen Personen noch gründlicher einprägen.
Sebastian Reusner trank seinen Cappuccino, der längst kalt geworden war. »Und, seid ihr jetzt zufrieden? Hab ich alle eure Fragen beantwortet?«
»Fast«, sagte Franzi. »Wir würden gerne noch wissen, was Sie in der Catering-Firma gemacht haben.«
Sebastian Reusner lachte. »Dort hab ich mich um das zweite Hochzeitsgeschenk gekümmert. Aber was es ist, das verrate ich euch nicht. *Ein* kleines Geheimnis muss ich schließlich für mich behalten!«

Maries Digitalanzeige auf der Armbanduhr zeigte *Samstag 09:52* an, als sie vor der Hochzeitsagentur *Träume werden wahr* eintraf. So viel zu Kims und Franzis Sticheleien, die

sie sich öfter anhören musste, dass sie nicht pünktlich sein konnte!
Marie nutzte den Vorsprung, um schnell noch einmal Holgers SMS zu lesen, die er ihr gestern Abend geschickt hatte.
Hallo Marie,
danke für deine SMS.
Ich melde mich bald.
Eilige Grüße,
Holger

Marie wurde nicht richtig schlau aus Holgers Nachricht. Hatte er es tatsächlich eilig und schrieb deshalb nur so kurz angebunden? Oder war er doch noch sauer auf sie?
Sie überlegte gerade, ob sie Holger zurückschreiben sollte, als Kim und Franzi auf ihren Fahrrädern um die Ecke bogen.
»Na, seid ihr auch schon da?« Marie konnte sich die Frage nicht verkneifen.
Franzi nahm ihren Fahrradhelm ab. »Wieso schon? Es ist Punkt zehn Uhr, wie wir es vereinbart hatten.« Ihre Stimme klang leicht gereizt.
»Bitte streitet euch nicht«, vermittelte Kim. »Spart euch die Energie lieber für unseren Plan B auf.«
Bei der gestrigen Besprechung im *Café Lomo* hatte Kim am Schluss noch einen echt genialen Plan vorgeschlagen. Damit würden sie die Hochzeits-Planerin mit sehr hoher Wahrscheinlichkeit überführen können, selbst wenn die anderen Methoden scheiterten.
Marie grinste. »Unsere Chefin hat wie immer recht. Seid ihr startklar?«

»Ja«, riefen Kim und Franzi wie aus einem Mund.
Die Hochzeitsagentur befand sich in einem liebevoll restaurierten, denkmalgeschützten Haus im Zentrum. Eine Marmortreppe führte hinauf ins Hochparterre, das die Agentur komplett für sich angemietet hatte.
Nachdem die drei !!! geklingelt hatten, ertönte ein automatischer Summer. Selbstbewusst betraten die Detektivinnen die Räume der Agentur. Am Empfang standen eine elegante ältere Frau im gestreiften Hosenanzug und ein junger, sportlich aussehender Mitarbeiter.
Die Frau unterbrach ihr Gespräch und lächelte freundlich. »Guten Tag! Wie kann ich euch helfen? Ich bin Heide Kiehl, die Leiterin von *Träume werden wahr.*«
»Freut mich sehr«, sagte Marie. »Ich bin Marie Grevenbroich, und das sind meine Freundinnen Kim und Franzi. Machen Sie sich bitte wegen uns keine Umstände, die liebe Rabea erwartet uns schon!«
»Nanu, ich dachte eigentlich, Rabea hat gleich einen Außentermin?«, sagte der Mitarbeiter verwundert.
Marie raunte ihm verschwörerisch zu: »Ich weiß, den hat sie extra wegen uns abgesagt. Rabea ist so ein Schatz!«
Franzi hatte sich unauffällig umgesehen und das Namensschild »Leinisch« an der Tür hinter dem Empfang erspäht.
Die drei !!! spazierten seelenruhig an dem verdutzten Mitarbeiter und der Agenturleiterin vorbei. Kim öffnete schwungvoll die Tür, dicht gefolgt von Marie und Franzi.
Rabea Leinisch saß am Schreibtisch und tippte gerade hektisch einen Text in ihren Computer. »Jetzt nicht! Ich hab doch gesagt, dass ich gleich wegmuss …« Sie hob gestresst

den Kopf und entdeckte Kim, Franzi und Marie. »Ach, hallo, Mädchen! Das ist ja eine nette Überraschung.« Sie setzte rasch ihr professionelles Lächeln auf.
Kim blieb kühl. »Ob die Überraschung nett wird, weiß ich nicht. Aber wir müssen dich dringend sprechen.«
Die Hochzeits-Planerin fuhr ihren Computer herunter, nahm ein paar Papiere aus dem Drucker und verstaute sie geschäftig in ihrer Aktentasche. »Das ist leider ein ganz schlechter Zeitpunkt. Ich hab nämlich einen wichtigen Außentermin.«
»Der Termin kann warten«, sagte Marie ruhig. Dann ging sie direkt zum Angriff über: »Wir wissen alles über dich!«
»Wie bitte?« Rabeas Lachen klang nicht ganz so glockenhell wie sonst. »Ich verstehe nicht ganz …«
»Du wirst es gleich verstehen«, versicherte Marie. »Also: Wir sind Detektivinnen und haben herausgefunden, dass du mehrere Straftaten begangen hast. Erstens: Du bist eine Betrügerin. Du hast Tessa und meinen Vater bei den Honoraren angelogen und hinterher eine viel zu hohe Rechnung gestellt.«
Kim setzte sofort nach: »Zweitens: Du hast einen Brief gefälscht und mutwillig versucht, dadurch das Glück eines Brautpaars zu zerstören.«
»Drittens«, fügte Franzi hinzu, »du hast die Metallstange beim Läufer in der Kirche sabotiert, damit Maries Vater stürzt. Das ist Körperverletzung.«
Die Hochzeits-Planerin hörte sich die Vorwürfe ungläubig an. Ihr Lächeln fror buchstäblich ein. »Das ist … das ist …«, sie suchte nach den passenden Worten, »das Lächerlichste, was ich je gehört habe!« Empört stand sie von ihrem Büro-

stuhl auf. »Ihr habt wirklich eine blühende Fantasie, Mädchen, das muss man euch lassen. Nichts, aber auch gar nichts von euren Anschuldigungen ist wahr!«
Marie hatte eine solche Reaktion fast erwartet. »Oh doch, alles ist wahr! Das können wir beweisen.«
»Jetzt bin ich aber gespannt, hihi!«, machte sich Rabea über die Detektivinnen lustig.
Franzi verzog keine Miene. »Das darfst du auch sein. Kim, bist du so lieb?«
»Gerne.« Kim holte die Beweisstücke aus ihrer Tasche und hielt die Plastiktütchen hoch. »Hier sind die Indizien zu deiner dritten Straftat: ein Schraubendreher und eine Schraube, die dir aus deinem Blazer gerutscht sind, als du den Taxifahrer bezahlt hast.«
»Und hier ist der Beweis für die Fälschung des Liebesbriefs.« Marie zückte ihr Handy und öffnete die entsprechenden Fotodateien.
Rabea verdrehte die Augen. »Sehr, sehr komisch, ihr drei, wirklich!«
»Da sind wir anderer Meinung«, sagte Franzi ernst. »Wir würden gerne wissen, warum du Maries Vater in Gefahr bringen wolltest. Der Sturz hätte richtig schlimm ausgehen können. Ist dir das eigentlich klar gewesen? Warum hast du das gemacht?«
Die Hochzeits-Planerin spielte immer noch das unschuldige Opfer, das völlig zu Unrecht verdächtigt wurde. »Wie oft soll ich es euch noch sagen? Nichts davon ist wahr! Ich habe das alles nicht getan!«
Wütend kickte sie mit dem Absatz ihres rechten Pumps den

Bürostuhl nach hinten. Dann schoss sie plötzlich hinter dem Schreibtisch hervor, schubste die drei !!! zur Seite und stürmte zur Tür.

»Stopp!«, rief Franzi.

»Weglaufen hat keinen Sinn!«, rief auch Kim energisch der flüchtenden Rabea nach.

Rabea hörte nicht auf die beiden. Die Hochzeits-Planerin riss die Tür auf, wollte losrennen – und prallte mit voller Wucht gegen ihre Chefin.

Geistesgegenwärtig öffnete Frau Kiehl die Arme und fing ihre Mitarbeiterin auf. »Hoppla, wo willst du denn so schnell hin, Rabea?«

»Bloß raus hier!« Rabea fächelte sich mit der Hand dramatisch Luft zu. »Mir ist schlecht geworden, Heide. Bitte lass mich los!«

»Tun Sie das nicht!«, sagte Marie energisch. »Rabea lügt. Wir haben Beweise.«

»Lügen? Beweise?« Frau Kiehl fiel aus allen Wolken. Die Agenturleiterin hielt Rabea tatsächlich weiter fest, doch die versuchte sich loszumachen. »Autsch! Was soll das, Rabea?«, beschwerte sich Frau Kiehl.

Rabea schaffte es irgendwie, sich zu befreien, aber der junge Mitarbeiter versperrte seiner Kollegin erfolgreich den Weg.

»Was ist hier eigentlich los?«, wollte er wissen. »Du sagst uns jetzt bitte sofort, was passiert ist!«

Rabea beteuerte: »Ich … das ist alles ein ganz dummes Missverständnis!«

»Ist es nicht«, widersprach Kim. »Gib endlich zu, Rabea, was

du getan hast! Mach es lieber jetzt, bevor wir mit den Beweisen zur Polizei gehen.«
Die Hochzeits-Planerin blieb stur. »Ich sage nichts ohne meinen Anwalt! Ich will sofort meinen Anwalt sprechen.« Ihre Stimme wurde schrill.
»Deinen Anwalt?«, fragte Frau Kiehl alarmiert. »Was soll das heißen? Was hast du getan? Ich hab dir immer vertraut, Rabea. Gibt es einen Grund, warum ich das in Zukunft nicht mehr tun sollte?«
Die eindringlichen Worte ihrer Chefin gaben Rabea den Rest. Plötzlich brach die Hochzeits-Planerin in Tränen aus. Wie ein Wasserfall sprudelten auf einmal die Sätze aus ihr heraus: »Ich wollte doch nur ein bisschen mein Gehalt aufbessern! Das hat bisher noch keinem wehgetan, wenn ich größere Aufschläge berechnet und mir die Differenz auf mein eigenes Konto überwiesen habe.«
»Du hast *was* getan?«, rief Heide Kiehl entsetzt.
Rabea überhörte die Frage und redete einfach weiter: »Und dann kam diese Tessa daher! Schon damals im Studium ist ihr immer alles zugeflogen. Wir waren mal in einem Seminar zusammen, aber sie hat mich nicht wiedererkannt. Typisch! Nie falle ich auf!« Sie seufzte. »Was hat Tessa, das ich nicht habe? Warum ist sie so erfolgreich als Kamerafrau? Warum hat sie auch noch eine eigene T-Shirt-Kollektion, zwei süße Kinder und sich jetzt noch diesen tollen Schauspieler geangelt? Das ist so was von ungerecht! Tessa hat doch keine Ahnung, wie gemein das Leben sein kann. Ich wollte, dass sie es auch endlich mal spürt. Dass sie nicht immer nur im Glück schwimmt und am eigenen Leib erfährt, wie es Men-

schen wie mir oft geht. Ich wollte, dass sie einen ordentlichen Dämpfer bekommt. Der war schon lange überfällig, kann ich euch sagen ...«

»Stopp!«, unterbrach Marie den Wortschwall der Hochzeits-Planerin. »Das ist so übel, das höre ich mir nicht mehr länger an. Ich rufe jetzt die Polizei an.«

Marie wählte die eingespeicherte Nummer. »Hallo, Kommissar Peters! Hier ist Marie Grevenbroich. Wir haben gerade eine Betrügerin überführt, die auch noch Körperverletzung begangen hat. Die Täterin hat ein Geständnis abgelegt, Beweise liegen vor. Bitte kommen Sie sofort zur Hochzeitsagentur *Träume werden wahr.*« Sie gab die Adresse durch.

»Sind schon unterwegs!«, antwortete der Kommissar.

Alles kommt ans Licht

Geheimes Tagebuch von Kim Jülich
Samstag, 11:32 Uhr
Auch für mein Tagebuch für unterwegs gilt: Hände, Pfoten und Flossen weg! Ich glaube, wir haben uns verstanden!!
In einer halben Stunde haben wir einen Termin in der Chocolaterie *im Ostviertel. Marie hatte eine tolle Idee. Ich bin schon wahnsinnig aufgeregt! Hoffentlich klappt es. Mehr will ich nicht verraten.*
Es lohnt sich für mich nicht, vorher noch nach Hause zu fahren. Deshalb sitze ich hier auf einer Bank in der Nähe der Chocolaterie. *Ich muss nämlich noch zwei wichtige Dinge nachtragen.*
1. Franzi, Marie und ich wissen endlich, was wir Tessa und Helmut zur Hochzeit schenken. Erst dachten wir an einen selbst gebastelten Bilderrahmen mit Muscheln, aber jetzt ist uns was viel Besseres eingefallen: Wir schenken den beiden einen Gutschein für ein romantisches Candle-Light-Dinner im Pferdeschuppen bei Franzi zu Hause, den wir mit Lampions und vielen Windlichtern schmücken werden! Marie und ich wollen an diesem Abend gemeinsam bei Franzi übernachten. Aber das Beste kommt noch: Maxime, der berühmte Sternekoch, hilft

uns bei der Zubereitung des Dinners! Das ist sein Dankeschön dafür, dass wir ihm bei einem unserer letzten Fälle geholfen haben.
2. Noch wichtiger!!
Die Zeugnisfeier war total schön. Michi war mit Abstand der süßeste, tollste Junge seines Jahrgangs! Ich hab extra laut geklatscht und »Michi, Michi!« gerufen, als er nach vorne gegangen ist und sein Zeugnis entgegengenommen hat. Er hat es gehört und hat mir vom Podium aus zugewunken! Das war so süß!
Später beim Sektempfang hab ich ihm mein Fotobuch geschenkt. Er hat es sofort ausgepackt und durchgeblättert. Dann hat er mir einen dicken Kuss gegeben und mich lange umarmt.
Es klingt vielleicht verrückt, aber seit diesem Augenblick weiß ich, dass wir für immer zusammen sein werden. Dass nichts und niemand auf der Welt uns trennen kann. Ich bin so glücklich!!!
Michi & Kim forever

PS: Manchmal geschehen noch Wunder! Ben und Lukas sind über ihren Schatten gesprungen und haben sich bei unserem Nachbarn entschuldigt. Poschke hat die Entschuldigung sofort angenommen und gemurmelt, dass er vielleicht auch etwas »stark reagiert« hätte. Als meine Brüder triumphierend gegrinst haben, hat er aber nachgeschoben, dass er in der Sache natürlich recht hätte. Die Bemerkung hätte er sich echt sparen können!

»Ein Ausflug? Eigentlich passt es mir gerade nicht so gut.« Tessa blickte von ihrer Nähmaschine auf. »Ich will den Matrosenanzug für Finn heute noch fertig kriegen.«

»Das schaffst du auch hinterher noch«, sagte Marie. »Es dauert nicht lange. Wie gesagt, es ist nur ein ganz kurzer Ausflug zur *Chocolaterie* rüber. Kim, Franzi und ich haben da eine Idee wegen der Hochzeit.«

Sobald Tessa das Wort »Hochzeit« hörte, leuchteten ihre Augen. »Na gut, du hast mich überzeugt. Ich komme mit.«

Sie schaltete die Nähmaschine aus und ging mit Marie die Treppe hinunter.

In der Eingangshalle wartete Helmut Grevenbroich startbereit. Der Verband an seinem rechten Knöchel war schon deutlich kleiner und er humpelte auch nicht mehr so stark.

Tessa sah ihn verblüfft an. »Hat Marie dich etwa auch überredet, einen Ausflug zur *Chocolaterie* zu machen?«

Helmut Grevenbroich seufzte. »Ja. Ich muss heute dringend für meine Rolle lernen, aber sie hat nicht lockergelassen. Du kennst sie ja.«

Tessa lachte. »Dann nichts wie los!«

Die *Chocolaterie* war nach dem *Lomo* Maries Lieblingscafé. Es lag nur ein paar Straßen von der alten Villa entfernt und hatte die leckersten Croissants und *Pains au Chocolat* der Stadt. Seit Marie mit ihrer Familie ins Ostviertel gezogen war, freuten sich die Besitzer über ein deutliches Umsatzplus.

Als Marie, Tessa und Helmut Grevenbroich bei der *Chocolaterie* ankamen, standen Kim und Franzi schon bei der Kuchentheke.

»Jetzt bin ich aber echt gespannt«, sagte Maries Vater. »Was habt ihr denn wieder ausgeheckt?«

»Etwas ganz Tolles!«, kündigte Marie an und zeigte auf die quadratischen Törtchen auf der obersten Glasplatte. »Das ist eine neue Spezialität hier: *Schokotraum*. Unten dunkle Schokolade, in der Mitte Vollmilch und oben weiße Schokolade. Wir haben es schon probiert. Es zergeht auf der Zunge.«

»Lass mich raten«, sagte Helmut Grevenbroich. »Ihr möchtet, dass wir diese Schoko-Dinger für unsere Hochzeit bestellen?«

Kim nickte. »Genau. Die Hochzeitstorte ist doch mit Zitronencreme. Da wäre ein Gegenpol perfekt. Die Leute lieben Schokolade.«

»Das stimmt.« Tessa zögerte. »Aber wir haben doch schon die rote Grütze zum Nachtisch. Das wird langsam ein bisschen viel.«

»Finde ich nicht«, sagte Franzi etwas lauter als nötig. »Gibt es nicht diesen berühmten Spruch: Liebe geht durch den Magen?«

»Den kenne ich auch«, mischte sich ein Gast hinter ihnen ein. »Der Spruch trifft auf mich hundertprozentig zu.«

Die drei !!! taten so, als seien sie überrascht. In Wirklichkeit hatten sie schon auf diesen Satz gewartet. Franzis Frage war das Stichwort dazu gewesen.

Tessa und Helmut Grevenbroich drehten sich um.

»Sebastian!«, rief Tessa verblüfft. »Was machst du denn hier?«

Sebastian Reusner zeigte auf die Kuchentheke. »Ich muss gestehen, ich bin leider süchtig nach diesen *Schokotraum*-Teilen.«

Tessa grinste. »Damals im Studium warst du auch schon abhängig von Zartbitter-Schokolade, stimmt's?«

»Ähm … Tessa, willst du mir deinen Studienfreund nicht vorstellen?«, meldete sich Helmut Grevenbroich zu Wort. Er wirkte nicht gerade glücklich, Sebastian zu begegnen.

Tessa strich sich verlegen eine Haarsträhne hinters Ohr. »Entschuldige bitte, Liebling. Das ist Sebastian, den ich neulich zufällig wieder getroffen habe. Und das ist Helmut, mein zukünftiger Mann.«
»Zufällig …«, sagte Maries Vater gedehnt. »Soso. Freut mich, Sie kennenzulernen, Sebastian.« Er streckte dem Comiczeichner förmlich die Hand hin.
Sebastian Reusner lächelte. »Mich auch. Aber wollen wir nicht Du sagen? Ich muss übrigens noch ein Geständnis machen. Marie hat mich hierherbestellt.«
»Dich auch?« Tessa zog verwundert die Augenbrauen hoch. »Warum das denn?«
Helmut Grevenbroich runzelte die Stirn. »Das musst du mir bitte genauer erklären.«
»Sehr gern«, sagte Sebastian Reusner. »Kommt doch kurz mit.« Er lotste Tessa und Helmut zu einem Bistrotisch, an dem eine zierliche, rothaarige Frau stand und an einer heißen Schokolade nippte. Die drei !!! folgten den Erwachsenen, hielten sich jedoch im Hintergrund.
»Helene, das sind Tessa und Helmut, von denen ich dir erzählt hab. Und das ist Helene, meine Frau.«
»Deine … Frau!« Helmut Grevenbroich konnte sein Erstaunen nicht verbergen.
Helene Reusner drückte zärtlich die Hand ihres Mannes. »Wir sind seit 15 Jahren sehr glücklich verheiratet.«
»Oh ja, das sind wir«, sagte der Comiczeichner. »Wir haben uns in Paris in einer *Chocolaterie* kennengelernt und uns kurz vor Ladenschluss die letzte Schokoladen-Tarte geteilt. Es war Liebe auf den ersten Blick.«

»Man könnte auch sagen: ›auf den ersten Biss‹.« Helene Reusner kicherte.
»Seither hab ich nur noch Augen für Helene!«, schwärmte Sebastian Reusner. »Alle anderen Frauen interessieren mich nicht. Sie sind …«
Helmut Grevenbroich, der bis dahin schweigend zugehört hatte, fragte irritiert: »Entschuldige, wenn ich dich unterbreche, aber Tessa hat neulich einen merkwürdigen Brief von dir bekommen. Der klang ganz anders.«
Die drei !!! und der Comiczeichner wechselten einen kurzen Blick.
»Der Brief war nicht von mir«, sagte Sebastian Reusner. »Aber das erklären dir am besten Kim, Franzi und Marie.«
»Es hat mit dem Fall zu tun, den wir heute Vormittag gelöst haben«, begann Kim.
»Ihr habt schon wieder einen Fall gelöst?« Die Frage kam fast gleichzeitig von Tessa und Maries Vater.
Die drei !!! nickten.
»Das ist ja toll!«, sagte Helmut Grevenbroich. »Ich bin stolz auf euch. Trotzdem verstehe ich immer noch Bahnhof.«
Marie holte tief Luft. »Bitte erschrick jetzt nicht, Papa: Wir haben Rabea überführt.«
»Die Hochzeits-Planerin?« Helmut Grevenbroich wollte es erst nicht glauben. Dann fiel ihm wieder die Rechnung ein. »Sag bloß, Rabea hat uns absichtlich eine viel zu teure Rechnung gestellt?«
»Leider ja«, bestätigte Franzi.
Die Nachricht machte Maries Vater und Tessa erst mal sprachlos.

Jetzt berichteten die drei !!! abwechselnd von ihren Ermittlungsergebnissen und erzählten auch, dass Rabea den Liebesbrief gefälscht hatte.
Helmut Grevenbroich schwankte zwischen Erleichterung und Wut. »Das ist ja unglaublich! Zum Glück bin ich nicht eifersüchtig, und zum Glück verstehen wir uns so gut, Tessa!«
»Ja, das ist wunderbar«, bestätigte Tessa. Dann wandte sie sich an Sebastian: »Danke, dass du heute mit deiner Frau extra hierhergekommen bist.«
»Das war doch selbstverständlich«, sagte der Comiczeichner. »Es war mir selbst ganz wichtig, das klarzustellen. Ich möchte schließlich, dass ihr eine unbeschwerte Hochzeit habt.«
Auch Maries Vater bedankte sich bei Sebastian Reusner.
So schonend wie möglich erzählten die drei !!! weiter. Als sie zur Manipulation des Läufers in der Kirche kamen, war für Helmut Grevenbroich die Grenze überschritten. »Dass ein Mensch so weit gehen kann, bloß aus Eifersucht und Neid! Einen anderen Menschen absichtlich in Gefahr bringen, das finde ich wirklich schlimm. Mit dem verstauchten Knöchel bin ich ja noch mal gut davongekommen. Aber Rabea kommt hoffentlich nicht ohne Strafe davon.«
»Garantiert nicht«, versicherte Marie. »Kommissar Peters hat übrigens auch noch gemeint, dass sie dir auf alle Fälle Schmerzensgeld zahlen muss.«
Tessa schmiegte ihren Kopf an Helmut. »Bis zur Hochzeit bist du wieder ganz gesund, und wir lassen uns die Feier von Rabea nicht verderben.«
»Ich finde, darauf sollten wir einen Cappuccino trinken.« Sebastian Reusner winkte der Bedienung.

»Und eine Runde *Schokotraum* für alle!«, bestellte Helmut Grevenbroich.
»Liebe geht durch den Magen!«, wiederholte Marie und brachte damit alle am Tisch zum Lachen.
Es war dann doch kein »ganz kurzer Ausflug« gewesen, aber Tessa, Helmut und Marie kehrten sehr beschwingt in die alte Villa zurück.
In der Auffahrt stand ein dunkelblauer Van.
»Haben wir jemanden eingeladen?«, fragte Tessa verwundert.
Maries Vater schüttelte den Kopf. »Nicht, dass ich wüsste.«
In der Eingangshalle trafen sie eine aufgeregte Lina, die gerade Heide Kiehl dabei half, einen riesigen Blumenstrauß vom Papier des Blumenladens zu befreien. »Die Chefin von Rabea möchte euch dringend sprechen.«
Die Agenturleiterin überreichte Tessa den Strauß, der aus lilafarbenen Orchideen und weißen Lilien bestand. »Ich weiß, dass es keine Entschuldigung dafür gibt, was alles Schreckliches passiert ist, aber ich hoffe, Sie nehmen die Blumen trotzdem an.«
Tessas Gesicht verschwand fast vollständig hinter der Blumenpracht. »Äh … ja, schon«, sagte sie zögernd. »Vielen Dank. Bitte kommen Sie doch mit ins Wohnzimmer.«
»Ich nehme dir die Blumen ab und hole eine Vase aus der Küche«, bot Helmut Grevenbroich ihr an.
Kurz darauf saß die Familie mit Heide Kiehl auf dem weißen Sofa. Auf dem Couchtisch zwischen ihnen prangten die exotischen Blumen, und für ein paar Sekunden breitete sich peinliches Schweigen aus.
Dann entschuldigte sich die Agenturleiterin nochmals und

beteuerte: »Es tut mir so leid, ich bin untröstlich! Natürlich habe ich Rabea sofort fristlos entlassen. Ich hatte ja keine Ahnung von den Machenschaften meiner Angestellten, sonst wäre ich natürlich längst eingeschritten!«
»Wir glauben Ihnen«, sagte Tessa ruhig. Maries Stiefmutter hatte ein untrügliches Gespür dafür, wenn Menschen ehrlich waren.
»Da bin ich aber sehr froh!« Heide Kiehl seufzte erleichtert. »Ich werde Ihnen selbstverständlich eine neue, korrekte Rechnung stellen. Die alte Rechnung zerreißen Sie bitte gründlich und werfen sie in den Papierkorb. Außerdem werde ich mich persönlich darum kümmern, dass Sie Schmerzensgeld bekommen, Herr Grevenbroich. Wie geht es Ihnen denn eigentlich?«
»Ganz gut«, antwortete Maries Vater. »Die Schwellung am Knöchel klingt langsam ab.«
»Das freut mich sehr zu hören.« Die Agenturleiterin räusperte sich. »Ich habe einen Vorschlag: Was halten Sie davon, wenn ich ab sofort Rabeas Aufgaben übernehme und auch am Hochzeitstag dabei bin? Vorausgesetzt natürlich, Sie haben noch Vertrauen in meine Agentur.« Gespannt wartete sie auf die Antwort des Brautpaares.
Tessa und Helmut sahen sich kurz an. Dann nickten sie und nahmen den Vorschlag an.
»Tausend Dank!«, sagte Heide Kiehl. »Sie wissen ja gar nicht, wie froh ich bin, dass Sie so verständnisvoll sind. Jetzt will ich Sie aber nicht länger stören. Nur eine Sache noch: Ich möchte gerne die Kosten für den Fotografen bezahlen. Das ist mein Hochzeitsgeschenk an Sie und mein Dankeschön!«

Tessa und Helmut freuten sich.
»Ich hab da auch noch eine Idee«, meldete Marie sich zu Wort. »Der Fotograf könnte doch ein extra Album mit den Blumenmädchen machen.«
Die Agenturleiterin lächelte. »Das ist eine hervorragende Idee. Danke für euren Einsatz. Ihr seid so tolle Detektivinnen!«

Ja, ich will!

»Rechts noch ein Stückchen höher, Lina. Ja, jetzt hängt es gut. Kleb es lieber zweimal mit Tesafilm fest.« Zufrieden betrachtete Marie das Schild an der Tür von Tessas Arbeitszimmer. *Zutritt für den Bräutigam streng verboten!*, stand darauf. Marie hatte die unmissverständliche Botschaft mit einem dicken, roten Marker geschrieben und Lina hatte die entsprechenden Symbole dazu gemalt: gezackte Blitze, Totenköpfe und Alarmglocken.

»Ich glaube, jetzt weiß Helmut Bescheid.« Lina kicherte. »Er darf die Braut erst sehen, wenn sie ihr Hochzeitskleid trägt und fertig gestylt und geschminkt ist.«

»Ganz genau«, sagte Marie. »Der Morgen gehört uns Mädchen und Frauen.«

Beim Frühstück hatte Marie vor Aufregung kaum etwas essen können. Sie war schon seit sechs Uhr wach.

Heute war der große Tag! Heute würden Tessa und ihr Vater heiraten!

Marie und Lina schlüpften leise zurück ins Zimmer der Braut. Wie gut es hier nach Parfum, Cremes und Puder duftete!

Tessa saß im Bademantel vor einem großen Spiegel. Die Fri-

seurin machte gerade ihre Haare und sprühte Glanzspray auf die Ponyfransen. Tessas Schwester Sabine lackierte die Fingernägel der Braut, Heidi massierte ihre Füße.
Tessas Mutter hatte eine Frauenzeitschrift auf den Knien. »Also, Liebes, was soll ich dir vorlesen? Möchtest du lieber den neuesten Klatsch aus dem britischen Königshaus hören oder von der letzten Promi-Hochzeit in Hollywood?«
Tessa lachte. »Ist mir egal, Mama. Heute kann ich mir sowieso nichts merken. Aber deine Stimme zu hören, tut gut.«
Die Mutter entschied sich für das britische Königshaus. Normalerweise interessierte Marie sich sehr dafür, aber heute rauschten die Neuigkeiten an ihr vorbei. Es gab ja auch tausendmal Wichtigeres!
»Lina, Marie, seid ihr so lieb und öffnet schon mal die vielen Knöpfe am Rücken von meinem Brautkleid?«, bat Tessa.
»Klar«, sagte Marie.
Das Brautkleid hing auf einem Bügel an der Tür. Marie ließ die Seide langsam durch ihre Finger gleiten. Sie fühlte sich kühl an, glatt und weich. Ein Traum!
Vorsichtig begannen Lina und Marie, die mit Stoff bezogenen Knöpfe aufzumachen.
»Du, Marie«, sagte Lina leise. »Wenn meine Mama jetzt deinen Papa heiratet, sind wir dann nicht mehr Stiefschwestern, sondern richtige Schwestern?«
Marie überlegte. »Ich glaube schon. Ja, dann sind wir richtige Schwestern!«, entschied sie.
Lina strahlte. »Das hört sich schön an: Schwester!«
»Finde ich auch«, sagte Marie. Während sie sich wieder über das Kleid beugte, fühlte sie sich Lina auf einmal ganz nah.

So viele schöne Dinge hatten sie schon gemeinsam erlebt: den Umzug in die alte Villa, Weihnachten und Familienfeste – und natürlich die Geburt von Finn, ihrem süßen kleinen Bruder. Das war wie ein unsichtbares Band, die alltäglichen Streitereien verblassten dagegen.
Die Knöpfe waren offen. Jetzt durfte Marie Tessa beim Schminken helfen, Lidschatten auftragen und die Wimpern tuschen. Diese Aufgabe verlangte volle Konzentration, und Marie wollte es besonders gut machen.
Tessa war begeistert vom Ergebnis. »Das sieht richtig gut aus! Du kannst das so toll, Marie, danke dir.«
»Nichts zu danken«, wehrte Marie ab, aber sie freute sich sehr über das Lob.
Die Frisur war inzwischen auch fertig. Tessas kurze Haare waren fransig in die Stirn gekämmt und wurden von einem glitzernden Haarreif mit einem Stern geschmückt.
»Du siehst aus wie ein Filmstar aus den Zwanzigerjahren!« Ihre Mutter war begeistert. »Dann kannst du jetzt dein Kleid anziehen. Sabine, Heidi und ich helfen dir gern dabei.«
Es dauerte eine Weile, bis Tessa das Kleid anhatte, bis alle Knöpfe geschlossen waren und die Stoffbahnen so drapiert waren, wie sie sein sollten.
Tessa ging auf Zehenspitzen zum Spiegel. »Sitzt das Kleid auch gut?«
»Perfekt!«, sagten Sabine und Marie gleichzeitig.
Lina flüsterte: »Mami, du siehst aus wie eine Elfe aus dem Märchenland.«
»Danke, Schatz.« Tessas Augen strahlten mit ihrem Mund um die Wette. Ihr ganzer Körper strahlte vor Glück. »Ich

wünschte, ich wäre eine Elfe. Dann würde ich mit ein bisschen Elfenstaub mein Lampenfieber wegzaubern.«
Heidi widersprach entschieden: »Das wäre schade! Lampenfieber gehört dazu. Das ging mir genauso, als ich vor einem Jahr geheiratet habe.«
»Aber ich kann dich beruhigen«, sagte Sabine. »Man merkt dir die Aufregung überhaupt nicht an.«
Tessa lächelte. »Dann ist es ja gut!« Ihr Blick fiel auf Marie und Lina. »Möchtet ihr euch vielleicht auch gleich umziehen? Die Zeit vergeht so schnell.«
Auf diesen Augenblick hatte Marie schon sehnsüchtig gewartet. Die Blumenkleider von ihr und Lina lagen über einer Stuhllehne bereit.
»Darf ich dir helfen, Schwester?«, fragte Marie.
»Sehr gerne, große Schwester!«, antwortete Lina.
Erst zog Lina mit Maries Hilfe ihr Kleid an, dann machten sie es umgekehrt. Die Seide war angenehm kühl auf der Haut. Marie fühlte sich sofort wohl. Kritisch überprüfte sie vor dem Spiegel, ob alles passte, und zupfte an ihrer Schleife.
Lina drehte sich um die eigene Achse, bis der Rock wie eine Glocke um ihre Beine schwang. »Mein Kleid kann fliegen!«
Da klopfte es leise an der Tür.
»Dürfen wir reinkommen?«, hörte Marie Franzi vorsichtig fragen. »Oder gilt für uns auch das Verbot?«
»Klar dürft ihr reinkommen!« Marie lief ihren Freundinnen barfuß entgegen.
Kim und Franzi trugen bereits ihre Blumenmädchen-Kleider und farblich passende Ballerinas. Auch Lina und Marie zogen weiße Söckchen an und schlüpften in Ballerinas.

»Lasst euch mal anschauen!« Tessa versammelte sie vor dem großen Spiegel. »Meine Blumenmädchen, wie hübsch ihr seid! Hier hab ich noch drei Haarreife, für dich, Marie, und für Kim und Lina. Franzi, du kannst dir die Schleifchen um die Zöpfe binden.«

Von draußen hörte man eilige Schritte und dann die nervöse Stimme von Helmut Grevenbroich: »Wo sind bloß meine schwarzen Lackschuhe? Sie haben sich in Luft aufgelöst! Vielleicht hab ich sie ja aus Versehen in Tessas Arbeitszimmer abgestellt. Aber da darf ich ja nicht rein …«

»Doch, jetzt darfst du!«, rief Tessa. »Wir sind fertig.«

Die Tür ging auf und der Bräutigam stand auf der Schwelle. Die Braut und die Blumenmädchen drehten sich zu ihm um.

»Du bist wunderschön, Tessa!« Marie hatte ihren Vater noch nie so gerührt erlebt. Er wagte es kaum, näher zu treten.

»Guten Morgen, mein Liebster!«, sagte Tessa.

»Guten Morgen, Liebste!« Helmut Grevenbroich nahm zärtlich die Hand seiner Braut und hauchte einen Kuss darauf.

Im Hintergrund erschien Frau Kiehl mit den Lackschuhen des Bräutigams in der Hand. »Ich hab sie gefunden!«

»Wo waren sie denn?«, wollte Maries Vater wissen. »Egal! Hauptsache, sie sind wieder aufgetaucht. Vielen Dank, Frau Kiehl, Sie haben mich gerettet.« Er setzte sich auf Tessas frei gewordenen Stuhl und zog die Schuhe an. »Der rechte Schuh passt ja super!«, stellte er erstaunt fest.

Die Agenturleiterin lächelte. »Ich hab ihn vom Schuster weiten lassen, damit Sie mit dem Knöchel keine Probleme bekommen.«

»Sie sind ein Engel!«, sagte Helmut Grevenbroich.

Von unten hörte man Finn überhaupt nicht engelhaft brüllen. »Nein, nein!«, protestierte er immer wieder.

»Was ist denn da los?«, fragte Tessa besorgt. »Ich bin gleich da, Schätzchen!« Mit ihrem engen Kleid konnte sie allerdings nur kleine Schritte machen. Marie und Lina begleiteten Tessa auf der Treppe und trugen vorsichtig die Schleppe.

Sie fanden den Kleinen auf seinem Kinderstuhl, wo er wütend mit den Beinchen aufstampfte. Tessas Vater versuchte vergeblich, seinen Enkelsohn mit Fingerspielen abzulenken, während Natascha mit einer weißen Stoffserviette in der Hand vor Finn kniete. »Er hat seinen Marineanzug mit Erdbeermarmelade bekleckert! Der Fleck geht nicht raus, ich hab's schon versucht«, jammerte sie. »Und er zappelt so stark.«

»Oh nein! Was machen wir denn jetzt?«, rief Tessa. »Der schöne Anzug!«

»Wir können ihm doch was anderes anziehen«, schlug Tessas Vater pragmatisch vor.

Frau Kiehl hatte eine bessere Idee. »Das ist nicht nötig. Wir binden Finn einfach ein marineblaues Dreieckstuch um.« Natascha holte eines ihrer Halstücher, das farblich passte, und band es Finn locker um den Hals. »Schau mal, junger Mann! Wie findest du das?«

Finn war so verblüfft, dass er sofort aufhörte zu brüllen. Und als er merkte, dass er im Mittelpunkt der Aufmerksamkeit stand, krähte er fröhlich: »Ja, ja!«

Die Agenturleiterin hatte das zweite Problem an diesem Morgen im Handumdrehen gelöst. »Sehr schön«, sagte sie.

»Dann sollten wir langsam aufbrechen. Das Brautauto und der Bus für die Gäste müssten eigentlich schon hier sein.«
In dem Moment ertönte draußen eine altmodische Hupe. Sebastian Reusner fuhr den gelben Käfer für das Brautpaar vor. Auf der Motorhaube war ein Gesteck aus Tessas Lieblingsblumen befestigt. Der Comiczeichner sprang aus dem Wagen, lief zur Beifahrerseite und öffnete formvollendet die Tür. »Guten Morgen! Willst du vorne oder hinten sitzen, Tessa? Hinten könnte es allerdings ein bisschen eng werden.«
»Das macht nichts«, meinte Tessa. »Ich möchte Helmut die Hand halten, wenn wir zur Kirche fahren.«
Sabine, Heidi und die Mutter der Braut halfen Tessa beim Einsteigen und achteten darauf, dass das weiße Kleid nicht zerdrückt wurde. Endlich war es geschafft, und Helmut Grevenbroich konnte zu seiner Braut ins Auto steigen.
Sebastian Reusner setzte sich hinters Steuer. »Wir fahren dann schon mal voraus, damit wir pünktlich da sind.«
»Gute Fahrt!«, riefen alle.
Kaum war das Brautauto weg, hupte es ein zweites Mal. Ein großer Reisebus rückte an, bog in die Auffahrt ein und hielt neben dem Brunnen. Den hatte Hardy, der Regisseur der *Vorstadtwache*, organisiert.
Im Bus saßen schon alle Filmkollegen und Freunde von Helmut und Tessa. Es gab ein großes Hallo, und Marie sah viele vertraute Gesichter wieder. Da waren Helga Meister, die lebhafte Produzentin, Tom Ring, der nette Drehbuchautor, und Sylvie, eine junge, sehr talentierte Schauspielerin. Besonders freute Marie sich natürlich, Adrian wiederzutreffen,

ihren ehemaligen Nachbarn. Sein erster Kinofilm war ein großer Erfolg gewesen und jetzt startete er richtig durch.
»Kim, Franzi, Marie!« Von der hintersten Bank winkten Holger und Michi. »Wir haben die besten Plätze für euch reserviert.«
Marie ging durch den Mittelgang auf Holger zu. Ihr Herz schlug mit jedem Schritt schneller. Dann spürte sie Holgers Arme und hörte seine liebe Stimme: »Da bist du ja. Du hast mir gefehlt.«
»Du mir auch!«, sagte Marie und rutschte neben ihn auf die Bank.

Die Jakobikirche summte vom leisen Lachen und Tuscheln der Hochzeitsgäste. Alle waren festlich gekleidet, alle konnten es kaum noch erwarten, bis es endlich losging. Marie warf schnell noch einen Blick ins Kirchenschiff, bevor sie sich neben Lina hinter das Brautpaar stellte und den Schleier von Tessas Brautkleid aufnahm.
Dann war es so weit! Die Orgel brauste los. Die Gäste standen auf. Marie war die ganze Zeit furchtbar aufgeregt gewesen, aber jetzt wurde sie auf einmal ganz ruhig.
»Unser Weg zum Glück!«, sagte Helmut Grevenbroich Tessa ins Ohr.
»Ja«, flüsterte sie zurück.
Dann ging das Brautpaar los. Marie trat mit ihrer Familie vom hellen Sonnenlicht in die festlich geschmückte Kirche. In der einen Hand hielt sie den Schleier, in der anderen Hand ihr Blumenkörbchen. Sie musste nicht darüber nachdenken, der Ablauf fiel ihr ganz leicht. Sie war ja auch nicht

alleine, sondern hatte die liebsten Menschen um sich herum: Tessa, ihren Vater, Lina, Finn, Kim und Franzi!
Alles klappte wie am Schnürchen. Finn ließ sich von Natascha wunderbar führen und stapfte stolz Kim und Franzi hinterher.
Nur für einen kurzen Augenblick wurde Marie nervös, als Tessa und ihr Vater die Stufen zum Altar hochgingen. Aber der Läufer war repariert, nichts passierte. Wohlbehalten erreichte das Brautpaar die Samtstühle und setzte sich.
Die Orgel verstummte, die Gäste nahmen wieder Platz und der Pfarrer trat mit einladend geöffneten Armen vor den Altar.
»Liebes Brautpaar, liebe Hochzeitsgäste! Wir sind heute zusammengekommen, um miteinander die Trauung von Tessa und Helmut zu feiern. Von zwei Menschen, die den Bund der Ehe schließen und füreinander da sein wollen, in guten wie in schlechten Tagen. Lasst uns die beiden an diesem wunderschönen Tag begleiten, ihnen unsere Freude und unsere Liebe schenken. Wir beginnen den Gottesdienst mit dem Lied *Herr, deine Liebe.*«
Marie sang aus vollem Herzen alle drei Strophen mit. Auch Kim, Franzi, Holger und Michi stimmten mit ein.
Nach einem kurzen Gebet las der Pfarrer den Trauspruch vor, den Tessa und Helmut ausgewählt hatten: »Nun aber bleiben Glaube, Hoffnung, Liebe, diese drei; aber die Liebe ist die Größte unter ihnen.«
Der Pfarrer wandte sich mit feierlichen Worten an das Brautpaar. »Wenn zwei Menschen wie ihr sich finden und spüren, dass die Liebe sie trägt, dann ist dies wie ein Geschenk, ein

Geschenk Gottes. Ihr könnt dieser Liebe vertrauen, auch an schwierigen Tagen. Liebe ist unendlich, sie kennt keine Grenzen. Sie wird euch und eure Familie, eure wunderbaren Kinder, beschützen und eure Herzen öffnen für das Wunder unseres Lebens.«

Franzi, die links neben Marie saß, tupfte sich mit dem Taschentuch eine Träne aus dem Augenwinkel.

»Alles in Ordnung?«, flüsterte Marie ihr zu.

Franzi nickte. »Ja. Es ist sooo schön!«

Das fand Marie auch. Sie drückte Franzis Hand ganz fest und lächelte Kim zu, deren Augen auch schon verdächtig glänzten.

Der Pfarrer redete weiter: »Liebe Tessa, lieber Helmut, in der Ehe dürft ihr einander stärken, euch eure Sorgen und Probleme anvertrauen und die Freude miteinander teilen. Und wenn ihr euch an manchen Tagen einmal nicht versteht und streitet, dann vergesst nicht den Augenblick, in dem ihr den anderen am meisten geliebt habt. Das ist der Augenblick, der zählt. Nun aber bleiben Glaube, Hoffnung, Liebe, diese drei; aber die Liebe ist die Größte unter ihnen. Amen.«

Nach der ergreifenden Predigt stand das Brautpaar auf und gab sich gegenseitig ein feierliches Versprechen.

Helmut Grevenbroich fing an: »Liebe Tessa, ich will dich lieben und achten, dir vertrauen und treu sein. Ich will dir helfen und für dich sorgen, solange wir leben.«

Nachdem auch Tessa ihr Versprechen an Helmut gegeben hatte, sagte der Pfarrer: »Dann dürft ihr jetzt die Ringe tauschen.«

Das war das Stichwort für Tessas Vater. Er stand auf und brachte die Trauringe, die auf einem grünen Samtpolster ruhten.
Helmut nahm Tessas Ring und steckte ihn ihr an. »So rund, so hell, so endlos wie dieser Ring soll meine Liebe zu dir sein.«
Jetzt steckte Tessa Helmut den Ring an den Finger. »So rund, so hell, so endlos wie dieser Ring soll meine Liebe zu dir sein.«
Der Pfarrer segnete das Brautpaar, und dann sagte er den Satz, auf den Marie schon gewartet hatte: »Ihr dürft euch jetzt küssen!«
Gleichzeitig drehten Tessa und Helmut die Köpfe zueinander. Beide machten die Augen zu und küssten sich.
Jetzt musste auch Marie zum Taschentuch greifen. Wie wunderbar, dass ihr Vater und Tessa nun verheiratet waren! Sie konnte es noch gar nicht fassen.
Sie sangen noch ein Lied, der Pfarrer verabschiedete die Brautleute und Hochzeitsgäste mit einem Segen, und die Orgel stimmte das *Ave Maria* an. Zu den wunderschönen Klängen fand nun der Auszug aus der Kirche statt. Die Blumenmädchen durften diesmal vorausgehen. Marie spürte, wie die Blicke der Hochzeitsgesellschaft auf ihnen ruhten. Es waren liebevolle, gerührte Blicke, und einige hatten Tränen in den Augen. Auf einer Wolke aus Glück und Liebe schwebte Marie den Mittelgang entlang.
Die hintere Tür ging auf. Warmes Sonnenlicht flutete das Kirchenschiff. Marie trat ins Freie neben Lina, Finn und Natascha. Kim und Franzi stellten sich gegenüber auf.
Die Blumenmädchen zwinkerten sich zu, griffen mit vollen

Händen in ihre Körbchen und ließen Blumen durch die Luft tanzen – genau zum richtigen Zeitpunkt, als das Brautpaar erschien. Die meisten Blumenblätter fielen auf den Boden, aber ein paar landeten in Tessas Haar und auf Helmuts dunklem Anzug.

Tessa schüttelte lachend den Kopf. »Danke, Kinder, danke!«

Finn freute sich so, dass er aus Versehen sein Körbchen auf einmal auskippte. Das fand er lustig und hüpfte mitten in den kleinen Blumenberg hinein.

Die umstehenden Gäste klatschten und riefen entzückt: »Seht nur, ist er nicht süß?« – »Ein goldiger Junge.« – »Das muss ich fotografieren! Wo ist bloß mein Handy? Schnell, bevor es zu spät ist.«

Da war auch schon der Fotograf von *Träume werden wahr* zur Stelle und knipste mit seiner Kamera drauflos.

Frau Kiehl beruhigte die Gäste: »Keine Sorge, wenn Sie einen Augenblick verpasst haben. Sie können hinterher Abzüge bei unserem Fotografen bestellen. Ich darf Sie dann auch alle zum Fototermin in den Jakobipark einladen. Bei dem Bilderbuchwetter heute werden die Fotos bestimmt ganz toll.«

»Hallo, Blumenmädchen!« Der Fotograf drehte sich zu den drei !!! und Lina um. »Schaut mal alle her, bitte!«

Marie streckte sich und strahlte in die Kamera.

Liebe geht durch den Magen

Burg Wernfeld war noch schöner, als Marie sie in Erinnerung hatte. Der frische grüne Efeu an der Außenmauer leuchtete mit den Blumenrabatten an der Auffahrt um die Wette. Die Sonne spiegelte sich in den Butzenscheiben. Fliederbüsche standen in voller Blüte und verbreiteten einen betörenden Duft.

Als Marie mit den anderen aus dem Bus stieg, wurde gerade die Zugbrücke nach unten gelassen. Alle sahen gespannt zu und warteten. Das Brautpaar durfte natürlich zuerst die Brücke betreten und mit der Schere feierlich ein weißes Band durchtrennen.

»Bravo!«, riefen die Gäste.

Jetzt war der Weg frei für die Hochzeitsgesellschaft.

Im Innenhof wurden sie schon vom Burgherrn erwartet. Herzog Maximilian trug ein mittelalterliches Kostüm aus dunkelgrünem Samt mit Puffärmeln und ein Barett in derselben Farbe. »Herzlich willkommen auf Burg Wernfeld«, begrüßte er sie freundlich. »Es freut mich sehr, dass ihr heute auf meiner Burg Hochzeit feiert. Fühlt euch wie zu Hause und genießt diesen ganz besonderen Tag! Wer Lust hat, kann

mich zu einem Rundgang durch die Burg begleiten. Anschließend gibt es einen Sektempfang hier im Innenhof.«
»Au ja!«, sagte Kim. »Die Führung machen wir mit, oder?«
Kim, Franzi, Marie und Lina schlossen sich neugierig der Gruppe an, die vom Herzog persönlich durch die Räumlichkeiten der Burg geführt wurde.
»Damals sind die Ritter zu Pferd hier hereingeritten«, erzählte Herzog Maximilian. »Deshalb hat man eine Rampe in den ersten Stock gebaut, auf der man direkt zum Speisesaal kam.«
Das gefiel Franzi natürlich sehr. »Wenn ich das gewusst hätte, hätte ich mein Pony Tinka mitgebracht!«
Der Burgherr schmunzelte. »Beim nächsten Mal vielleicht. Ich habe selbst auch Pferde, aber die fühlen sich auf der Weide in der Nähe der Burg deutlich wohler als hier zwischen den engen Mauern.« Herzog Maximilian zeigte ihnen den großen Speisesaal, der auch als Ballsaal genutzt werden konnte, und führte sie kurz durchs Museum, das für seine tollen Rüstungen und Schwerter berühmt war.
Holger tat so, als würde er ein Schwert von der Wand nehmen und mit unsichtbaren Feinden kämpfen. »Wagt es ja nicht, meine Freundin Marie zu bedrohen, sonst bekommt ihr es mit mir zu tun! Ich bin Raubritter Ferdinand und gefürchtet im ganzen Land!«
Marie spielte das Burgfräulein. »Danke, lieber Ferdinand, mein großer, starker Held!«
Die Hochzeitsgäste lachten.
»Jetzt lasst uns aber wieder zurück in den Innenhof gehen«, schlug Herzog Maximilian vor. »Wir wollen doch nicht den Sektempfang und die Hochzeitsfeier verpassen.«

Im Innenhof gab es Sekt, Orangensaft und Wasser. Die drei !!! mischten sich unter die Gäste und plauderten angeregt mit Adrian, Sylvie und den Filmleuten. Lina freute sich, ihren Vater zu sehen, und erzählte ihm ausführlich vom Hochzeitsmorgen und dem Styling der Braut.
Bald zog es die Hochzeitsgesellschaft an die runden, festlich gedeckten Tafeln, die ebenfalls im Innenhof aufgebaut und mit weißen Zeltbahnen überspannt waren, damit die Sonne nicht zu heiß wurde.
Heide Kiehl war immer dann zur Stelle, wenn irgendwo etwas fehlte. Sie kümmerte sich liebevoll um eine Großtante von Marie, die im Rollstuhl saß. Ganz selbstverständlich organisierte sie einen Napf mit Wasser für Pablo und dirigierte die Kellner, damit die Gänge des Hochzeitsmenüs in der richtigen Reihenfolge aufgetragen wurden und alles reibungslos klappte.
Die selbst gebastelten, individuellen Tischkärtchen wurden von allen gebührend bewundert. Das Menü war toll. Es gab eine Suppe mit kleinen, herzförmigen Nudeln. Danach gemischte Vorspeisen mit frisch gebackenem Fladenbrot. Marie wollte von allem wenigstens ein bisschen probieren und war schon nach den Vorspeisen so satt, dass sie sich fragte, wie sie den Hauptgang bewältigen sollte.
Da schlug Tessas Vater mit dem Löffel gegen sein Weinglas und stand auf. »Als Vater der Braut möchte ich es nicht versäumen, eine kleine Rede zu halten. Aber keine Angst, ich werde mich kurzfassen. Liebe Tessa, ich möchte dir heute vor allem danken. Dafür, dass deine Mutter und ich dich auf deinem Lebensweg begleiten durften. Du bist eine wunderbare

Tochter und ein aufrichtiger, warmherziger Mensch. Wir freuen uns sehr, dass du einen neuen Partner gefunden hast, mit dem du dein spannendes Leben teilen möchtest. Alles Gute für euch beide, liebe Tessa, lieber Helmut.« Er prostete seiner Tochter und ihrem frisch gebackenen Ehemann zu.

»Danke, Papa!« Tessa warf ihrem Vater eine Kusshand zu, was Finn sofort nachmachte, womit er wieder für große Begeisterung sorgte.

Dann wurde der Hauptgang aufgetragen: Schweine-Medaillons mit grünem und weißem Spargel und Petersilienkartoffeln. Überraschenderweise hatte Marie nun doch wieder Appetit.

Vor dem Dessert gab es wieder eine kleine Pause, und dann stand Helmut Grevenbroich auf, um ein paar Worte an die Gäste zu richten. »Liebste Tessa, du machst mich sehr, sehr glücklich! Ich bin so froh über unser wunderbares Leben. Was für ein Glück, dass wir uns begegnet sind und dass wir mit unseren Kindern eine neue Familie gegründet haben. Ihr seid mein größter Schatz, ihr Lieben!« Er machte eine kurze Pause. »Heute denke ich auch voller Dankbarkeit an meine verstorbene Frau, Maries wundervolle Mutter. Vielleicht kann sie uns heute ja sehen. Ich bin sicher, sie würde sich mit uns freuen und wäre vor allem sehr stolz auf Marie.« Er erhob sein Glas und lächelte Marie zu.

Dieses Lächeln wärmte Marie noch, als ihr Vater längst weitergesprochen hatte und in die Gegenwart zurückgekehrt war. Schließlich erhob auch er sein Glas, und alle stießen auf das Brautpaar an.

Beim Dessert wurden vor allem die *Schokotraum-Törtchen*

gelobt, was die drei !!! natürlich besonders freute. Kim gönnte sich zwei Törtchen und rief immer wieder begeistert: »Mmh, ist das lecker!«

Neben der roten Grütze gab es auch noch Überraschungstörtchen mit Comic-Gesichtern des Brautpaars.

Marie wusste sofort, wer die in Auftrag gegeben hatte: Sebastian Reusner! Deshalb war er also bei der Catering-Firma gewesen. Er hatte damals bestimmt die gezeichnete Vorlage für die Verzierung der Törtchen abgegeben. Eine super Idee!

Nach dem üppigen Menü und den Reden standen einige Gäste auf und tauschten die Plätze, um sich mit neuen Leuten zu unterhalten. Die drei !!! nutzten die Gelegenheit, um ihren Gutschein auf den Geschenketisch zu legen. Dort trafen sie Sebastian Reusner und seine Frau Helene. Der Zeichner hatte sein Comic-Album in Packpapier eingeschlagen und mit einem Schild versehen: *Warnung! Hier kommt die Wahrheit ans Licht.*

Franzi kicherte. »Das ist ja witzig! Da werden Tessa und Helmut bestimmt neugierig sein, was drin ist.«

»Sprecht ihr gerade von uns?«, wollte Helmut Grevenbroich wissen. Das Brautpaar kam Hand in Hand herüber.

»Klar«, sagte Marie. »Ihr seid schließlich die Hauptpersonen!«

Tessa ließ ihren Blick über den Geschenketisch schweifen. »Sagt mal, wir könnten doch die Geschenke gleich hier auspacken und uns bei den Gästen persönlich bedanken.«

Heide Kiehl stand in der Nähe und hatte die Idee mitbekommen. »Das finde ich toll! Sonst werden die Geschenke ja meistens erst zu Hause geöffnet, aber da bekommt keiner von den Gästen mit, wie sich das Brautpaar freut.«

Die Agenturleiterin sprach sich mit Helmut und Tessa ab. Dann ließ sie sich ein Mikrofon geben und kündigte den spontanen Programmpunkt an. Die Gäste scharten sich rund um den Geschenketisch und verfolgten gespannt, wie Helmut und Tessa begeistert die Geschenke auspackten.
Es kamen viele schöne Dinge zum Vorschein: Kissen und hübsche Deko für die alte Villa, eine Hängematte für den Garten, Geschirr, ein Reisegutschein und etliche selbst gebastelte Geschenke.
Das Brautpaar war richtig gerührt, wie persönlich und liebevoll die Geschenke ausgewählt waren. Endlich öffneten sie auch den Gutschein für das Candle-Light-Dinner von den drei !!!. Ungläubig lasen sie den handgeschriebenen Text.
»Was für eine tolle Idee!« Maries Vater umarmte Kim, Franzi und Marie.
Tessa war auch hin und weg. »Da freue ich mich jetzt schon total darauf. Ihr seid so was von lieb!«
Marie musste grinsen. Es hatte sich also gelohnt, dass sie sich noch einmal ein anderes Geschenk ausgedacht hatten!
Der absolute Knaller war jedoch das Comic-Album von Sebastian Reusner mit kleinen, witzigen Beiträgen von Tessas Studienfreunden. Das Brautpaar setzte sich extra hin, umringt von den Freunden, und blätterte es von der ersten bis zur letzten Seite durch. An mehreren Stellen mussten die beiden laut lachen, weil die Geschichte von Tessas und Helmuts Jugend bis zu ihrer Begegnung so geistreich formuliert und gezeichnet war.
»Ihr seid ja verrückt!«, sagte Tessa halb bewundernd, halb vorwurfsvoll zu ihren alten Studienfreunden. »Ihr müsst Wo-

chen dafür gebraucht haben. Besonders du, Sebastian, hast bestimmt total viel Arbeit reingesteckt.«

Sebastian Reusner kratzte sich verlegen hinterm Ohr. »Ein paar Nachtschichten hab ich eingelegt, aber es hat sich gelohnt. Ich bin selbst auch ziemlich zufrieden.«

Seine Frau lachte. »Wenn er das sagt, will es was heißen! Sebastian ist sonst wahnsinnig selbstkritisch, was seine Arbeit betrifft.«

Holger trat hinter Marie und legte den Arm um ihre Schulter. »Wollen wir ein bisschen raus zur Zugbrücke gehen?«

»Gerne«, sagte Marie. »Ich hol nur noch schnell meine Tasche.«

Kurz darauf schlenderten sie zusammen davon. Über ihnen spannte sich der blaue Himmel. Keine einzige Wolke war zu sehen. Es würde bestimmt bis in den Abend hinein warm bleiben.

Auf der Zugbrücke blieben sie stehen und blickten in den trockenen Burggraben hinab.

»Kannst du dir vorstellen, dass dort früher Löwen gehalten wurden zur Abschreckung für die Feinde?«, fragte Holger.

Marie lief ein kalter Schauer über den Rücken. »Ich hab auch schon davon gehört, aber das stelle ich mir lieber nicht so genau vor.« Sie griff in ihre Tasche, holte ein rot eingewickeltes Herz aus Schokolade hervor und überreichte es Holger. »Ich wollte mich noch mal dafür entschuldigen, dass ich wegen der Hochzeitsvorbereitungen so wenig Zeit für dich hatte.«

»Das ist lieb von dir! Aber du musst dich nicht noch mal entschuldigen. Ich hab dir längst verziehen.«

»Danke!« Marie gab Holger einen Kuss.
In einem Fliederbusch fing ein Käuzchen an zu rufen. Plötzlich fiel Marie wieder der Liebeszauber ein, den sie vor ein paar Wochen auf ihrem Balkon zelebriert hatte. Damals hatte auch das Käuzchen gerufen.
Marie spürte tief in sich hinein und fühlte, wie sehr sie Holger mochte und dass er absolut der Richtige war! Eigentlich hatte sie das auch schon damals gewusst. Es gab so viel Schönes, wenn sie an ihren Freund dachte. Hatte sie wirklich jemals ernsthafte Zweifel an Holger gehabt? Nein! Der Liebeszauber hatte es ihr noch mal so richtig bewusst gemacht. Die positiven Gefühle für Holger waren durchs Feuer gegangen!
»Marie, Holger, wo seid ihr denn?«, hörten sie plötzlich Frau Winkler rufen. »Gleich schneidet das Brautpaar die Hochzeitstorte an!«
»Das dürfen wir uns natürlich nicht entgehen lassen!«, rief Holger.
Sie kamen gerade noch rechtzeitig. Tessa und Helmut standen vor der zitronengelben Hochzeitstorte und legten das süße Marzipan-Brautpaar vorsichtig auf einen kleinen Teller. Dann schnitten sie gemeinsam mit dem Kuchenmesser das erste Stück an. Sie kippten es auf einen Kuchenteller und schoben sich gegenseitig einen Bissen in den Mund.
»Himmlisch!«, schwärmte Tessa, und Helmut Grevenbroich verdrehte verzückt die Augen.
»Für alle, die es noch nicht wissen«, sagte Heide Kiehl. »Dieses Kunstwerk hat Frau Winkler gezaubert, die Mutter von Franzi.«
Die Gäste klatschten begeistert. Ben und Lukas trampelten

dazu noch mit den Füßen und grölten laut: »Bravo!!« Sie waren so in ihrem Element, dass Pablo, der vorher schon total aufgekratzt gewesen war, plötzlich am Tisch mit der Hochzeitstorte hochsprang, sich das Marzipan-Brautpaar schnappte und mit einem Happs verschlang.

Entsetzt sahen die Gäste ihm dabei zu. Pablo war so schnell gewesen, dass keiner ihn rechtzeitig hatte stoppen können.

Doch dann prustete Linas Vater los: »Das war ja eine Glanzleistung! Der Hund hat Geschmack, das muss man ihm lassen.«

»Und wie sagt man doch gleich?« Marie musste das Sprichwort noch einmal loswerden, weil es so schön passte. »Liebe geht durch den Magen!«

Tessa küsste Helmut auf die Wange. »Das bringt bestimmt Glück!«

Die Gäste reihten sich geduldig in eine Schlange ein. Jeder bekam ein Stück von der leckeren Hochzeitstorte. Nur Kim stellte sich nicht an. Marie merkte erst nach einer Weile, dass ihre Freundin neben Michi saß und ein furchtbar trauriges Gesicht dabei machte.

Da musste irgendwas passiert sein. Kim liebte Süßigkeiten! Marie und Franzi gingen schnell zu ihr hinüber.

»Was ist denn los?«, fragte Franzi besorgt. »Geht es dir nicht gut?«

»Nein, gar nicht.« Kim kämpfte mit den Tränen. »Michi hat mir gerade erzählt, dass er sich für einen dualen Studiengang in einer anderen Stadt beworben hat. Ich will nicht, dass du weggehst, Michi!«

Kims Freund beruhigte sie: »Es ist doch noch lange nicht

gesagt, dass ich den Studienplatz überhaupt bekomme. Vielleicht bleibe ich ja hier.«

»Ja, vielleicht.« Kim schniefte. »Aber vielleicht auch nicht. Ich kann mir einfach nicht vorstellen, wie ich nur einen Tag ohne dich sein soll.«

Michi legte den Arm um sie. »Bitte sei nicht so traurig! Es wird alles gut werden.«

Auch Marie und Franzi versuchten Kim zu trösten, was ihnen nicht wirklich gelang. Die Nachricht war zu überraschend gekommen. Kim stand noch unter Schock.

Plötzlich klingelte ihr Handy. »Ja, hallo?«, sagte sie matt. »Ach, Sie sind es, Kommissar Peters. Ich stelle mal auf Laut, damit Franzi und Marie mithören können.«

Die drei !!! lauschten den Neuigkeiten, die ihnen der Kommissar über die laufenden Ermittlungen der Polizei weitergab.

»Rabea Leinisch ist bei der Polizei keine Unbekannte. Gegen sie liegen bereits mehrere Anzeigen von Hochzeitspaaren wegen Betrügerei vor. Zusammen mit der versuchten Körperverletzung an Maries Vater und der Fälschung des Briefes ergibt sich daraus ein langer Katalog an Straftaten, die Frau Leinisch sicher eine nicht unerhebliche Haftstrafe einbringen werden. Kompliment an euch! Das habt ihr wieder mal großartig hingekriegt.«

Ein schwaches Lächeln huschte über Kims Gesicht. »Keine Ursache. Jederzeit gerne wieder.« Sie legte auf.

»Na los, Kim«, sagte Marie aufmunternd. »Jetzt stoßen wir auf unseren erfolgreich gelösten Fall an und du denkst mal ein paar Minuten nicht an Michis Bewerbung.«

»Okay!« Kim nickte tapfer.
Die Detektivinnen holten sich Orangensaft und ließen die Gläser aneinanderklirren.
»Auf unseren Club«, sagte Franzi.
»Auf unsere Freundschaft«, ergänzte Kim.
»Und auf noch ganz viele spannende Fälle in der Zukunft!«, rief Marie.
Holger winkte den drei !!! zu. »Hey, die Band fängt gleich an zu spielen!«
Kim, Franzi und Marie stellten sich an den Rand der Tanzfläche. Tessa und Helmut eröffneten den Tanzabend mit einem klassischen Hochzeitswalzer. Sie tanzten wunderbar, Helmut wirbelte seine schöne Braut elegant herum.
Nach dem Walzer ging die Band zu moderner Popmusik über. Die drei !!! eroberten mit Michi, Holger und Lina gemeinsam die Tanzfläche.
Da kam plötzlich Finn angetrabt. Marie nahm ihren Bruder auf den Arm und tanzte ausgelassen weiter. Immer wieder bewegten sich Kim, Franzi und Marie mit Finn aufeinander zu und lachten sich an.
»Wir sind der tollste Club auf der ganzen Welt!«, rief Marie ihren Freundinnen laut zu.
Finn plapperte das neue Wort begeistert nach: »Club! Finn auch Club!«
Marie schüttelte lachend den Kopf. »Tut mir leid, Süßer, aber unser Detektivclub ist schon komplett!«

Maja von Vogel

Die drei !!!

Liebes-Chaos!

Die drei !!!

Liebes-Chaos!

Schmetterlinge im Bauch

»Gewonnen!« Prustend schlug Franzi am Beckenrand an und wischte sich das Wasser aus den Augen.

Blake tauchte eine halbe Sekunde später neben ihr auf. »Nicht schlecht.« Er strich sich die nassen, dunklen Haare aus dem Gesicht. »Hast du heimlich trainiert?«

Franzi lachte. »Kein bisschen. Kann es sein, dass deine Fitness etwas nachgelassen hat?«

Blake verzog das Gesicht. »Hör bloß auf, das ist gerade mein wunder Punkt. In letzter Zeit hatte ich so viel für die Schule zu tun, dass ich mein Karatetraining mehrmals ausfallen lassen musste. Zum Basketballspielen und Rudern bin ich auch zu selten gekommen. Das muss sich unbedingt wieder ändern!« Er setzte sich an den Beckenrand.

Franzi schüttelte grinsend den Kopf. Blake übertrieb maßlos. Weder an seinem muskulösen Oberkörper noch an den durchtrainierten Armen konnte sie ein einziges Gramm Fett erkennen. Blake wirkte so sportlich wie eh und je. »Keine Sorge, noch brauchst du keine Diät«, stellte sie spöttisch fest. »Außerdem fangen in einem Monat die Sommerferien an, dann hast du wieder jede Menge Zeit für Sport.«

»Zum Glück!« Blake löste den schmalen Gurt, der seine Oberschenkel zusammenhielt. Er zog den am Beckenrand bereitstehenden Rollstuhl heran und schwang sich hinein. »Wie wär's mit einem Eis? Als Verlierer unseres kleinen Wettschwimmens gebe ich einen aus.«
»Prima!« Franzi stieg ebenfalls aus dem Wasser, griff nach ihrem Handtuch und knotete es sich um die Hüften.
Während Franzi neben Blake in Richtung Kiosk schlenderte, drückte sie das Wasser aus ihren roten Zöpfen und genoss die Sommerstimmung. Das Waldschwimmbad war an diesem Julisonntag gut besucht. An der Rutsche hatte sich eine lange Schlange gebildet, im Kinderbecken planschten die Kleinen fröhlich jauchzend unter den wachsamen Blicken ihrer Eltern und die Liegewiese war mit bunten Handtüchern übersät. Der typische Freibadgeruch nach einer Mischung aus Chlor, Sonnencreme und Pommes frites lag in der Luft und die Steinplatten unter Franzis nackten Füßen fühlten sich angenehm warm an. Kein Wunder, schließlich strahlte schon den ganzen Tag die Sonne von einem wolkenlosen Himmel und das Thermometer hatte in den Mittagsstunden die 30-Grad-Marke geknackt.
»Ist der Sommer nicht herrlich?« Blake, der mit schwungvollen Armbewegungen den Rollstuhl vorantrieb, schien wie so oft Franzis Gedanken erraten zu haben. Manchmal hatte sie das Gefühl, er könne in ihr lesen wie in einem offenen Buch. Was wahrscheinlich daran lag, dass sie in den letzten Monaten viel Zeit miteinander verbracht hatten. Franzi hatte Blake auf Anhieb sympathisch gefunden, als sie sich in einem der letzten Sommer hier im Waldschwimmbad kennenge-

lernt hatten. Er hatte einen super Humor, war total sportlich und immer zur Stelle, wenn jemand Hilfe brauchte. In seiner Gegenwart fühlte man sich einfach sofort wohl.

»Ich liebe den Sommer«, bestätigte Franzi. »Er ist meine absolute Lieblingsjahreszeit.«

Auch am Kiosk hatte sich eine lange Schlange gebildet. Franzi und Blake stellten sich hinten an. Ein paar Leute warfen verstohlene Blicke auf Blakes Sportrollstuhl mit den knallroten Vorderrädern. Blake ignorierte sie und schob sich lässig eine große Sonnenbrille auf die Nase. Franzi fiel es schwerer, gelassen zu bleiben. Es machte sie ganz kribbelig, wenn Blake so angestarrt wurde. Manche Menschen benahmen sich, als hätten sie noch nie jemanden im Rollstuhl gesehen.

Blake hatte sich bei einem Reitunfall vor einigen Jahren die Wirbelsäule verletzt und war seitdem querschnittsgelähmt. Doch er ließ sich nicht unterkriegen, sondern hatte beschlossen, das Beste daraus zu machen. Meistens gelang ihm das auch ganz gut, wofür Franzi ihn vorbehaltlos bewunderte.

»Übrigens wollte ich dich noch etwas fragen«, begann Blake.

»Was denn?«

»Ich will mich für einen Chairskating-Workshop anmelden, der demnächst im Schillerpark stattfindet«, erzählte Blake. »Hast du Lust mitzukommen?«

Blake interessierte sich schon länger für Chairskating, eine noch relativ neue Actionsportart für Rollstuhlfahrer, bei der statt eines Skateboards der Rollstuhl benutzt wird. Vor einer Weile hatte er mit Franzi ein paar Skate-Nummern mit Rollstuhl und Inlinern eingeübt und bei einem Aktionstag aufgeführt, um Geld für den Zoo zu sammeln.

»Klingt spannend«, sagte Franzi. »Ich bin dabei.«
»Klasse!« Blake schien sich ehrlich zu freuen und Franzis Herz klopfte ein wenig schneller.
»Wer leitet den Workshop?«, fragte sie möglichst sachlich.
»Ein bekannter Chairskater aus Berlin, der dafür extra in die Stadt kommt. Der Typ ist wirklich wahnsinnig gut.« Blakes Stimme bekam einen schwärmerischen Unterton. »Das ist eine einmalige Chance, Tipps von einem Profi zu bekommen. Ich hab im Internet ein paar Videos von ihm gesehen. Es ist unglaublich, was man mit einem Rollstuhl alles machen kann. Als wären die Gesetze der Schwerkraft nicht mehr gültig.« Er drehte sich blitzschnell einmal um die eigene Achse, was ihm weitere Blicke der Umstehenden eintrug.
»Ist ja auch die perfekte Ergänzung zu deinen vielen anderen Sportarten«, stellte Franzi fest. Blake war mindestens genauso sportbegeistert wie sie selbst. Franzi ritt nicht nur regelmäßig auf ihrem Pony Tinka, sie ging auch joggen, schwimmen und düste auf ihren Inlinern durch die Gegend. Den Skatepark im Schillerpark, wo der Workshop stattfinden sollte, kannte sie darum wie ihre Westentasche.
»Ich bin jedenfalls schon wahnsinnig gespannt.« Blake zog sein Portemonnaie hervor. Gleich waren sie an der Reihe. »Dann melde ich dich mit an, okay?«
»Okay.« Franzi trat in den Schatten des Kiosks. Hier war es etwas kühler als in der sengenden Nachmittagssonne. Sie hatte empfindliche Haut und bekam schnell Sonnenbrand, wenn sie nicht aufpasste.
»Was darf's denn sein?«, fragte die Kiosk-Besitzerin, eine freundliche Frau, die sich weder vom Besucheransturm an

diesem Sommersonntag noch von quengelnden Kindern oder ungeduldigen Erwachsenen aus der Ruhe bringen ließ.
Franzi überflog die Eiskarte. »Drei Kugeln Bananeneis in der Waffel, bitte. Mit Schokostreuseln!«
Blake entschied sich für je eine Kugel Erdbeer-, Zitronen- und Tiramisu-Eis mit Sahne und reichte der Verkäuferin einen Geldschein.
Kurze Zeit später saßen sie an einem der einfachen Holztische neben dem Kiosk im Schatten eines rot-weiß gestreiften Sonnenschirms. Franzi leckte hingebungsvoll die Schokostreusel von ihrem Bananeneis. »Schoko und Banane, das ist die perfekte Kombination«, nuschelte sie. »Vielen Dank übrigens für die Einladung.«
»Gern geschehen!«
Eine Weile herrschte zufriedenes Schweigen. Franzi schloss die Augen. Sie spürte den süßen Geschmack auf der Zunge, das leicht müde Gefühl in Armen und Beinen, das sich immer nach dem Schwimmen einstellte, und die sommerliche Wärme, die sie von Kopf bis Fuß einhüllte wie eine kuschelige Decke. »Am liebsten würde ich die Zeit anhalten«, murmelte sie träge. »Dieser Moment ist einfach perfekt.«
»Das finde ich auch«, bestätigte Blake.
Franzi öffnete die Augen und begegnete seinem Blick. Er war so intensiv, dass sie augenblicklich knallrot wurde.
»Hab ich dir eigentlich schon mal gesagt, wie gern ich mit dir zusammen bin?«, fragte Blake ungewöhnlich ernst.
Franzi schluckte. Ihr Herz klopfte heftig, während sie leicht den Kopf schüttelte.
»Mit dir fühle ich mich einfach total wohl.« Blake räusperte

sich. »Ich … du … du und ich …« Ehe er den Satz beenden konnte, rutschte eine Portion Sahne von seiner Eiswaffel und klatschte auf seine dunkelblaue Badehose. »Mist!«
»Warte …« Franzi griff nach dem Serviettenständer, der auf dem Holztisch stand, um eine Papierserviette herauszuziehen. Blake hatte dieselbe Idee und ihre Finger berührten sich. Franzi zog die Hand so schnell zurück, als hätte sie sich verbrannt. Ein Schwarm Schmetterlinge flatterte in ihrem Bauch und ihr ganzer Körper wurde von einem angenehmen Kribbeln erfasst.
»Sorry«, murmelte Blake. Er griff nach einer Serviette und wischte sich die Sahne von der Badehose.
Franzi hätte gerne einen lockeren Spruch gemacht, aber ihr Kopf war wie leer gefegt. Erst jetzt merkte sie, dass das Bananeneis zu schmelzen begonnen hatte und auf die Tischplatte tropfte. Schnell leckte sie über die Eiskugeln. Der süße Geschmack beruhigte sie ein wenig und sie konnte wieder einen klaren Gedanken fassen.
»Was wolltest du eigentlich gerade sagen?« Sie warf Blake einen verstohlenen Blick zu.
Blake zögerte. »Ich … also … ich wollte …« Er knüllte die Papierserviette zusammen und beförderte sie mit einem gezielten Wurf in den nächsten Mülleimer. »Ach, nichts.« Er kratzte sich verlegen im Nacken.
Franzi zuckte mit den Schultern. »Wie du meinst.« Sie versuchte, sich ihre Enttäuschung nicht anmerken zu lassen. Was hatte Blake ihr erzählen wollen? Würde sie es je erfahren? Und wenn ja, würde es ihr gefallen?
Am nächsten Morgen trat Franzi kräftig in die Pedale. Der

Fahrtwind pfiff ihr um die Ohren. Eigentlich hatte sie noch genug Zeit bis zur ersten Stunde, aber die Bewegung tat gut und mit etwas Glück würde sie die körperliche Betätigung von ihren Gedanken ablenken, die seit gestern ständig um Blake kreisten. Er ging ihr einfach nicht mehr aus dem Kopf. Franzi hatte weder einen Blick für den herrlich blauen Himmel, der sich über der Stadt wölbte, noch für die Sonnenstrahlen, die allmählich über die Hausdächer krochen und alles in rosafarbenes Morgenlicht tauchten. Es würde wieder ein wunderschöner Sommertag werden, aber das war Franzi in diesem Moment ziemlich egal.

Sie konnte es nicht länger leugnen: Sie war verwirrt. Um nicht zu sagen, ihre Gefühle waren ein einziges Chaos. Bisher hatte sie sich immer einzureden versucht, nichts als reine Freundschaft für Blake zu empfinden. Aber das ging jetzt nicht mehr. Nicht nach dem Blick, mit dem Blake sie gestern beim Eisessen angesehen hatte. Nicht nach den Schmetterlingen in ihrem Bauch, als sich ihre und Blakes Finger zufällig berührt hatten. Nein, es brachte nichts, sich länger etwas vorzumachen. Ihre Gefühle für Blake waren viel mehr als Freundschaft. Sie hatte sich in ihn verliebt, so einfach war das. Und gleichzeitig so kompliziert.

Franzi bog um die Kurve und die Schule kam in Sicht. Sie beschleunigte zu einem letzten Spurt, auch wenn sich ihre Gedanken dadurch leider keineswegs abstellen ließen. In ihrem Kopf schwirrten tausend Fragen herum. Wie sollte sie sich Blake gegenüber in Zukunft verhalten? Würde sie genauso unbefangen mit ihm umgehen können wie bisher? Sollte sie ihm ihre Gefühle gestehen oder lieber weiterhin den gu-

ten Kumpel spielen? War sie nach der schmerzhaften Trennung von ihrem Exfreund Felipe überhaupt schon bereit für eine neue Beziehung? Und – die wichtigste und gleichzeitig beängstigendste Frage von allen: Was empfand Blake für sie?
Franzi sauste auf den Schulhof. Nur undeutlich nahm sie eine Gestalt aus den Augenwinkeln wahr, die in letzter Sekunde zur Seite sprang. Franzi legte eine Vollbremsung hin und kam keuchend direkt vor den Fahrradständern zum Stehen.
»Sag mal, spinnst du?«, schimpfte eine Stimme hinter ihr. »Du hättest mich fast über den Haufen gefahren! Wir sind hier doch nicht bei der *Tour de France*.«
Franzi stieg vom Rad und drehte sich um. Vor ihr stand ihre Freundin Kim Jülich. Sie hatte die Hände in die Hüften gestützt und funkelte Franzi ärgerlich an.
»Tut mir leid«, murmelte Franzi. »Ich war mit den Gedanken ganz woanders.«
»Das hab ich gemerkt.« Kim fuhr sich durch ihre kurzen, dunklen Haare und warf Franzi einen prüfenden Blick zu. »Ist was passiert?«
»Nein, nein«, beteuerte Franzi schnell. Ihre Gefühle für Blake waren noch viel zu verwirrend, um darüber zu sprechen. Vorläufig wollte sie sie lieber für sich behalten. »Alles in Ordnung.«
Sie schob ihr Rad in einen freien Ständer, schloss es ab und griff nach ihrem Schulrucksack, der heute wegen der Sportsachen besonders schwer war.
»Wenn du meinst …« Kim wirkte nicht richtig überzeugt. Sie war eine aufmerksame Beobachterin und ließ sich nicht so leicht etwas vormachen. Aber schließlich zuckte sie mit

den Schultern und fügte hinzu: »Hauptsache, du denkst an das Detektivclubtreffen heute Nachmittag. Um drei Uhr bei mir. Du hast es doch nicht vergessen, oder?«

»Natürlich nicht!«, behauptete Franzi im Brustton der Überzeugung. Dabei hatte sie vor lauter Blake-Grübeleien tatsächlich nicht mehr an die Verabredung gedacht.

»Wir haben zwar gerade keinen neuen Fall, aber wir könnten ja Pläne für die Sommerferien machen«, sagte Kim gut gelaunt. »Nur noch knapp vier Wochen bis zum letzten Schultag, ist das nicht toll?«

»Klar …«, murmelte Franzi zerstreut.

Sie und ihre Freundinnen Kim und Marie gingen nicht nur gemeinsam durch dick und dünn, sie waren auch erfolgreiche Detektivinnen. Mit ihrem Detektivclub *Die drei !!!* hatten sie schon über fünfzig Fälle gelöst. Leider war der letzte Fall, bei dem sie mysteriöse Vorkommnisse um ein geisterhaftes Parfüm aufgedeckt hatten, schon eine Weile her.

»Was hast du in der ersten Stunde?«, erkundigte sich Kim.

»Sport.« Franzi nickte zu einem hochgewachsenen Mann mit dunkelblonden Haaren und Dreitagebart hinüber, der gerade vom Lehrerparkplatz kam und auf die Sporthalle zuging. Er war ungefähr Mitte vierzig und trug eine blaue Sporttasche. »Bei Herrn Carstens.«

Der Lehrer winkte ihr zu und Franzi grüßte zurück.

»Der ist ganz nett, oder?«, fragte Kim.

»Ja, meistens schon.« Franzi schulterte ihren Rucksack. »Ist ein ziemlich lockerer Typ. Ich mag ihn, aber bei manchen Schülern kann er sich nicht so richtig durchsetzen. Felix und Cedric zum Beispiel machen bei ihm, was sie wollen.«

Henning Carstens unterrichtete Franzis Klasse, die 7f, in Sport und Mathe. Er war erst seit einem halben Jahr an der Georg-Lichtenberg-Gesamtschule und vertrat den bisherigen Sportlehrer Herrn Müller, der sich nach einer Herz-OP einer längeren Reha unterziehen musste. Kim besuchte die Parallelklasse.

»Felix und Cedric?«, hakte Kim nach. »Die beiden Chaoten aus deiner Klasse?«

Franzi nickte. »Sie machen zwar auch bei anderen Lehrern gerne Quatsch, aber auf Herrn Carstens haben sie es in letzter Zeit besonders abgesehen.«

Das Klingeln zur ersten Stunde beendete das Gespräch. »Ich muss los.« Kim winkte Franzi zu. »Wir sehen uns später.«

Kim eilte über den Schulhof zum Haupteingang und Franzi marschierte etwas langsamer in Richtung Sporthalle. Wie gut, dass die neue Woche wenigstens mit ihrem Lieblingsfach begann. Das machte den Montagmorgen ein wenig erträglicher. Bevor sie die Halle betrat, atmete sie noch einmal tief die frische Morgenluft ein. Erst jetzt fiel ihr auf, dass sie während der Unterhaltung mit Kim kaum an Blake gedacht hatte. Franzi lächelte in sich hinein. Das war doch immerhin ein kleiner Fortschritt!

Ärger in der 7f

»Heute stehen Passübungen und Korbleger auf dem Programm«, verkündete Herr Carstens. »Aber erst machen wir uns mit einem Dauerlauf warm. Auf geht's!« Mehr oder weniger motiviert trabten die Schüler los.

Auch Franzi setzte sich in Bewegung. Der Schwingboden der Sporthalle vibrierte unter zwei Dutzend Turnschuhpaaren. Die erste Runde lief Franzi langsam und kontrolliert, bis sie spürte, wie ihre Muskeln warm wurden und sich lockerten. Dann steigerte sie das Tempo und ließ ihre Schritte größer und weiter werden. Sie überholte ein paar Mitschüler, die sich wie Mehlsäcke dahinschleppten. Im Gegensatz zu ihnen genoss Franzi das perfekte Zusammenspiel ihrer Muskeln. Unglaublich, dass es Menschen gab, die Sport nichts abgewinnen konnten! Für Franzi war Bewegung wie eine Wellnesseinheit für Körper, Geist und Seele. Beim Laufen funktionierten ihre Beine nach einer Weile ganz von allein. Sobald sie ihren Rhythmus gefunden hatten, begann Franzis Kopf, sich zu leeren. Alle störenden Gedanken lösten sich in Luft auf, der Stress des Alltags fiel von ihr ab und sie kam innerlich vollkommen zur Ruhe. Herrlich …

Ein durchdringender Pfiff riss sie aus diesem angenehmen Zustand.

»Felix und Cedric, würdet ihr bitte auch mitmachen?«, rief Herr Carstens. Er sah mit gerunzelter Stirn zum Geräteraum, in dem es sich die beiden Jungs auf dem Mattenwagen bequem gemacht hatten. Felix, ein bulliger Typ mit rundem Gesicht und blonden Stoppelhaaren, lag mit hinter dem Kopf verschränkten Armen auf der obersten Matte und ließ die Beine baumeln. Cedric war einen Kopf größer als sein Kumpel und eher drahtig. Seine dunklen, halblangen Haare fielen ihm in die Stirn und verdeckten seine Augen.

»Geht nicht, ich hab meine Tage«, rief Cedric zurück.

Felix prustete los. Ein paar andere Mitschüler lachten ebenfalls.

Herr Carstens schien die Situation weniger witzig zu finden. »Macht euch jetzt endlich warm, sonst holt ihr euch gleich beim Basketball eine Zerrung.«

Provozierend langsam erhoben sich die Jungs und schlenderten in die Halle. Franzi verdrehte die Augen. Diese Idioten! Immer mussten sie Ärger machen. Sie lief in gemäßigtem Tempo weiter, fand aber nicht mehr in den richtigen Rhythmus hinein. Fünf Minuten später pfiff Herr Carstens sowieso zum Beginn des Trainings und die Schüler versammelten sich in der Mitte der Halle.

»Wir beginnen mit Passübungen in Kleingruppen«, verkündete der Lehrer. »Tut euch zu viert zusammen. Ihr steht einander gegenüber und passt euch den Ball zu. Nach jedem Wurf stellt ihr euch hinter der anderen Gruppe wieder auf. Alles klar?«

Die Schüler wuselten durcheinander. Es dauerte eine Weile, bis sich alle zusammengefunden hatten. Franzi hatte das Pech, ausgerechnet mit Felix und Cedric in einer Gruppe zu landen. Außerdem war noch Anna dabei, eine sehr nette, aber ziemlich ruhige Mitschülerin.

»Los geht's!« Franzi passte den Ball zu Felix.

»Hilfe, ich bin getroffen!« Felix ließ den Ball absichtlich gegen seine Brust prallen und fiel hintenüber. Er wälzte sich auf dem Boden, als hätte er unerträgliche Schmerzen. »Lasst mich hier zurück und bringt euch in Sicherheit«, stöhnte er. »Ihr dürft nicht in die Hände der Angreifer geraten …«

Franzi musste unwillkürlich grinsen. »Du hast wohl zu viele Actionfilme gesehen, was?«

»Man kann gar nicht zu viele Actionfilme sehen«, behauptete Cedric und half seinem Freund auf. Die Jungs klatschten sich ab und begannen, mit dem Ball durch die Halle zu dribbeln.

»Was soll das denn jetzt?« Franzi stemmte die Hände in die Hüften, aber Cedric und Felix ignorierten sie. Unter lautem Gelächter versuchten sie, einander den Ball abzujagen. Franzi merkte, wie sie wütend wurde. Sport gehörte zu den wenigen Fächern, die ihr richtig Spaß machten, und sie hatte keine Lust, sich die Stunde von Felix und Cedric vermiesen zu lassen. »Hört endlich auf mit dem albernen Kinderkram«, schimpfte sie. »Das nervt!«

»Hey, halt den Ball flach«, gab Felix zurück und lachte über sein Wortspiel. »Du hast uns gar nichts zu sagen.«

Franzi warf einen Blick zu Herrn Carstens hinüber, aber der Lehrer zeigte gerade einer Gruppe am anderen Ende der Hal-

le, wie man direkte Druckpässe ausführte, und bekam von dem Streit nichts mit. Oder tat er nur so? Franzi wollte ihn gerade rufen, da griff Anna nach ihrem Arm.
»Lass doch«, sagte sie leise. »Es lohnt nicht, sich über die beiden aufzuregen.«
Franzi zögerte. Schließlich zuckte sie mit den Schultern. Eigentlich hatte Anna recht. »Dann trainieren wir eben zu zweit.« Sie holte rasch noch einen Ball aus dem Geräteraum und stellte sich Anna gegenüber. »Bereit?«
Anna nickte. »Bereit!«
Bald war Franzi so ins Training vertieft, dass sie alles um sich herum vergaß.

Nach dem Sportunterricht stand eine Doppelstunde Mathe auf dem Stundenplan. Ohne große Begeisterung setzte sich Franzi und kramte ihre Mathesachen hervor. Ihre Haare waren noch feucht vom Duschen. Nach der Sportstunde fühlte sie sich erfrischt und ausgeglichen. Leider würde dieser Zustand vermutlich nicht allzu lange anhalten. Mathe gehörte nicht gerade zu ihren Lieblingsfächern.
Viel zu schnell klingelte es und Herr Carstens kam herein.
»Heute gehen wir den Stoff für die Mathearbeit durch«, verkündete er statt einer Begrüßung. »Wie ihr wisst, ist es die letzte Arbeit vor den Sommerferien und somit die letzte Chance, eure Zeugnisnote zu verbessern …«
Ein Stöhnen ging durch die Klasse. Auch Franzi seufzte. Für die Arbeit würde sie noch jede Menge lernen müssen.
Ehe Herr Carstens weitersprechen konnte, öffnete sich die Tür und Felix und Cedric schlenderten herein.

»Hat die Stunde schon angefangen?«, fragte Felix, als ob er das nicht genau wüsste.

»Allerdings«, antwortete Herr Carstens.

»Oh nein, hoffentlich haben wir nichts Wichtiges verpasst.« Cedric verzog in gespielter Sorge das Gesicht. »Die Zeit zum Duschen war einfach zu knapp …«

»Setzt euch hin und seid still.« Herr Carstens klopfte mit seinem Kugelschreiber auf die Tischplatte. »Ich möchte jetzt weitermachen, wenn's den Herren recht ist.«

»Aber natürlich.« Felix ließ sich auf seinen Stuhl fallen. »Wir können es kaum erwarten. Mathe ist ja sooo spannend!« Seine Stimme triefte vor Ironie.

»Genau.« Cedric nickte eifrig. Er setzte sich neben Felix und lehnte sich zurück. »Jetzt legen Sie schon los. Wir wollen doch nicht noch mehr kostbare Zeit verschwenden, oder?«

Herr Carstens lief rot an. Er schien etwas sagen zu wollen, aber dann löste er den Blick von den Unruhestiftern und wies die Klasse so beherrscht wie möglich an: »Schlagt bitte eure Bücher auf. Seite 83. Wir beginnen mit ein paar Wiederholungsübungen.«

Franzi suchte in ihrem Buch nach der richtigen Seite, als lautes Schnarchen ertönte. Cedric hatte die Arme vor der Brust verschränkt und die Augen geschlossen, sein Kopf war nach vorne gesunken und er tat so, als wäre er eingeschlafen. Ein paar Schüler kicherten.

Herr Carstens versuchte krampfhaft, die Störung zu ignorieren. »Wer möchte an die Tafel kommen und mit der ersten Aufgabe beginnen?« Er ließ den Blick über die Klasse schweifen, aber alle hatten nur Augen für Cedric. Niemand melde-

te sich. »Denkt an eure mündlichen Noten. Noch habe ich sie nicht festgelegt.«
Cedric stieß einen besonders lauten Schnarcher aus und öffnete die Augen. »Was ist los? Haben Sie etwas gesagt?«
»Allerdings.« Herr Carstens war schon wieder knallrot angelaufen. Er sah aus, als würde er jeden Moment explodieren. »Du solltest lieber zuhören, deine Mathenote steht schließlich auch auf der Kippe.«
»Tatsächlich?« Cedric grinste überheblich. »Das ist mir neu.« Er starrte den Lehrer unverwandt an, bis dieser den Blick abwandte. Herr Carstens wirkte plötzlich sehr müde.
Franzi runzelte die Stirn. Was sollte das? Warum griff der Lehrer nicht endlich durch? An seiner Stelle hätte sie Cedric längst vor die Tür gesetzt oder ihm zumindest eine Strafarbeit aufgebrummt. Er benahm sich einfach unmöglich!
Doch Herr Carstens murmelte nur etwas, das wie »Reiß dich zusammen« klang. Franzi fragte sich, ob er Cedric oder sich selbst meinte.
Während der restlichen Doppelstunde spielten Cedric und Felix unter dem Tisch irgendein Spiel auf ihren Handys, was natürlich streng verboten war. Sie passten zwar nicht auf, störten aber den Unterricht auch nicht mehr, von ein paar etwas zu lauten Lachern abgesehen. Herr Carstens bemühte sich, nicht zu ihnen hinüberzuschauen. Er tat einfach so, als wären sie nicht da.
Franzi versuchte, sich zu konzentrieren, doch ihre Gedanken schweiften immer wieder ab. Von dem nervigen Verhalten ihrer beiden Mitschüler wanderten sie zu Blake und dem Chairskating-Workshop, der am Samstag beginnen sollte.

Wie würde der Workshop ablaufen? Was erwartete sie? Und was sollte sie anziehen? Vielleicht das neue Shirt, das sie sich letztens gekauft hatte? Das kräftige Grün passte gut zu ihren roten Haaren. Ob es Blake gefallen würde?

Als es endlich zur Pause klingelte, schlug Franzi erleichtert ihr Buch zu. Cedric und Felix waren so in ihr Handyspiel vertieft, dass sie wie hypnotisiert sitzen blieben, während der Rest der Klasse lachend und schwatzend nach draußen ging. Franzi holte ihr Pausenbrot aus dem Rucksack und stand ebenfalls auf. Als sie am Lehrerpult vorbeikam, konnte sie sich eine Bemerkung nicht verkneifen. »Sie sollten sich nicht alles gefallen lassen, sonst machen die anderen irgendwann auch noch mit.«

Herr Carstens rang sich ein Lächeln ab. »Danke für den Tipp. Nett, dass du dir Sorgen um mich machst. Aber ich weiß wirklich nicht, was du meinst.«

»Nein?« Franzi warf einen Blick zu Cedric und Felix hinüber, die immer noch völlig versunken auf ihre Displays starrten. »Die beiden werden immer dreister.«

Herr Carstens schob mit fahrigen Bewegungen seine Unterlagen zusammen. »Das lass mal meine Sorge sein.« Sein rechtes Augenlid zuckte. »Und jetzt raus mit dir in die Pause. Oder hast du etwa noch nicht genug von linearen Gleichungen?« Er versuchte ein Grinsen, doch es wirkte ziemlich angespannt.

Während Franzi durch den Flur in Richtung Pausenhalle lief, ging ihr das seltsame Verhalten des Lehrers nicht aus dem Kopf. Warum ließ er sich so viel von Cedric und Felix gefallen? Bei anderen Schülern drückte er zwar auch mal ein Auge

zu, wenn sie über die Stränge schlugen, aber so weit wie heute hatte er es noch nie kommen lassen.
Als Franzi die Pausenhalle betrat, entdeckte sie Kim in der Schlange vor dem Kakaostand und winkte ihr zu.
»Alles klar?«, fragte Kim.
Franzi nickte. »Ich hab die Doppelstunde Mathe überlebt, das ist die Hauptsache.«
Kim lachte. »Wie wär's mit einer Vanillemilch? Das gibt neue Energie für den restlichen Vormittag.«
»Gute Idee!« Franzi kramte in ihren Hosentaschen. »Mist, ich hab mein Kleingeld im Rucksack gelassen. Bin gleich wieder da.«
Eilig joggte sie durch den leeren Flur zurück zu ihrer Klasse. Aus dem Raum waren Stimmen zu hören und Franzi stoppte kurz vor der Tür. Sie war nur angelehnt. Franzi ging leise näher heran und lugte durch den Spalt. Herr Carstens stand mit angespanntem Gesichtsausdruck hinter dem Lehrerpult und sprach mit Cedric und Felix, die immer noch auf ihren Plätzen lümmelten. Franzi spitzte die Ohren. Hatte er ihren Rat doch beherzigt und hielt den beiden endlich die längst überfällige Standpauke?
»So geht das wirklich nicht weiter«, sagte der Lehrer gerade. Er versuchte streng zu klingen, aber sein Blick wanderte unsicher durch den Raum.
»Und warum nicht?«, fragte Felix einigermaßen gelangweilt.
»Einige Schüler werden schon misstrauisch.« Herr Carstens senkte die Stimme. »Wenn ihr so weitermacht, fliegt die ganze Sache auf.«
Franzi hielt den Atem an, um nichts zu verpassen.

»Das ist nicht unser Problem.« Cedric erhob sich.
»Aber wir haben doch eine Abmachung …« Die Stimme des Lehrers klang jetzt beinahe flehend.
»Stimmt, und Ihren Teil der Abmachung müssen Sie noch erfüllen.« Felix grinste gehässig. Er stieß seinen Kumpel an. »Lass uns abhauen. Wenn wir noch länger hier herumhängen, ist die Pause gleich vorbei.«
»Okay, ich brauche dringend frische Luft.« Cedric wedelte sich mit der Hand vor dem Gesicht herum, als wäre ihm ein unangenehmer Geruch in die Nase gestiegen.
Die beiden Jungs ließen Herrn Carstens einfach stehen und gingen zur Tür. Franzi sah zu, dass sie wegkam. Sie rannte los und schaffte es gerade noch rechtzeitig, in der Mädchentoilette zu verschwinden. Dort wartete sie, bis die Luft rein war, bevor sie in die Pausenhalle zurückkehrte.
»Wo warst du denn so lange?«, fragte Kim etwas vorwurfsvoll. Sie hatte ihren Einkauf bereits erledigt und wartete neben dem Kakaostand.
»Sorry, hat etwas länger gedauert.« Erst jetzt fiel Franzi wieder ein, warum sie noch einmal zurückgegangen war. »Und das Geld hab ich auch vergessen. Mist!«
»Kein Problem.« Kim reichte ihr ein Trinkpäckchen samt Strohhalm. »Ich hab dir trotzdem eine Vanillemilch mitgebracht.«
»Danke.« Franzi spielte nachdenklich mit dem Strohhalm herum.
»Was war denn los?«, erkundigte sich Kim.
»Gute Frage …« Franzi trank einen großen Schluck Vanillemilch. »Ich denke, genau das sollten wir herausfinden.«

Ein äußerst erfolgreicher Nachmittag

»So lässt sich's leben.« Franzi lehnte sich in dem bequemen Gartenstuhl zurück und blinzelte in die Sonne.
Kim hatte für das Detektivclubtreffen den Tisch auf der Terrasse gedeckt. Gerade kam sie mit einem Tablett aus der Küche, auf dem sich ein großer Glaskrug, eine Schüssel mit Erdbeeren und eine Familienpackung Vanilleeis befanden. »Lust auf Eis?«
»Was für eine Frage!« Marie, die gegenüber von Franzi Platz genommen hatte, grinste. »Darauf gibt es nur eine Antwort: Ja!« Sie fuhr sich durch ihre langen, blonden Haare und schürzte die Lippen. Der rosafarbene Lipgloss passte perfekt zu den Punkten auf ihrem leichten Sommerkleid, Finger- und Zehennägel glänzten im selben Farbton. Marie hatte eine Schwäche für Mode und Styling und einen dementsprechend umfangreichen Vorrat an Schminkutensilien. Auch ihr Kleiderschrank hatte eine beachtliche Größe.
Kim verteilte reichlich Eis und Erdbeeren in drei Schälchen und goss ihren Freundinnen etwas zu trinken ein.
»Was ist das?« Franzi nahm einen Schluck von dem gras-

grünen Getränk. Es war eisgekühlt, leicht sämig und roch wie ein Sommernachmittag im Park. »Schmeckt gut.«

»Grüner Smoothie, das neuste Faible meiner Mutter«, erklärte Kim. »Die sollen total gesund sein. Mama hat sich ein Buch mit Rezepten gekauft und probiert sie jetzt nach und nach aus.«

Marie nippte an ihrem Glas. »Schmeckt … interessant. Was ist denn da drin?«

»Äpfel, Bananen, eine halbe Zitrone, eine Handvoll Feldsalat und ein paar Blätter Giersch«, zählte Kim auf.

Marie verschluckte sich und musste husten. »Giersch?« Sie rang nach Luft. »Dieses Unkraut aus dem Garten?«

Kim nickte. »Giersch enthält viel Vitamin C und Eisen. Mama ist total begeistert, weil sie das Zeug direkt aus unserem Garten ernten kann. Wir haben jede Menge davon.«

»Wie praktisch.« Marie schob ihr Glas zur Seite. »Ich glaube, da bleibe ich lieber bei Erdbeeren mit Vanilleeis. Oder ist da auch Unkraut drin?« Sie starrte misstrauisch in ihr Schälchen.

Kim grinste. »Keine Sorge. Das Eis ist völlig unkrautfrei.«

Als sich Franzi gerade die erste Erdbeere in den Mund schob, schoss ein Fußball durch die geöffnete Terrassentür in den Garten. Er flog so dicht an ihrem Kopf vorbei, dass sie den Luftzug spürte. Franzi zuckte zusammen. Zwei Jungs rannten johlend hinter dem Ball her. Ihnen folgte eine schwarzweiße, aufgeregt bellende Fellkugel.

»Ben, Lukas und Pablo!« Franzi entspannte sich wieder. »Ich hatte mich schon gefragt, wo die drei stecken.«

»Ja, es war gerade so schön ruhig.« Marie beobachtete Kims

zehnjährige Zwillingsbrüder, die auf dem Rasen mit ihrem geliebten Fußball herumkickten. Pablo, der Hund der Jülichs, jagte begeistert hinter dem Ball her.
Kim seufzte. »Bei uns ist es nie lange ruhig, das wisst ihr doch. Aber die beiden haben gleich Fußballtraining, sie können uns also höchstens noch eine Viertelstunde nerven.«
Jetzt hatten die Zwillinge die Erdbeeren auf dem Tisch entdeckt.
»Erdbeeren, lecker!« Ben ließ den Fußball links liegen und raste zurück auf die Terrasse. Mit seinen schmutzigen Fingern angelte er die dickste Erdbeere aus der Schüssel und stopfte sie sich in den Mund. »Mmmh!« Er verdrehte genießerisch die Augen, während ihm roter Saft aus den Mundwinkeln tropfte.
»Finger weg!«, schimpfte Kim.
»Ich will auch eine.« Lukas tauchte neben seinem Bruder auf. Ehe er ebenfalls eine Erdbeere stibitzen konnte, zog Kim die Schüssel weg.
»Das ist ungerecht!« Lukas warf seiner Schwester einen vorwurfsvollen Blick zu. »Immer schnappst du dir die leckeren Sachen und für uns bleibt nichts übrig.«
»Reg dich nicht auf«, sagte Kim. »Im Kühlschrank stehen noch zwei Schalen Erdbeeren, die gibt's nachher zum Abendessen.«
In diesem Moment begann Pablo zu bellen und lenkte die Zwillinge von der Erdbeer-Schüssel ab. Der Spaniel-Mischling stand schwanzwedelnd in einer Ecke des Gartens und kläffte den Nachbarn an, der direkt hinter dem Zaun in seinem Rosenbeet Unkraut jätete.

»Pablo, komm her«, rief Ben. »Bei Fuß!«
Aber der Hund dachte gar nicht daran. Obwohl Ben und Lukas mit Pablo einen Kurs in der Hundeschule besucht hatten, gehorchte er leider längst nicht immer aufs Wort.
»Holt Pablo lieber zurück«, sagte Kim. »Sonst gibt es wieder Ärger mit Herrn Poschke.«
Der Nachbar der Jülichs war weder ein großer Hunde- noch ein Kinderfreund und hatte sich schon bei verschiedenen Gelegenheiten bitter über die Zwillinge und Pablo beschwert.
Ben und Lukas rannten los und stellten sich schützend neben ihren Hund. Ben hielt ihn am Halsband fest, damit er nicht auf die Idee kam, über den Zaun zu springen.
»Sei endlich still, Pablo«, schimpfte Ben. »Was soll denn das?«
Doch zur Überraschung aller richtete sich Herr Poschke lächelnd auf. »Ich glaube, ich weiß, was er will.« Er griff in seine Hosentasche und holte einen Hundekuchen heraus.
»Du riechst, was ich hier Leckeres habe, stimmt's?« Er warf den Hundekuchen über den Zaun und Pablo stürzte sich begeistert darauf. »Kluger Hund!«
»D… danke«, stammelte Ben.
Lukas hatte es vor Verblüffung die Sprache verschlagen.
»Keine Ursache.« Herr Poschke beugte sich wieder über seine Rosen.
Frau Jülichs Stimme ertönte aus dem Haus. Die Zwillinge sollten sich fürs Fußballtraining umziehen. Ben und Lukas rannten hinein und Pablo trollte sich in den Vorgarten, nachdem er seinen kleinen Snack vertilgt hatte.
»Was ist denn mit eurem Nachbarn los?«, fragte Franzi. »Der war doch sonst nicht so freundlich.«

Kim zuckte mit den Schultern. »In letzter Zeit versucht er zumindest, nicht mehr gleich loszuschimpfen, wenn die Zwillinge oder Pablo in seine Nähe kommen. Dass er Hundekuchen verteilt, ist allerdings neu.«
»Es geschehen eben noch Zeichen und Wunder«, bemerkte Marie philosophisch und schob sich einen Löffel Vanilleeis in den Mund.
»Sollen wir mit der Clubsitzung beginnen?«, fragte Kim.
»Wozu?«, nuschelte Marie mit vollem Mund. »Wir haben doch sowieso gerade keinen Fall.«
»Das könnte sich bald ändern«, sagte Franzi.
Marie schluckte ihr Eis hinunter. »Was meinst du damit?«
»In meiner Klasse passieren seltsame Dinge.« Franzi berichtete von den massiven Störungen in Herrn Carstens' Unterricht und dem geheimnisvollen Gespräch, das sie heute in der Pause mitbekommen hatte.
Kim und Marie lauschten interessiert. Kim hatte ein abgegriffenes Heft mit vielen Eselsohren hervorgezogen, das sie als Detektivtagebuch für unterwegs benutzte, und machte sich zwischendurch immer wieder Notizen. Zu ihren Aufgaben gehörte es, alle Einzelheiten eines Falls schriftlich festzuhalten, was sich schon oft als sehr nützlich erwiesen hatte. Sie war so beschäftigt, dass sie sogar vergaß, ihr Eis weiterzulöffeln. Es schmolz in der warmen Nachmittagssonne langsam vor sich hin.
»Irgendwas ist da faul«, schloss Franzi ihren Bericht. »Das spüre ich ganz deutlich.«
Kim nickte. »Herr Carstens will offenbar etwas vertuschen. Aber was?«

»Und von welcher Abmachung hat er gesprochen?«, überlegte Marie laut. »Das klingt alles sehr merkwürdig.«
»Klar ist bisher nur, dass Felix und Cedric Herrn Carstens extrem auf der Nase herumtanzen und seinen Unterricht stören, wo sie nur können«, fasste Franzi die Situation zusammen.
»Das grenzt ja fast schon an Mobbing«, stellte Marie fest.
»Stimmt«, sagte Kim. »Ich hab letztens einen Zeitungsartikel darüber gelesen. Es werden längst nicht nur Schüler gemobbt, sondern auch Lehrer. Und Lehrer, die sich nicht gut durchsetzen können, sind besonders leichte Mobbing-Opfer.«
»Ganz schön gemein.« Marie pustete sich eine Ponysträhne aus der Stirn. »Aber ich wette, hinter der Sache steckt noch mehr. Wir sollten unbedingt herausbekommen, was das für eine Abmachung zwischen Herrn Carstens, Felix und Cedric ist.«
Franzi nickte. »Finde ich auch. Ich würde Herrn Carstens gerne helfen. Eigentlich ist er ein richtig netter Typ. Er sollte sich von zwei Idioten wie Felix und Cedric nicht so fertigmachen lassen.«
»Erst mal brauchen wir mehr Informationen.« Kim wandte sich an Franzi. »Am besten, du beobachtest Herrn Carstens, Felix und Cedric in den nächsten Tagen ganz genau. Vielleicht fällt dir ja etwas Verdächtiges auf.«
»Heißt das, wir haben einen neuen Fall?«, fragte Franzi.
Marie nickte. »Dafür brauchen wir jede Menge Energie.« Sie streckte den Arm quer über den Tisch. Franzi und Kim folgten ihrem Beispiel und alle drei legten die Hände übereinander.
»Eins«, sagte Marie.
»Zwei«, fügte Kim hinzu.

»Drei«, rief Franzi.
Sie hoben gleichzeitig die Hände und vollendeten das Ritual mit einem lauten »Power!!!«.
Pablo sauste kläffend um die Ecke.
»Alles in Ordnung, Pablo, das war nur unser Power-Spruch.« Franzi kraulte den Mischling zwischen den Ohren. Sie liebte Tiere über alles. Ihr Vater war Tierarzt und sie lebte mit ihrer Familie auf einem alten Bauernhof. Deshalb war sie den Umgang mit Tieren von klein auf gewohnt und hatte einen besonderen Draht zu Lebewesen aller Art.
»Damit wäre der offizielle Teil der Clubsitzung beendet.« Kim schlug das Detektivtagebuch zu. »Wollt ihr noch etwas von dem Smoothie?«
»Danke«, wehrte Marie ab. »Lieber ein paar Erdbeeren.«
Kim verteilte die restlichen Erdbeeren so gerecht wie möglich. »Übrigens hab ich eine tolle Neuigkeit«, verkündete sie geheimnisvoll.
»Was denn?« Marie lehnte sich zurück und schlug die Beine übereinander. »Bist du etwa endlich über deinen Liebeskummer wegen Michi hinweg?«
Kim biss sich auf die Unterlippe. »Nein, das ist es nicht.« Sie rang sich ein Lächeln ab. »Obwohl es schon viel besser geworden ist. Ich muss nicht mehr ständig an Michi denken und darüber bin ich total froh.«
»Klingt gut.« Franzi drückte Kims Arm. Sie wusste, wie sehr ihre Freundin unter der Trennung von ihrem ersten Freund gelitten hatte. Es war ein Schock für Kim gewesen, obwohl das Ende nicht überraschend kam. Seit Michi zum Studieren in eine andere Stadt gezogen war, hatten er und Kim eine

Fernbeziehung geführt, was nicht wirklich gut funktioniert hatte. Sie hatten sich zunehmend auseinandergelebt, bis sie kaum noch gemeinsame Gesprächsthemen fanden.

»Tut mir leid, ich wollte dich nicht traurig machen«, entschuldigte sich Marie.

»Hast du auch nicht. Ich brauche eben einfach noch etwas Zeit, um ganz über Michi hinwegzukommen. Aber was ich eigentlich sagen wollte: Ich hab eine Einladung für euch!« Kim zog zwei kanariengelbe Flyer aus der Hosentasche und reichte sie ihren Freundinnen.

»Eine Einladung? Wozu?« Neugierig überflog Franzi den Text.

EINLADUNG ZUM GRILLFEST

Wo? Im Garten von Familie Jülich
Wann? Am letzten Schultag vor den Sommerferien ab 19.00 Uhr
Wer? Alle Nachbarn und Freunde

Für Grillwürstchen und Getränke ist gesorgt.
Wer mag, kann gerne einen Salat fürs Buffet mitbringen.
Kommt zahlreich, wir freuen uns auf euch!

Brigitte und Peter Jülich mit Kim, Ben, Lukas und Pablo

»Ihr veranstaltet ein Grillfest?«, fragte Marie überrascht. »Das ist ja toll! Ich bin natürlich dabei.«
»Ich auch«, versicherte Franzi. »Das ist der perfekte Start in die Sommerferien.«
»Das Nachbarschaftsgrillen war Papas Idee«, erzählte Kim. »Er hat die ganze Straße eingeladen. Und stellt euch vor: Sogar Herr Poschke hat zugesagt!«
»Wer hätte das gedacht?« Franzi grinste. »Der Mann wird mir noch richtig sympathisch.«
»Apropos sympathisch: Wie war es eigentlich gestern mit Blake im Waldschwimmbad?«, erkundigte sich Marie.
»Nett.« Franzi räusperte sich umständlich.
»Nur nett?«, hakte Marie mit einem unschuldigen Lächeln nach.
Dummerweise konnte Franzi nicht verhindern, dass ihr die Wärme ins Gesicht stieg. Bestimmt hatte sie schon wieder knallrote Wangen. Wie ärgerlich! »Na ja …« Sie zögerte. Dann gab sie sich einen Ruck. »Eigentlich war es mehr als nur nett. Blake ist einfach ein super Typ. Und ich … ich … ich glaube, ich habe mich in ihn verliebt.« Ihre Stimme war immer leiser geworden. Die letzten Worte waren nur noch ein Flüstern.
Kim und Marie hatten sie trotzdem genau verstanden. Sie grinsten einander zu.
»Volltreffer!« Marie klatschte in die Hände. »Ich wusste es! Ich hab's die ganze Zeit gewusst!«
Franzi musste lachen. »Ja, ja, schon klar. Du kennst meine geheimsten Gefühle natürlich viel besser als ich selbst.«
»Manchmal sieht man von außen tatsächlich klarer«, sagte

Kim. »Marie und ich hatten schon länger den Eindruck, dass du mehr für Blake empfindest als reine Freundschaft.«
Franzi seufzte. »Ich weiß. Aber ich wollte es mir nicht eingestehen. Gefühle machen immer alles so kompliziert …«
»Du bist in Blake verliebt!« Marie breitete die Arme aus. »Was ist daran kompliziert?«
»Eine ganze Menge.« Franzis Schultern sackten herab. »Ich bin total verwirrt. Was soll ich denn jetzt machen? Ich kann doch nicht einfach zu Blake hingehen und sagen: ›Übrigens, ich hab mich in dich verliebt‹, oder? Was, wenn er einfach nur mit mir befreundet sein will? Das wäre oberpeinlich!«
»Ich fürchte, das Risiko musst du eingehen«, sagte Kim. »Sonst wirst du nie erfahren, was er für dich fühlt.«
»Ich weiß nicht …« Franzi schüttelte den Kopf. »Am besten, wir bleiben einfach Freunde. Auf nervigen Beziehungsstress wie mit Felipe hab ich echt keine Lust mehr.«
»Blake ist aber nicht Felipe«, stellte Marie klar. »Er ist ein ganz anderer Typ.«
Franzis Exfreund war sehr temperamentvoll und extrem eifersüchtig gewesen, was oft zu Streitereien zwischen den beiden geführt hatte.
»Marie hat recht«, sagte Kim sanft. »Hast du vielleicht Angst, wieder verletzt zu werden? So wie damals, als Felipe mit dir Schluss gemacht hat? Deshalb fällt es dir so schwer, dich auf Blake einzulassen.«
Franzi schluckte. Kim hatte den Nagel auf den Kopf getroffen. »Ich weiß tatsächlich nicht, ob ich schon bereit dafür bin«, murmelte sie.
»Das ist natürlich deine Entscheidung«, sagte Kim. »Aber

Liebe ohne Risiko gibt es nicht. Ich finde, du solltest zu deinen Gefühlen stehen.«

Marie nickte. »Du und Blake, ihr wärt doch ein tolles Paar.«

»Meint ihr wirklich?« Franzi sah unsicher von Kim zu Marie. »Darüber muss ich erst nachdenken.«

»Tu das.« Kim trank einen Schluck Smoothie und wandte sich an Marie. »Wie läuft es denn bei dir und Holger? Du bist die Einzige, die heute noch nichts erzählt hat.«

Maries Gesichtsausdruck verdunkelte sich. »Wahrscheinlich, weil ich das Thema momentan lieber verdrängen würde.«

»Wieso?«, fragte Franzi. »Habt ihr Stress?«

»Noch nicht.« Auf Maries Stirn hatte sich eine steile Falte gebildet. »Aber wenn Holger so weitermacht, dauert es nicht mehr lange.«

»Glaubst du immer noch, er hat Geheimnisse vor dir?«, wollte Kim wissen.

Eigentlich waren Holger und Marie ein glückliches Paar, doch seit einiger Zeit verhielt sich Holger manchmal merkwürdig, was Marie zunehmend verunsicherte.

Marie nickte. »Er verbirgt etwas vor mir, da bin ich mir inzwischen so gut wie sicher. Letzte Woche hat er wieder zwei Verabredungen unter einem Vorwand abgesagt. Montag wollten wir zusammen joggen gehen und Mittwoch in die Stadt zum Shoppen. Angeblich hatte er Kopfschmerzen.«

Franzi zuckte mit den Schultern. »Kann doch sein, oder?«

Marie machte ein grimmiges Gesicht. »Seit ich ihn kenne, hatte Holger noch *nie* Kopfschmerzen. Außerdem ist er oft total zerstreut und am Telefon extrem kurz angebunden. So kenne ich ihn gar nicht.«

»Was könnte dahinterstecken?«, fragte Kim.
Marie zögerte. Sie wirkte gleichzeitig verärgert und besorgt. »Ich fürchte ... also, die einzige plausible Erklärung, die mir einfällt, ist ... ist ... dass er eine andere hat.« Es fiel ihr sichtlich schwer, die Worte auszusprechen, was Franzi gut verstehen konnte. Das war wirklich ein furchtbarer Verdacht!
»Unsinn«, entgegnete Kim spontan. »Das kann ich mir nicht vorstellen. Nicht bei Holger.«
Franzi nickte. »Er liebt dich über alles. Vielleicht ist er einfach nur im Stress mit der Schule oder er hat Ärger zu Hause.«
»Meint ihr?« Ein Hoffnungsschimmer glomm in Maries Augen auf.
»Ganz bestimmt«, versicherte Kim.
Und Franzi fügte hinzu: »Sprich ihn doch einfach direkt darauf an.«
Maries Miene hellte sich auf. »Ihr habt recht. Bestimmt ist alles ganz harmlos und ich mache mir völlig umsonst Sorgen. Ich rede mit Holger, so bald wie möglich.«
Kim trank ihren Smoothie in einem Zug aus und stellte das leere Glas zurück auf den Tisch. »Na also, dann hätten wir das auch geklärt. Das war doch ein äußerst erfolgreicher Nachmittag!«

Verdächtige Noten

Zu Beginn der nächsten Mathestunde achtete Franzi genau darauf, wie Herr Carstens sich verhielt. Wirkte er verunsichert? Ängstlich? Oder irgendwie anders als sonst?

Aber zunächst lief alles ganz normal. Der Lehrer kam herein, stellte seine Tasche neben dem Lehrerpult ab und klatschte dreimal in die Hände. Leise murrend gingen die Schüler auf ihre Plätze. Cedric und Felix saßen bereits. Sie steckten die Köpfe über Cedrics Handy zusammen, tuschelten leise und lachten. Doch das war nichts Besonderes. Wahrscheinlich hatte ihnen irgendjemand ein witziges Video geschickt, das jetzt in der Klasse die Runde machte. So etwas kam ständig vor.

»Heute besprechen wir die mündlichen Noten«, verkündete Herr Carstens. Sofort verstummten die Gespräche und ein leises Stöhnen ging durch die 7f. Die Stimmung war augenblicklich angespannt. Die Zeugnisse standen vor der Tür und einige Schüler standen in Mathe auf der Kippe.

»Muss das sein?«, murmelte Murat, der eine Reihe vor Franzi saß.

Auch Franzi verzog das Gesicht. Sie hatte in den letzten Wochen versucht, sich während des Unterrichts regelmäßig zu melden, aber ihre Antworten waren leider oft falsch gewesen. Sie war nun mal keine große Leuchte in Mathe.

Herr Carstens schlug sein kleines, schwarzes Notizbuch auf und begann in die Stille hinein, die Noten vorzulesen. Ab und zu machte er einen erklärenden Kommentar dazu. Franzi wartete nervös, bis sie an der Reihe war.

»Franziska Winkler – Drei.«

Franzi atmete auf. Das war besser, als sie gedacht hatte!

»Deine Antworten sind zwar nicht immer richtig, aber du bemühst dich sichtlich um eine gute Beteiligung.« Herr Carstens nickte ihr aufmunternd zu. »Mach weiter so, du bist auf dem richtigen Weg.«

Franzi lächelte zufrieden. Wenn sie die letzte Klassenarbeit des Schuljahres jetzt auch noch halbwegs hinbekam, standen die Chancen nicht schlecht, auf dem Zeugnis statt der üblichen Vier eine Drei zu bekommen. Das wäre eine absolute Premiere. Ihre Eltern würden Augen machen! Aber noch war es leider nicht so weit. Vorher würde sie ohne Ende büffeln müssen. Der Gedanke trug nicht gerade dazu bei, Franzis Laune zu verbessern, und fast hätte sie darüber die nächsten Noten verpasst.

»Felix und Cedric, ihr bekommt ebenfalls eine mündliche Drei«, verkündete Herr Carstens gerade.

Franzi sog scharf die Luft ein. Auch bei ihren Mitschülern regte sich Unmut.

»Warum kriegen die eine Drei und ich eine Vier?«, rief Murat ärgerlich. »Das kapier ich nicht!«

Ein paar Mitschüler nickten. Murat spielte sich sonst zwar gerne grundlos auf, aber heute musste Franzi ihm ausnahmsweise recht geben. Felix und Cedric hatten sich in letzter Zeit kaum am Unterricht beteiligt, von ihren frechen Kommentaren einmal abgesehen. Im Vergleich zu den beiden hatte Franzi sich für ihre Drei wesentlich mehr angestrengt, genau wie einige andere aus der Klasse.

»Das ist wirklich nicht gerecht«, sagte Franzi laut.

»Betrug!«

»Das geht doch nicht!«

Allgemeine Unruhe machte sich breit. Cedric und Felix saßen grinsend auf ihren Plätzen und taten so, als würde sie das alles nichts angehen.

Herr Carstens räusperte sich. »Jetzt seid doch mal still«, rief er über das unzufriedene Gemurmel hinweg. »Die Noten gebe immer noch ich. Und ihr könnt mir glauben, dass ich bei jedem Schüler und jeder Schülerin sämtliche Faktoren sorgfältig abwäge, bevor ich eine Entscheidung treffe.«

»Trotzdem verstehe ich nicht, warum Felix und Cedric im Vergleich zu uns anderen so gut abschneiden«, sagte Franzi ruhig. Sie ließ Herrn Carstens nicht aus den Augen. Flackerte Unsicherheit in seinem Blick auf? Er knetete mit fahrigen Bewegungen das Notizbuch zwischen seinen Händen und räusperte sich erneut.

»Die beiden haben … äh … einen Aufsatz über … über die binomischen Formeln geschrieben«, erklärte der Lehrer schließlich. Franzi entging nicht, dass er mehrmals stockte. Außerdem sah er ihr nicht in die Augen, sondern sein Blick wanderte knapp über die Köpfe der Schüler hinweg. »Das hat sich als besondere Extraleistung positiv auf ihre mündlichen Noten ausgewirkt.«

»Genau«, rief Cedric. »Die binomischen Formeln sind mein absolutes Spezialgebiet. Ich *liebe* die binomischen Formeln!«
Franzi runzelte die Stirn. Sie konnte sich nur schwer vorstellen, dass die beiden Faulpelze freiwillig eine Sonderaufgabe übernommen hatten, um ihre Note zu verbessern. Normalerweise drückten sie sich um die Arbeit, wo es nur ging, und machten lediglich das Allernötigste. Darum standen sie nicht nur in Mathe auf der Kippe, sondern auch in einigen anderen Fächern. Bisher hatten sie eine Ehrenrunde aber immer mit viel Glück abwenden können.
Herr Carstens las die restlichen Noten vor, doch Franzi hörte nicht mehr zu. Hier stimmte etwas nicht! Dieser angebliche Aufsatz über die binomischen Formeln war garantiert eine faustdicke Lüge! Aber warum log Herr Carstens? Franzi musste sich in diesem Punkt auf ihr Gefühl verlassen, handfeste Beweise gab es nicht. Noch nicht. Deshalb beschloss sie, den Mund zu halten, als Herr Carstens etwas später sein Notizbuch zuklappte und fragte: »Alles klar so weit?«
Nichts war klar, doch es war sinnlos, den Lehrer aufgrund eines Bauchgefühls der Lüge zu bezichtigen. Damit würde Franzi sich nur eine Menge Ärger einhandeln. Ihr blieb also nichts anderes übrig, als abzuwarten. Früher oder später würden die drei !!! herausfinden, was hier gespielt wurde.

Als es zum Ende der Stunde klingelte, waren die mündlichen Noten immer noch Gesprächsthema Nummer eins. Franzi konnte es kaum erwarten, Kim in der Pause Bericht zu erstatten. Was sie wohl zu der merkwürdigen Notengebung sagen würde?

Beim Rausgehen stieß Franzi mit Melina zusammen. Ihre Mitschülerin hatte Tränen in den Augen.
»Alles in Ordnung?«, fragte Franzi.
Melina fuhr sich rasch mit der Hand über das Gesicht. »Klar.« Sie lächelte angestrengt.
»Sicher?«, hakte Franzi nach.
»Na ja … ehrlich gesagt, nein.«
»Ist es wegen der Mathenoten?«
Melina nickte. »Ich hab eine mündliche Fünf bekommen.«
»Mist! Hast du dich wirklich so selten gemeldet?«
»Du kennst mich ja … Ich melde mich so gut wie nie freiwillig. Keine Ahnung, warum. Ich nehme es mir immer wieder vor, aber irgendwie traue ich mich dann doch nicht.«
Melina war eins der schüchternsten Mädchen der 7f. Sobald sie vor der Klasse sprechen sollte, wurde sie knallrot und begann zu stottern. Darum versuchte sie auch immer, sich vor Referaten zu drücken, und bekam in den meisten Fächern schlechte mündliche Noten.
»Wir schreiben ja noch die Arbeit«, sagte Franzi. »Wenn du gut abschneidest, kannst du die mündliche Fünf vielleicht ausgleichen.«
»Schön wär's.« Melina verzog das Gesicht. »Ich setze die Arbeit bestimmt in den Sand. Ich kapier Mathe einfach nicht!«
»Geht mir ähnlich. Hast du es mal mit Nachhilfe versucht?«
Melina nickte. »Meine Eltern zahlen ein Heidengeld für meinen Nachhilfelehrer. Die rasten aus, wenn ich in Mathe schon wieder eine Fünf auf dem Zeugnis kriege. Außerdem sieht es in Physik auch nicht gut aus. Mit zwei Fünfen bleibe ich sitzen!« Ihre Augen glänzten schon wieder verdächtig.

»So weit ist es ja noch nicht«, sagte Franzi tröstend.
Felix und Cedric schlenderten an den Mädchen vorbei in Richtung Pausenhalle. Sie lachten und wirkten ausgesprochen gut gelaunt.
Melina versuchte tapfer, die Tränen hinunterzuschlucken.
»Auf jeden Fall finde ich es total ungerecht, dass einigen Schülern die guten Noten nur so hinterhergeschmissen werden«, sagte sie mit Blick auf die Jungs.
»Das geht allerdings nicht mit rechten Dingen zu.« Franzi zog nachdenklich die Haargummis fester, die ihre roten Zöpfe zusammenhielten. »Ich wüsste zu gern, was die beiden für einen Deal mit Herrn Carstens haben …«, murmelte sie gedankenverloren.
»Einen Deal? Wie meinst du das?« Melina sah Franzi aufmerksam an.
»Vergiss es, nicht so wichtig«, antwortete Franzi schnell. Fast hätte sie sich verplappert. Es war ein heiliger Grundsatz des Detektivclubs, die Ermittlungen streng geheim zu halten. Außenstehende durften nur in absoluten Notfällen eingeweiht werden. »Sorry, ich muss jetzt los. Lass dich nicht unterkriegen, okay? Du schaffst das schon!«
Sie lächelte Melina aufmunternd zu und machte sich auf den Weg in die Pausenhalle. Mit ihren Gedanken war Franzi schon wieder beim Detektivclub. Sie musste dringend eine Clubsitzung einberufen, um die neusten Ereignisse mit Kim und Marie zu besprechen und eine Strategie für das weitere Vorgehen festzulegen.

Detektivtagebuch von Kim Jülich
Freitag, 19:22 Uhr
Heute Nachmittag haben wir uns bei Franzi im Hauptquartier getroffen. Im alten Pferdeschuppen können wir geheime Dinge besprechen, ohne dass ständig jemand dazwischenfunkt (so wie bei uns zu Hause die Zwillinge – Ben und Lukas rauben mir manchmal wirklich den letzten Nerv …).
Das Wichtigste zuerst: Wir haben einen neuen Fall! Es geht um merkwürdige Vorkommnisse in Franzis Klasse. Ein Lehrer wird massiv von zwei Schülern geärgert und lässt ihnen alles durchgehen. Trotzdem gibt er ihnen auffällig gute Noten, die laut Franzi (und dem Rest der Klasse) nicht nachvollziehbar sind. Was steckt dahinter?
Wir haben vorhin zwei Theorien entwickelt:
1. *Herr Carstens kann sich schlicht und einfach nicht durchsetzen und lässt sich deshalb von Felix und Cedric auf der Nase herumtanzen.*
2. *Herr Carstens versucht, Felix und Cedric mit guten Noten zu bestechen, damit sie ihn endlich in Ruhe lassen und aufhören, seinen Unterricht zu stören.*

Die zweite Theorie erscheint uns am wahrscheinlichsten. Wir haben beschlossen, Felix und Cedric zu beschatten, um mehr herauszufinden. Montag nach der Schule geht es los!

Geheimes Tagebuch von Kim Jülich
Freitag, 19:37 Uhr
Achtung: Lesen für Unbefugte (alle außer Kim Jülich) streng verboten! Wer sich nicht daran hält, wird bei unserem Gartenfest auf dem Grill geröstet. Ach, du armes Würstchen!

Ich bin wirklich froh, dass mein Liebeskummer allmählich nachlässt. Die Trennung von Michi hat mich ganz schön runtergezogen und es war unglaublich schwer, den normalen Alltag durchzustehen. Am liebsten hätte ich mich einfach in meinem Bett verkrochen und wäre nie wieder aufgestanden. Aber das geht natürlich nicht. Mama würde niemals zulassen, dass ich die Schule schwänze. Inzwischen muss ich zumindest nicht mehr jeden Tag an Michi denken, kann wieder lachen und mich auf die Zukunft freuen.
Zum Beispiel auf unser Gartenfest am letzten Schultag! Das wird bestimmt super. Mama und Papa planen schon das Buffet. Sie wollen Kuchen beim Backservice von Franzis Mutter bestellen. Frau Winkler ist eindeutig die beste Bäckerin der Stadt! Wenn ich nur an ihren leckeren Kirschkuchen denke … oder an die Schokoladentorte … oder an die Blaubeer-Bananen-Muffins … mmh, da läuft mir sofort das Wasser im Mund zusammen. Außerdem soll es Würstchen, Steaks, verschiedene Salate und Fruchtcocktails geben – lecker, lecker!
Bei Franzi und Marie ist die Gefühlslage zurzeit leider nicht so einfach. Marie ist schon wieder von Holger versetzt worden. Vorhin während des Clubtreffens hat sie eine SMS von ihm bekommen. Er hat ihre Verabredung fürs Kino heute Abend kurzfristig abgesagt, angeblich ist er zu müde. So langsam muss ich Marie recht geben: Da stimmt was nicht! Marie war jedenfalls stinksauer und will Holger bei der nächsten Gelegenheit zur Rede stellen. Ich hoffe, sein seltsames Verhalten hat einen harmlosen Grund. Alles andere würde Marie glatt das Herz brechen …
Franzi geht morgen mit Blake zu einem Chairskating-Workshop. Skaten im Rollstuhl, das klingt ziemlich abgefahren, finde

ich. Aber Franzi ist Feuer und Flamme. Sie kann es kaum erwarten, Blake wiederzusehen, und war heute Nachmittag schon total nervös. Echt süß! Es freut mich so für sie, dass sie sich endlich wieder verliebt hat. Allerdings ist sie unsicher, ob sie Blake ihre Gefühle gestehen soll. Sie fürchtet, es könnte noch zu früh dafür sein, und will es von der Situation abhängig machen. Ich drücke ihr ganz fest die Daumen, dass sie und Blake bald ein glückliches Paar werden!

Herzklopfen in der Halfpipe

Franzi radelte über die mit Kies bestreuten Wege des Schillerparks und wich geschickt Kinderwagen schiebenden Eltern, Senioren in beigefarbenem Freizeitlook und Hundebesitzern aus, die mit ihren Vierbeinern Gassi gingen. Es war Samstagnachmittag und herrliches Wetter, weshalb jede Menge Spaziergänger unterwegs waren.

Je näher Franzi dem Skatepark kam, desto heftiger klopfte ihr Herz. Gleich würde sie Blake wiedersehen! Seit ihrem Treffen im Waldschwimmbad war fast eine Woche vergangen, in der sie lediglich einige SMS ausgetauscht hatten. Blake hatte immer noch viel für die Schule zu tun und Franzi war voll und ganz mit dem neuen Fall und der Vorbereitung auf die Mathearbeit beschäftigt gewesen.

Beim Skatepark sprang Franzi vom Rad, lehnte es gegen einen Baum und schloss ab. Ihre Finger zitterten leicht. Sie richtete sich auf und atmete dreimal tief durch. Ganz ruhig! Es war doch nur Blake, mit dem sie sich traf. Der gute, alte Blake, mit dem sie schon so viel Zeit verbracht hatte. Kein Grund zur Aufregung. Oder?! Die Schmetterlinge in ihrem Bauch waren anderer Meinung und flatterten heftig. Franzi

musste sich eingestehen, dass es einen großen Unterschied zwischen dieser und all ihren bisherigen Verabredungen gab: Jetzt wusste sie, dass sie in Blake verliebt war!
»Entspann dich, du schaffst das schon«, murmelte sie, um sich selbst Mut zu machen. Sie richtete ihre vom Fahrtwind zerzausten Zöpfe und zupfte an ihrem Shirt. Franzi hatte, entgegen ihren sonstigen Gewohnheiten, ewig für ihr Styling gebraucht. Nun lag der gesamte Inhalt ihres Kleiderschranks zu Hause wild verstreut auf dem Boden ihres Zimmers. Ihre Mutter würde der Schlag treffen, wenn sie das sah. Nach langem Hin und Her hatte sich Franzi schließlich für ihr neues, flaschengrünes Skater-Shirt entschieden, das ziemlich eng anlag und ihre schmale Taille betonte. Dazu trug sie lässig geschnittene Bermuda-Shorts.
Franzi griff nach dem Rucksack mit den Inlinern und betrat den Skatepark. Auch hier war bei dem strahlenden Sonnenschein viel los. Skateboarder, Inline-Skater, BMX-Fahrer und Mountainbiker drehten ihre Runden und düsten in zum Teil halsbrecherischem Tempo die Rampen hinunter. Franzi hielt unauffällig Ausschau nach Blake. Ob er schon da war?
»Hallo, Franzi!«
Franzi zuckte zusammen. Blake saß etwas weiter vorne in seinem Rollstuhl und winkte ihr gut gelaunt zu. Er trug sein knallrotes Lieblings-T-Shirt und sein Lächeln verwandelte Franzis Knie augenblicklich in zu weich gekochte Spaghetti. Sie stolperte fast über ihre eigenen Füße, als sie mit geschultertem Rucksack auf ihn zuging.
Reiß dich zusammen, Franzi!
Aber das war leichter gedacht als getan. Ein Blick in Blakes

Augen reichte, um Franzi völlig aus dem Konzept zu bringen. Ihre Kehle war staubtrocken und sie bekam kein Wort heraus.
»Schön, dich zu sehen.« Blake begrüßte Franzi mit einer festen Umarmung. Täuschte sie sich oder drückte er sie einen Moment länger als nötig? Sein vertrauter Geruch nach Limonenshampoo und Pfefferminz-Kaugummi stieg ihr in die Nase und die Schmetterlinge in ihrem Bauch flatterten wie verrückt.
»Hallo.« Franzi räusperte sich. Hoffentlich klang ihre Stimme halbwegs normal.
»Cooles Shirt«, bemerkte Blake.
»Danke.« Jetzt bloß nicht rot werden! Natürlich stieg ihr trotzdem die Röte ins Gesicht. Peinlich!
»Alles in Ordnung?« Blake musterte Franzi forschend. »Du bist heute so still.«
Franzi rang sich ein Lächeln ab. »Echt? Quatsch, das bildest du dir nur ein. Mir geht's prima. Ich freue mich schon auf den Workshop. Ist das Wetter nicht spitze? Was glaubst du, wie viele Leute mitmachen? Schau mal, dahinten, die gehören bestimmt auch dazu.« Franzi deutete auf einen etwa zehnjährigen Jungen im Rollstuhl, der von seinen Eltern begleitet wurde. Sie hätte sich am liebsten die Zunge abgebissen. Erst bekam sie kein Wort heraus, dann quasselte sie plötzlich wie ein Wasserfall. Wahrscheinlich hielt Blake sie jetzt für total überdreht.
Aber wenn dem so war, ließ er sich zumindest nichts anmerken. »Soviel ich weiß, ist der Workshop ausgebucht«, berichtete er. »Kein Wunder, Lars Lebowski ist in der Chairskating-Szene schließlich eine echte Berühmtheit.«

»Ist das der Typ, der den Workshop leitet?«
Blake nickte. »Ich hab im Internet einen Artikel über ihn gelesen. Er ist Mitte zwanzig und seit einem Autounfall vor sechs Jahren querschnittsgelähmt. Seit einigen Jahren betreibt er professionell Chairskating. Er gibt regelmäßig Workshops in ganz Deutschland und hat vor Kurzem sogar an der Chairskate-Weltmeisterschaft in Kalifornien teilgenommen. Das muss ein ganz besonderes Erlebnis sein! Da würde ich auch gerne mal hin …« Blakes Stimme bekam einen sehnsüchtigen Unterton.
»Klingt beeindruckend«, sagte Franzi.
»Du könntest doch mitkommen!«
»Nach Kalifornien?« Franzi zog die Augenbrauen hoch.
»Klar!« Blake breitete die Arme aus. »Wir beide unter der Sonne Kaliforniens, an den endlosen Stränden von Los Angeles und bei der Chairskate-Weltmeisterschaft. Wäre das nicht super?«
Franzi musste lachen. »Allerdings. Und du würdest mich wirklich mitnehmen?«
»Nichts lieber als das.« Blakes meerwasserblaue Augen sahen sie so eindringlich an, dass Franzi ein bisschen schwindelig wurde. Vielleicht war heute ja doch der richtige Tag, um einen Schritt weiter zu gehen und die Freundschaft mit Blake in etwas anderes, völlig Neues zu verwandeln. Plötzlich fügte sich alles zusammen und Franzi hatte das sichere Gefühl, dass der Moment gekommen war. Nicht jetzt sofort, aber nach dem Workshop. Sie holte tief Luft, um Blake zu fragen, ob sie später noch etwas zusammen trinken wollten, doch Blake kam ihr zuvor.

»Ich glaube, es geht los.« Er nickte zur gegenüberliegenden Seite des Skateparks hinüber, wo sich inzwischen mehrere Teilnehmer versammelt hatten. »Sollen wir?«

»Klar.« Franzi schluckte die Worte hinunter, die ihr bereits auf der Zunge gelegen hatten. Egal, sie konnte Blake auch nachher noch fragen. Jetzt stand erst mal der Workshop an. Sie griff den Riemen ihres Rucksacks fester und folgte Blake rund um die große Bowl, eine Senke mit Bodenwellen, Rampen, Hügeln und bauchigen Wänden, durch die gerade ein Skateboarder sauste.

»Hallo, ich bin Lars«, begrüßte sie ein junger Typ mit schwarzem Cap, unter dem dunkle Haarsträhnen hervorschauten. Er trug einen blauen, verwaschenen Kapuzenpullover, weit geschnittene Jeans und Turnschuhe. »Ich leite den Chairskating-Workshop.«

»Ich bin Blake und das ist Franzi.« Blake nickte in die Runde und Franzi lächelte etwas verkrampft. Erst jetzt wurde ihr klar, dass sie gar nicht so genau wusste, was sie hier erwartete. Außer Lars, Blake und ihr selbst waren noch fünf Rollstuhlfahrer gekommen. Der Junge, den sie vorhin schon gesehen hatten, trug eine kugelrunde Harry-Potter-Brille, rutschte unruhig in seinem Rolli hin und her und hing förmlich an Lars' Lippen. Er schien es kaum erwarten zu können, endlich loszulegen. Rechts und links wurde er von seinen Eltern flankiert, die nicht ganz so begeisterte Gesichter machten.

Außerdem war noch eine junge Frau dabei, die ausgesprochen ängstlich aussah. Hinter ihrem Rollstuhl stand ein Mann, offensichtlich ihr Freund, und drückte beruhigend ihre Schulter.

Ein etwa zwanzigjähriges Pärchen, beide im Rollstuhl, hielt Händchen und tauschte etwa alle zehn Sekunden einen Kuss aus. Neben ihnen saß ein Mädchen mit langen dunklen Haaren und Unterlippenpiercing in einem coolen schwarzen Sport-Rolli. Sie warf den beiden Turteltauben belustigte Blicke zu.

»Ich glaube, wir sind komplett.« Lars überflog die Liste auf seinem Schoß. »Prima, dann kann's ja losgehen.« Er lächelte den Teilnehmern zu. »Schön, dass ihr alle da seid. Bevor wir in die Praxis einsteigen, möchte ich ein paar Worte zum Chairskating sagen.« Dem Jungen mit der Harry-Potter-Brille entfuhr ein leises Stöhnen und Lars grinste. »Keine Sorge, ich fasse mich kurz. Beim Chairskating geht es nicht nur darum, Spaß zu haben und coole Sprünge zu üben. Durch den Sport lernt man außerdem, wie man sicher mit seinem Rolli umgeht.«

»Was heißt das genau?«, fragte die Mutter des Jungen interessiert.

»Man kann schwierige Situationen besser meistern und braucht keine Angst mehr zu haben, wenn man vor einer Rampe oder einer Treppe steht«, erklärte Lars. »Das steigert nicht nur das Selbstvertrauen, sondern auch die Selbstständigkeit und verschafft einem eine ganz neue Freiheit. Jetzt machen wir eine kurze Vorstellungsrunde und dann geht's los.«

Franzi versuchte, sich die Namen der anderen Teilnehmer einzuprägen. Der Junge hieß Benjamin, die ängstlich wirkende Frau Mareike und die beiden Turteltauben stellten sich als Samuel und Mira vor. Das Mädchen mit dem Lippenpiercing hieß Charlotte.

»Aber ihr könnt mich Charlie nennen«, fügte sie lässig hinzu. »Brauchen wir eigentlich Schutzausrüstung?«

Lars nickte. »Unbedingt! Helme und Schoner sind Pflicht, damit ihr euch bei Stürzen nicht verletzt. Es bringt niemandem etwas, wenn ihr wochenlang pausieren müsst. Außerdem fühlt ihr euch mit Schonern sicherer und traut euch mehr zu. Auf diese Weise macht ihr viel schneller Fortschritte beim Training. Für diejenigen, die keine eigene Ausrüstung dabeihaben, habe ich etwas mitgebracht.« Er deutete auf eine große Tasche neben seinem Rollstuhl.

Franzi zog ihre Inliner aus dem Rucksack und setzte sich auf eine Bank, um ihre Turnschuhe auszuziehen. Sie hatte natürlich ihre eigene Schutzausrüstung mitgebracht. Da sie regelmäßig im Skatepark unterwegs war, war das Anlegen der Ellenbogen-, Knie- und Handgelenkschoner für sie reine Routine. Anschließend setzte sie noch ihren Helm auf – fertig! Auch die anderen Teilnehmer waren inzwischen so weit.

»Ich zeige euch erst mal ein paar leichtere Tricks«, sagte Lars. »Ihr macht mir einfach alles nach. Wir beginnen mit den sanften Steigungen, später kommen die steileren Rampen dran, okay?«

Die Kursteilnehmer nickten.

Lars brachte seinen Rollstuhl mit ein paar kräftigen Armschwüngen in Bewegung und fuhr in die Bowl. Er steuerte auf eine flache Rampe zu, skatete mit Schwung hinauf, wendete und rollte wieder hinunter. »Jetzt seid ihr an der Reihe. Freiwillige vor!«

»Darf ich anfangen?«, fragte Benjamin eifrig.

»Klar.« Lars nickte dem Jungen aufmunternd zu.

Franzi sah zu Benjamins Eltern hinüber, die am Rand standen und zuschauten. Benjamins Mutter warf ihrem Sohn besorgte Blicke zu und hätte ihm bestimmt am liebsten eine Ermahnung zugerufen. Aber ihr Mann legte beruhigend den Arm um ihre Schulter und sie hielt sich zurück.
Benjamin selbst schien überhaupt keine Angst zu haben. Er sauste die Rampe hinauf, wendete elegant und rollte abwärts.
»Hey, das macht Spaß«, rief er begeistert, als er neben den anderen Teilnehmern bremste. »Ich will gleich noch mal!«
»Gut gemacht«, lobte Lars. »Aber jetzt sind erst mal die anderen dran. Mareike, wie wär's mit dir?«
Die junge Frau schluckte schwer. Sie war blass und wirkte noch ängstlicher als Benjamins Mutter. »Ich weiß nicht … Ich sitze noch nicht so lange im Rollstuhl. Vielleicht sollte ich lieber erst mal zuschauen …«
Lars schüttelte energisch den Kopf. »Am besten, du probierst es sofort, sonst wird deine Angst immer größer.«
»Du schaffst das schon, Schatz«, rief Mareikes Freund vom Rand aus.
»Also gut.« Mareike atmete tief durch und setzte ihren Rollstuhl in Bewegung. Beim ersten Mal hatte sie nicht genug Schwung und rollte die Rampe rückwärts wieder herunter, doch beim zweiten Versuch klappte es.
»Na also, wer sagt's denn?« Lars reckte den Daumen in die Höhe.
»Geschafft!« Mareike strahlte. Die Erleichterung über die gelungene Aktion war ihr deutlich anzusehen.
Auch die anderen Teilnehmer machten ihre Sache gut. Der Workshop ging weiter und Lars führte verschiedene Tricks

vor, die die Teilnehmer immer mehr forderten. Blake war mit Feuereifer dabei, genau wie Charlie, die keine Angst zu kennen schien. Die beiden lieferten sich einen regelrechten Wettkampf darum, wer sich am meisten traute. Die Stimmung war ausgelassen und fröhlich. Alle hatten Spaß und wurden mit der Zeit immer mutiger.

Franzi skatete auf ihren Inlinern durch die Bowl, bis Lars fragte: »Willst du es auch mal im Rolli probieren?«

»Klar«, antwortete Franzi spontan.

»Du kannst meinen nehmen«, bot Blake an, fuhr an den Rand und bremste neben einer Bank. Er schwang sich aus seinem Rollstuhl und machte eine einladende Handbewegung. »Bitte schön! *Roller Blake* gehört dir!«

Franzi nahm Platz und sicherte sich wie die anderen Teilnehmer mit einem um die Oberschenkel geschlungenen Gurt, um nicht aus dem Rollstuhl zu fallen. *Roller Blake*, wie Blake seinen Sportrollstuhl manchmal scherzhaft nannte, war eine Sonderanfertigung mit schwarzem Gestänge und leuchtend roten Rädern. Er war extrem wendig und schnell, weil er vorne mit Skaterrollen ausgestattet war. Franzi hatte ihn schon einmal kurz ausprobiert, an dem Tag, als sie Blake zum ersten Mal im Waldschwimmbad begegnet war.

Trotzdem fühlte sie sich sehr unsicher, als sie unter den Blicken der anderen Kursteilnehmer in die Bowl rollte. Wie ein Amateur unter lauter Profis. Sie nahm die Rampe ins Visier, die ihr plötzlich viel steiler erschien als sonst. Wie sollte sie da nur hochkommen?

»Roll noch ein Stück zurück, damit du genug Schwung hast«, riet Lars.

Franzi nickte und folgte seinem Rat. Mit trockenem Mund brachte sie den Rollstuhl zum Stehen. Auf einmal konnte sie Mareikes Ängste gut nachvollziehen. Aber wenn die anderen es geschafft hatten, würde sie es auch schaffen. Kneifen kam nicht infrage.

Franzi fuhr los. Mit kräftigen Armbewegungen brachte sie den Rollstuhl in Fahrt, was ganz schön anstrengend war. Ihre Armmuskeln brannten, aber sie gelangte tatsächlich bis ganz nach oben, wendete etwas wackelig und ließ sich wieder hinunterrollen. Der Fahrtwind kühlte ihr heißes Gesicht und ihr wild klopfender Herzschlag beruhigte sich allmählich wieder. Die anderen Kursteilnehmer klatschten.

»Danke!« Franzi strahlte in die Runde.

»Macht Spaß, oder?«, rief ihr Blake von der Bank aus zu.

Franzi nickte. »Und wie!«

Die restlichen Übungen absolvierten Blake und Franzi abwechselnd, sodass *Roller Blake* im Dauereinsatz war. Viel zu schnell war das Training zu Ende.

»Ihr wart alle super!«, lobte Lars. »Wir sehen uns nächsten Mittwoch zum zweiten Teil des Workshops wieder.«

Die Teilnehmer rollten an den Rand und legten Helme und Schutzkleidung ab. Es herrschte eine gleichzeitig zufriedene und aufgekratzte Stimmung. Alle hatten sich ab und zu überwinden müssen und dabei eine Menge gelernt.

»Das war sooo cool«, schwärmte Benjamin, der von seiner Mutter so fest gedrückt wurde, als hätte er eine Nordpol-Expedition überstanden. »Habt ihr gesehen, wie ich die Rampe hochgefahren bin? Und den Turn in der Bowl? Das war der reine Wahnsinn!«

Samuel und Mira küssten sich schon wieder und fuhren Händchen haltend davon. Franzi warf einen Blick zu Blake hinüber, der gerade den Gurt von seinen Oberschenkeln löste. Sie nahm den Helm ab und stopfte Schoner und Inliner in ihren Rucksack. Es war kurz nach fünf. Sie hatten noch genug Zeit, irgendwo etwas zu trinken und sich in aller Ruhe zu unterhalten. Sollte sie Blake fragen? Jetzt oder nie! Plötzlich war Franzi so nervös wie vorhin, als sie mit dem Rollstuhl vor der Rampe gestanden hatte. Mindestens!

Du schaffst das, Franzi! Du bist schließlich kein Feigling.

Franzi schulterte ihren Rucksack und ging zu Blake hinüber.

»Cooler Workshop, oder?« Blakes Augen glänzten. »Wie hat es dir gefallen?«

»Super!« Franzi fuhr sich rasch durch ihre vom Helm zerdrückten Haare. »Sag mal … hast du Lust, noch was trinken zu gehen? Ich lade dich auf einen *LICK* ins *Café Lomo* ein.«

»LICK?«, fragte Blake.

»*Lomo Iced Choc Kick*«, erklärte Franzi. »Kalte Schokolade mit Vanilleeis und weißen Schoko-Raspeln. Schmeckt total erfrischend.«

»Klingt toll.« Blake lächelte. »Ich bin dabei.«

Franzi lächelte zurück. Sie konnte es kaum erwarten, endlich mit ihm allein zu sein … Da ertönte eine helle Stimme hinter ihr.

»Hey, war der Workshop nicht klasse?« Charlie rollte auf Franzi und Blake zu. Sie hatte ihren Helm abgelegt und schüttelte ihre langen dunklen Haare.

»Finde ich auch«, antwortete Blake. »Du warst übrigens echt gut. Machst du schon länger Chairskating?«

»Gar nicht.« Charlie lachte. »Ich bin blutige Anfängerin. Du warst aber auch nicht schlecht.«
»Danke.« Blake grinste. »*Roller Blake* und ich sind eben ein eingespieltes Team.«
Franzi musterte Charlie verstohlen. Sie war sehr schlank und trug trendige Skater-Klamotten. Die kurze, schwarze Sporthose brachte ihre langen, gebräunten Beine perfekt zur Geltung. Dazu trug sie geringelte Kniestrümpfe und Turnschuhe in Neonpink. Ziemlich cool. Dass sie sich offenbar auf Anhieb blendend mit Blake verstand, versetzte Franzi einen Stich.
»Habt ihr heute noch was vor?«, erkundigte sich Charlie.
»Wir wollten gerade was trinken gehen«, sagte Blake. »Komm doch mit.«
»Gerne!« Charlie schien eine Freundin schneller Entscheidungen zu sein. »Das heißt, natürlich nur, wenn du nichts dagegen hast.« Sie sah zu Franzi hinüber, die sich bisher nicht an der Unterhaltung beteiligt hatte. Ihr Blick war so direkt, dass Franzi zusammenzuckte.
»Quatsch, Franzi hat bestimmt nichts dagegen«, versicherte Blake. »Oder?«
Franzi unterdrückte einen Seufzer. Eigentlich passte es ihr gar nicht, zu dritt ins *Lomo* zu gehen. Sie wollte mit Blake alleine sein. Aber sie konnte auch schlecht Nein sagen. Wie würde das denn aussehen? Sie hatte keine Wahl. Also schüttelte sie den Kopf und sagte lahm: »Nein, kein Problem. Komm ruhig mit.«
»Prima!« Charlie schien keine andere Antwort erwartet zu haben. »Nichts wie los!«

Wenn Träume zerplatzen ...

Im *Lomo* ergatterten Franzi, Blake und Charlie den letzten Tisch im Innenhof.

»Nett hier.« Charlie sah sich neugierig um. »Den Laden kenne ich noch gar nicht.«

Der kleine Biergarten war sehr liebevoll gestaltet. Auf dem hellen Holzboden standen Gartenmöbel aus Chrom und Teakholz. Große Kübel mit Palmen und blühenden Büschen sorgten für ein wenig Karibik-Flair und das weiße Sonnensegel verbreitete angenehmen Schatten.

Franzi bestellte drei *LICKs*, lehnte sich auf ihrem Stuhl zurück und verschränkte die Arme vor der Brust. Ihre Stimmung war auf dem Weg ins *Lomo* immer weiter in den Keller gerutscht. Blake und Charlie hatten sich die ganze Zeit angeregt unterhalten. Franzi hingegen, die sonst nicht auf den Mund gefallen war, hatte schweigend ihr Fahrrad nebenhergeschoben. Auch jetzt fühlte sie sich völlig überflüssig. Blake und Charlie fachsimpelten gerade über verschiedene Rollstuhlmodelle, ein Thema, zu dem Franzi nichts beitragen konnte.

»Dein Sport-Rolli ist ziemlich cool«, stellte Charlie mit fachkundigem Blick fest.

Blake nickte. »Aber jetzt hätte ich am liebsten einen speziellen Chairskating-Rollstuhl, so wie Lars. Er hat einen mit besonders guter Federung und stabilem Rahmen.«
»Ist mir auch aufgefallen«, sagte Charlie. »Damit kann man im Skatepark bestimmt auch höhere Sprünge machen, ohne dass der Rücken leidet.«
Die Bedienung kam zurück und stellte drei randvolle Gläser auf den Tisch, aus denen es verführerisch nach Vanille duftete. »Bitte schön, dreimal *LICK* mit Vanilleeis und Schoko-Raspeln.«
»Danke.« Blake rührte mit seinem Strohhalm in dem eisgekühlten Kakao und probierte einen Schluck. »Lecker! Guter Tipp, Franzi.«
Franzi lächelte schwach. Während sie noch überlegte, wie sie sich in die Unterhaltung einklinken konnte, ergriff Charlie schon wieder das Wort.
»Ich hab gehört, dass man sich solche Chairskating-Rollstühle in den USA ganz individuell anfertigen lassen kann.«
»Ehrlich? Cool!« Blakes Miene verdüsterte sich. »Aber das ist bestimmt superteuer. So ein Sondermodell übernimmt die Krankenkasse garantiert nicht.«
»Da könntest du recht haben.«
»Das kann ich vergessen. Meine Eltern haben ihre Ersparnisse schon für den Sportrolli ausgegeben. Die werden mir was erzählen, wenn ich jetzt wieder einen neuen Rollstuhl will.«
»Hast du schon mal was von Crowdfunding gehört?«, fragte Charlie. »Es gibt spezielle Internet-Plattformen, über die man Geld zum Beispiel für sein persönliches Sportprojekt einwerben kann. Oder auch für die Finanzierung anderer Dinge.«

»Und wie funktioniert das genau?«, erkundigte sich Blake interessiert.
Während Charlie ihm das Prinzip dieser besonderen Finanzierungsform erklärte, schweiften Franzis Gedanken ab. Sie stellte sich vor, wie der weitere Nachmittag ohne Charlie verlaufen wäre. Sie und Blake würden jetzt zu zweit am Tisch sitzen und ab und zu an ihrem *LICK* nippen, ohne viel zu sagen. Mit Blake konnte man prima reden, aber auch prima schweigen. Irgendwann wären Franzi die richtigen Worte ganz von allein über die Lippen gekommen.
»Ich hab mich in dich verliebt.«
»Und ich mich in dich.«
»Wirklich?«
»Ich fand dich vom ersten Moment an toll. Hast du das gar nicht gemerkt? Du bist meine absolute Traumfrau, Franzi!«
Würden sie sich küssen? Und wenn ja, wie würden sich Blakes Lippen anfühlen?
Ein helles Lachen beendete Franzis Träumereien.
»Du bist echt witzig, Blake.« Charlie legte kichernd eine Hand auf seinen Arm.
»Man tut, was man kann.« Blake grinste. Offenbar hatte er gerade einen Scherz gemacht, der Franzi entgangen war.
Sie starrte auf Charlies Hand mit den feingliedrigen, leicht gebräunten Fingern. Am kleinen Finger glänzte ein schmaler silberner Ring. Charlies Hand lag immer noch auf Blakes Arm. Und Blake schien nichts dagegen zu haben. Wahrscheinlich gefiel es ihm sogar. Charlie war offensichtlich genau sein Typ: gut aussehend, cool, sportlich, witzig und eine super Chairskaterin. Wie sollte Franzi da mithalten?

Plötzlich hielt sie es nicht mehr aus. Sie stand so abrupt auf, dass ihr Stuhl fast umkippte. »Ich muss los.«
»Jetzt schon?«, fragte Blake überrascht. »Wir sind doch gerade erst gekommen. Du hast deinen *LICK* gar nicht ausgetrunken.«
»Sorry, aber ich muss noch dringend Mathe lernen. Wir schreiben bald eine wichtige Arbeit.« Das war nicht einmal gelogen.
»Schade.« In Blakes Stimme schwang Enttäuschung mit. Dabei war er bestimmt froh, dass Franzi das Feld räumte und er mit Charlie allein zurückblieb. Nun konnte er endlich ungestört mit ihr flirten. Aber weil er ein höflicher Mensch war und Franzi nicht verletzen wollte, tat er so, als würde er ihren plötzlichen Abgang bedauern. Dieser Gedanke schmerzte und Franzi wurde flau im Magen. Sie stützte sich am Tisch ab. Sie musste hier weg, und zwar schnell! Ehe sie umkippte oder anfing zu heulen oder irgendetwas Peinliches sagte.
»Man sieht sich«, murmelte sie.
»Ciao.« Charlie hob zum Abschied die Hand. Die linke. Die rechte lag nach wie vor auf Blakes Arm.
»Ich ruf dich an«, sagte Blake.
Franzi nickte kaum merklich. Sie griff nach ihrem Rucksack, straffte die Schultern und ging davon. Tränen schossen ihr in die Augen und verschleierten ihren Blick. Sie blinzelte mit zusammengebissenen Zähnen. Jetzt bloß nicht stolpern! Aber wahrscheinlich achteten Blake und Charlie sowieso nicht mehr auf sie, weil sie voll und ganz damit beschäftigt waren, einander tief in die Augen zu schauen …
Als Franzi vor dem *Lomo* auf der Straße stand, atmete sie tief

durch und wischte sich über das tränenfeuchte Gesicht. Wie ein Roboter schloss sie ihr Fahrrad auf, stieg auf und trat in die Pedale. Ihre Beine bewegten sich ganz von allein. Der Fahrtwind tat gut. Trotzdem wurde sie die Bilder nicht los, die sich tief in ihre Netzhaut eingegraben hatten. Charlies Hand auf Blakes Arm. Ihr helles Lachen und Blake, der nur noch Augen für sie hatte. Franzi hatte er gar nicht mehr beachtet.

Franzi stöhnte. Wie hatte sie sich nur so täuschen können? Wie hatte sie sich einbilden können, Blake würde mehr als Freundschaft für sie empfinden? Das einzig Gute war, dass sie ihm ihre Gefühle noch nicht gestanden hatte. Ein Glück! Das wäre furchtbar peinlich geworden …

Zu Hause angekommen schaffte Franzi es gerade noch, ihr Fahrrad in den Schuppen zu schieben. Dann rannte sie in ihr Zimmer, schlug die Tür hinter sich zu und warf sich aufs Bett. Jetzt ließen sich die Tränen nicht länger zurückhalten. Franzis Schultern zuckten, während sie heftig ins Kissen schluchzte. Ein schöner Traum war zerplatzt wie eine schillernde Seifenblase. Und das tat einfach nur unsagbar weh.

Knapp achtundvierzig Stunden später betrat Franzi die kleine Eisdiele und sah sich um. Der Raum mit den abgenutzten Plastikmöbeln war recht schmucklos gestaltet, abgesehen von zwei kitschigen Florenz-Ansichten an der Wand, bei denen der Maler nicht mit Rosa- und Lilatönen gegeizt hatte, und einer verstaubten Zimmerpalme in der Ecke. Aus den Lautsprechern dudelte Eros Ramazzotti. Der einzige Gast saß an einem Tisch am Fenster und sah hinaus. Es war Kim.

»Nicht gerade gemütlich hier«, bemerkte Franzi, als sie sich zu ihrer Freundin setzte.
»Dafür hat man einen perfekten Blick auf Cedrics Haustür.« Kim deutete aus dem Fenster. Direkt gegenüber lag das Mietshaus, in dem Cedric und seine Eltern in einer Wohnung im dritten Stock lebten. Aus diesem Grund hatten die drei !!! die Eisdiele *Firenze* als Ausgangspunkt für ihre Beschattungsaktion ausgewählt.
»Ist Marie noch nicht da?«
Kim schüttelte den Kopf. »Sie kommt mal wieder zu spät.«
Marie war nicht gerade die Pünktlichkeit in Person, was Franzi manchmal furchtbar ärgerte. Aber heute hatte sie andere Dinge im Kopf. Blake hatte gestern und heute mehrmals versucht, sie zu erreichen, doch Franzi hatte sämtliche Anrufe und SMS ignoriert. Trotzdem versetzte es ihr jedes Mal einen Stich, wenn sein Name auf dem Display erschien.
»Wie geht es dir?« Kim sah Franzi mitfühlend an. »Bist du fit genug für die Ermittlungen? Oder brauchst du eine Pause?«
Franzi schüttelte den Kopf. »Bloß nicht! Wenn ich nur herumsitze und nichts tue, werde ich noch verrückt.«
Den Sonntagvormittag hatte Franzi im Bett verbracht. Eigentlich hätte sie dringend ihr Zimmer aufräumen und Mathe lernen müssen, aber sie konnte sich zu nichts aufraffen. Nachmittags hatte sie einen langen Ausritt auf Tinka gemacht, danach war es ihr etwas besser gegangen. Die frische Luft und die Bewegung in der Natur hatten gutgetan und ihr den Kopf freigepustet. Nachdem Franzi ihr Pony versorgt hatte, hatte sie Marie und Kim angerufen. Bei Marie war nur die Mailbox drangegangen, aber Kim war zum Glück zu

Hause gewesen und Franzi hatte ihr alles haarklein erzählt. Franzi seufzte. »Am liebsten würde ich Blake einfach vergessen.«
»Aber so leicht ist das nicht, oder?«
»Nein, leider nicht. Er geht mir einfach nicht aus dem Kopf.«
Kim winkte dem Kellner und bestellte zwei Gläser Apfelschorle. Im selben Moment öffnete sich die Tür und Marie kam herein. Ihre Haare waren leicht zerzaust und sie wirkte abgehetzt.
»Entschuldigt die Verspätung.« Sie ließ sich auf den freien Stuhl neben Kim fallen und ordnete ihre Frisur. »Der Bus ist mir vor der Nase weggefahren.«
»Kein Problem«, sagte Franzi großzügig. »Du hast nichts verpasst. Bisher ist alles ruhig.« Sie musterte ihre Freundin genauer. Maries Wimperntusche war zerlaufen, ihre Augen waren leicht gerötet und sie wirkte ungewöhnlich blass. »Alles in Ordnung mit dir?«
»Ja … nein …« Marie zupfte an ihrem Seidenschal und starrte angestrengt auf die Tischplatte. »Ehrlich gesagt geht es mir heute nicht so besonders.«
»Was ist los?«, fragte Kim. »Stress mit Holger?«
Marie nickte stumm. Sie kaute auf ihrer Unterlippe herum, dann sah sie auf. In ihren Augen glitzerten Tränen. »Holger hat sich in ein anderes Mädchen verliebt.«
»WAS?« Franzi schüttelte ungläubig den Kopf. »Das kann doch nicht wahr sein!«
»Ist es aber«, sagte Marie leise.
»Das ist ja schrecklich!« Kim legte den Arm um Marie. »Seit wann weißt du es?«

»Seit gestern. Ich bin nachmittags spontan bei Holger vorbeigefahren, weil ich endlich mit ihm reden wollte. Ich hab extra nicht vorher angerufen, damit er keine Ausrede erfinden kann.« Marie stockte.
»Wie hat er reagiert?«
»Er war ziemlich überrumpelt. Ich hab ihm auf den Kopf zugesagt, dass er Geheimnisse vor mir hat. Wenigstens hat er nicht lange um den heißen Brei herumgeredet.«
»Er hat es gleich gestanden?« Kim drückte Maries Schulter.
Marie nickte. »Er … er hat sie beim Parkouring kennengelernt. Erst hat er versucht, seine Gefühle zu verdrängen, weil er mich nicht verlieren wollte. Aber … es hat nicht geklappt.«
»Was heißt das genau?«, fragte Franzi.
»Holger und die andere haben sich in letzter Zeit ein paarmal getroffen.« Maries Stimme zitterte.
»Hinter deinem Rücken?«
Marie nickte wieder. »Er hatte ein furchtbar schlechtes Gewissen deswegen. Darum war er am Telefon immer so komisch und ist mir aus dem Weg gegangen. Die vielen Lügen haben ihn total fertig gemacht. Ich glaube, er war beinahe froh, dass ich jetzt Bescheid weiß.«
Der Kellner kam und stellte zwei Gläser Apfelschorle vor Kim und Franzi auf den Tisch.
»Und wie soll es nun weitergehen?« Kim schob Marie ihr Glas hin und Marie trank einen Schluck Schorle.
»Das habe ich Holger auch gefragt.« Marie stellte das Glas wieder auf den Tisch. »Darauf hatte er keine Antwort. Er will mich nicht verlieren, aber er hat auch Gefühle für das andere Mädchen.«

»So ein Mist«, murmelte Franzi. »Das ist wirklich schwierig.«
Marie betrachtete ihre Fingernägel. Vom Daumennagel blätterte der rosafarbene Lack ab. »Ich hab Holger vorgeschlagen, dass wir uns eine Weile nicht sehen, damit wir uns über unsere Gefühle klar werden können. Er war einverstanden.« Eine Träne lief über Maries Wange. »Gestern fand ich die Idee noch gut, aber jetzt habe ich furchtbare Angst. Was, wenn er sich für die andere entscheidet?«
»Das wäre natürlich schlimm«, sagte Kim. »Aber so weit ist es ja noch nicht. Mach dich nicht verrückt!«
»Bist du nicht furchtbar sauer auf ihn?«, fragte Franzi. »Immerhin hat er dich mehrmals angelogen.«
»Erst hätte ich Holger glatt den Hals umdrehen können! Aber jetzt bin ich nur noch traurig.« Marie warf einen Blick aus dem Fenster. »Wie gut, dass wir gerade einen neuen Fall haben und ich mich mit den Ermittlungen ablenken kann.«
»Wem sagst du das!« Franzi seufzte. Sie erzählte Marie schnell vom Chairskating-Workshop, Charlie und dem verpatzten Treffen mit Blake im *Lomo*.
»Den männlichen Teil der Bevölkerung sollte man einfach auf den Mond schießen«, sagte Marie bitter.
Franzis Handy klingelte. Es war Blake. »Wenn man vom Teufel spricht …« Franzi zögerte. Blakes Name leuchtete auf dem Display wie ein unerfülltes Versprechen. Sollte sie den Anruf entgegennehmen? Sie hätte so gern seine Stimme gehört …
Doch in diesem Moment öffnete sich die Tür des Mietshauses gegenüber.
»Da sind sie«, zischte Kim.

Tatsächlich! Cedric und Felix verließen mit einem Mann das Haus. Sie blieben auf dem Bürgersteig stehen und unterhielten sich. Franzi drückte den Anruf weg. Die Ermittlungen gingen vor – außerdem konnte Blake ihr sowieso gestohlen bleiben.
Sie trank ihre Apfelschorle in einem Zug aus und angelte ein paar Münzen aus ihrer Hosentasche. Ein angenehmes Kribbeln breitete sich in ihrem Magen aus und verdrängte alle Gedanken an Blake und Charlie. Es ging los! Die Beschattungsaktion hatte begonnen.

Verfolgung undercover

Die drei !!! verließen die Eisdiele und suchten hinter einem grauen Stromkasten Schutz. Cedric und Felix verabschiedeten sich gerade von dem Mann, der mit ihnen aus dem Haus gekommen war.

Cedric umarmte den Mann lachend, winkte ihm zu und rief: »Tschüss, Onkel Tillmann!«

Sein Onkel stieg in ein am Straßenrand geparktes Taxi, ließ den Motor an und fuhr davon. Bevor er um die Ecke bog, hupte er noch einmal. Kim zog ihr Detektivtagebuch hervor und machte sich eifrig Notizen.

Cedric und Felix drehten sich um und schlenderten in die entgegengesetzte Richtung davon.

»Hinterher«, flüsterte Franzi.

So unauffällig wie möglich nahmen die Detektivinnen die Verfolgung auf. Zum Glück schienen die Jungs keinerlei Verdacht zu schöpfen. Sie blödelten herum, stießen sich gegenseitig an, lachten, quatschten und drehten sich kein einziges Mal um.

»Das ist ja total einfach«, stellte Marie ein paar Straßen weiter fest.

»Wir sollten trotzdem vorsichtig sein«, warnte Franzi.
»Wo sie wohl hinwollen?«, überlegte Kim laut. »Auf jeden Fall laufen sie in Richtung Innenstadt.«
Nach weiteren zehn Minuten hatten sie den Rand der Fußgängerzone erreicht. Vor einem mehrstöckigen Gebäude mit grauer Betonfassade blieben die Jungs stehen. Die drei !!! duckten sich hinter einen Müllcontainer, aus dem es unangenehm nach Küchenabfällen roch, und beobachteten, wie Cedric und Felix in dem Haus verschwanden.
»Das ist eine Nachhilfeschule«, stellte Franzi fest, nachdem sie das Schild über der Tür gelesen hatte.
»Vielleicht nehmen die beiden Nachhilfe«, vermutete Kim. »Du hast doch gesagt, dass sie in mehreren Fächern Probleme haben, oder?«
»Ja, schon.« Franzi runzelte die Stirn. »Aber das passt irgendwie nicht zu ihnen.«
»Abwarten.« Marie zog ein Haargummi aus ihrer Umhängetasche und machte sich einen Pferdeschwanz.
Der Himmel war mit weißen Schleierwolken verhangen, doch es war immer noch sehr warm, beinahe schwül. Wahrscheinlich würde es gegen Abend ein Gewitter geben. Franzi spürte, wie ein Schweißtropfen über ihre Stirn lief. Sie fuhr sich mit der Hand über das Gesicht. Ihr war heiß und das T-Shirt klebte an ihrem Rücken. Zum Glück öffnete sich die Tür vom Haus gegenüber schon nach kurzer Zeit wieder und Cedric und Felix kamen heraus. Sie blieben unschlüssig auf dem Bürgersteig stehen.
»Ich hab eine Idee!« Marie holte rasch ihren Schminkspiegel hervor, wischte die zerlaufene Wimperntusche unter ihren

Augen weg und zog sich die Lippen nach. »Bin gleich wieder da.«

»Was hast du vor?«, zischte Kim.

»Kleine Undercover-Aktion.« Marie grinste und steckte Spiegel und Lippenstift ein. »Keine Sorge, mich kennen die Jungs ja nicht.«

Marie verließ die Deckung hinter dem Müllcontainer und überquerte mit selbstsicheren Schritten die Straße. Die Absätze ihrer Sandalen klapperten auf dem Asphalt. Sie ging direkt auf den Eingang der Nachhilfeschule zu und wühlte dabei in ihrer Umhängetasche.

»Was macht sie nur?« Franzi kniff die Augen zusammen.

Marie tat so, als würde sie Felix und Cedric gar nicht bemerken. Sie kramte immer noch in ihrer Tasche und stieß prompt mit Cedric zusammen. Sie stieß einen spitzen Schrei aus und ließ die Tasche fallen. Lippenstift, Puderdose, Schlüsselbund und Portemonnaie landeten auf dem Bürgersteig.

»Wie ungeschickt von mir!« Marie starrte mit weit aufgerissenen Augen auf ihre verstreut liegenden Habseligkeiten. »Das tut mir ja so leid. Ich hab dich gar nicht gesehen.«

»Macht nichts.« Cedric fuhr sich verlegen durch seine dunklen, halblangen Haare. »Warte, ich helfe dir.« Er ging in die Hocke und begann, Maries Sachen aufzuheben.

»Das ist wirklich lieb von dir.« Marie lächelte ihm dankbar zu.

»Kein Problem«, sagte Cedric eifrig. »Ist doch selbstverständlich.«

»Gehört die auch dir?« Felix hob Maries Sonnenbrille auf, die genau vor seinen Füßen lag.

»Allerdings!« Marie nahm ihm die Sonnenbrille aus den

Händen und schob sie sich ins Haar. »Danach hab ich die ganze Zeit gesucht. Vielen Dank!«

Kim kicherte und Franzi musste ebenfalls grinsen. Marie war einfach die geborene Schauspielerin! Sie hatte Felix und Cedric im Nu um den Finger gewickelt. Die Jungs hingen förmlich an ihren brombeerfarbenen Lippen.

»Habt ihr jetzt auch Nachhilfe?« Marie nickte zu dem grauen Gebäude hinüber.

Cedric schüttelte den Kopf. »Wir haben unsere Stunde gerade abgesagt.«

»Ihr Glücklichen!« Marie seufzte theatralisch. »Ich hab gleich eine Einzelstunde Französisch. Der reine Horror! Aber wenn ich mich nicht ordentlich reinhänge, sieht es düster für mich aus. Bis zu den Zeugnissen muss ich mich unbedingt noch verbessern. Und bei euch? Lasst mich raten: Mathe? Physik? Englisch?«

»Mathe.« Felix verzog das Gesicht. »Total öde.«

»Aber die Nachhilfe scheint ja was gebracht zu haben, wenn ihr nicht mehr hinzugehen braucht.«

»Na ja, nicht direkt …« Cedric und Felix wechselten einen schnellen Blick.

»Sagen wir mal so, das Matheproblem hat sich für uns auf andere Weise erledigt«, erklärte Felix.

Marie zog die Augenbrauen hoch. »Tatsächlich? Klingt spannend! Wie denn?«

»Man braucht nur die richtigen Beziehungen«, prahlte Cedric. »Dann hat man keine Nachhilfe mehr nötig.«

Felix stieß ihn warnend an. Er schien zu fürchten, sein Kumpel könnte sich verplappern.

»Was denn für Beziehungen?«, hakte Marie nach.
»Ach, vergiss es«, sagte Felix schnell. »Sag mal, hast du vielleicht Lust auf eine Cola? Wir laden dich ein.«
Marie schüttelte den Kopf. »Danke, das ist lieb, aber meine Nachhilfestunde fängt gleich an. Mein Französischproblem hat sich leider noch nicht erledigt.«
»Wie wär's hinterher?«, fragte Cedric. »Wir haben jetzt auch noch einen Termin. In etwa einer Stunde hätten wir Zeit. Wann bist du fertig? Wir holen dich ab.«
»Ihr seid süß.« Marie lächelte den Jungs zu. »Aber später hab ich schon was vor. War nett, euch kennenzulernen. Ciao!« Sie warf den beiden eine Kusshand zu und verschwand mit klappernden Absätzen im Haus.
»Eine perfekte Vorstellung!«, murmelte Franzi.
Maries Schauspielstunden hatten sich mal wieder ausgezahlt. Sie wollte später Sängerin oder Schauspielerin werden und nahm schon seit Jahren Unterricht.
Cedric und Felix sahen Marie mit offenen Mündern nach, als hätten sie eine Erscheinung gehabt.
Cedric pfiff durch die Zähne. »Wow! Die absolute Traumfrau, oder? Ich glaube, die steht total auf mich.«
»Quatsch, auf mich!« Felix stieß seinem Kumpel mit dem Ellbogen in die Seite und beide prusteten los.
Franzi verdrehte die Augen. »Typisch Jungs!«
Immer noch lachend setzten sich die Freunde in Bewegung und liefen weiter in Richtung Fußgängerzone. Kim und Franzi folgten ihnen. An der nächsten Straßenecke hatte Marie sie eingeholt. Sie war etwas außer Atem und außerdem barfuß. Ihre Sandalen hielt sie in der Hand.

»Die Absätze machen beim Rennen zu viel Krach.« Sie streifte die Schuhe rasch wieder über. »Und – wie war ich?«
»Super!« Franzi reckte den Daumen in die Höhe.
»Die Jungs waren hin und weg«, fügte Kim hinzu.
»Das will ich auch hoffen.« Marie schob sich ihre Sonnenbrille auf die Nase, denn in diesem Moment tat sich eine Lücke in den Wolken auf und gleißendes Sonnenlicht fiel auf die Straße.
»Was die beiden wohl für einen Termin haben?«, überlegte Kim.
»Wir werden es herausfinden«, sagte Franzi zuversichtlich.
Sie erreichten eine große Kreuzung und überquerten an einer Ampel die Hauptverkehrsstraße, die einmal rund um die Innenstadt führte. Kurz darauf betraten sie die Fußgängerzone. Hier war bei dem schönen Sommerwetter jede Menge los. Es war kein Problem für die Detektivinnen, zwischen den vielen Passanten unterzutauchen. Sämtliche Außentische der die Straße säumenden Cafés waren besetzt. Die Leute vertilgten riesige Eisbecher, schlürften Eiskaffee und Fruchtcocktails oder blinzelten einfach träge in die Sonne.
Felix und Cedric liefen an den Cafés vorbei, ignorierten die Schaufenster der Geschäfte und zeigten auch keinerlei Interesse an den Sonderangeboten der Klamottenläden. Stattdessen bogen sie in eine etwas schmalere Seitenstraße ein und betraten ein Schnellrestaurant. Dort stellten sie sich in die Warteschlange, die einmal quer durch den gut gefüllten Laden führte.
Die drei !!! postierten sich hinter einer Säule im Eingangsbereich. Franzi ließ ihren Blick durch das Restaurant wandern.

Die meisten Tische waren mit Schülern besetzt, die sich trotz des warmen Wetters lieber eine Currywurst oder einen Hamburger als ein Eis schmecken ließen. An einem Ecktisch saß ein Großvater mit seinen drei Enkelkindern und versuchte, einen Streit um eine kleine, hässliche Plastikfigur aus dem Kindermenü zu schlichten. Etwas weiter hinten hatte sich eine Clique aus etwa sechzehnjährigen Mädchen niedergelassen, die sich eine Portion Chicken-Nuggets teilten und alle Cola light tranken. Die Luft war warm und stickig, es roch nach Pommes, heißem Fett und gebratenem Fleisch.

Felix und Cedric studierten die über der Theke angeschlagene Speisekarte, während sie langsam in der Schlange vorrückten. Direkt hinter ihnen stand ein Mann, der Franzi auffiel, weil er trotz der Wärme einen dicken grünen Pullover trug und sich die Kapuze tief ins Gesicht gezogen hatte.

Franzi blinzelte. »Der Typ kommt mir irgendwie bekannt vor.«

»Der mit dem Kapuzenpullover?«, fragte Kim. »Der ist mir auch schon aufgefallen. Er muss sich ja totschwitzen in dem warmen Pulli.«

»Dazu eine verspiegelte Sonnenbrille auf der Nase, das ist die perfekte Tarnung«, stellte Marie fest.

Franzi ließ den Mann nicht aus den Augen. Als er seine Sonnenbrille einen Moment abnahm, um sich den Schweiß von der Stirn zu wischen, wusste sie endlich, wen sie vor sich hatte.

»Das ist Herr Carstens«, zischte sie.

»Stimmt!« Kim hatte ihn auch erkannt. »Das kann unmöglich ein Zufall sein.«

»Was macht er denn da?« Franzi starrte angestrengt zur Warteschlange hinüber. Der Lehrer zog etwas unter seinem Pullover hervor. Einen Umschlag! Eine ausgestreckte Hand erschien und der Umschlag wechselte den Besitzer. Die Übergabe erfolgte so schnell, dass vermutlich niemand außer den drei !!! etwas davon mitbekam. Im Nu war der mysteriöse Umschlag unter Felix' Shirt verschwunden. Ohne ein einziges Wort mit seinen Schülern gewechselt zu haben, trat Henning Carstens aus der Warteschlange und verließ hastig den Imbiss.

»Warum tun die drei so, als würden sie sich nicht kennen?« Marie schüttelte den Kopf. »Das ist ja fast wie in einem Agentenfilm.«

»In dem Umschlag ist garantiert etwas Illegales«, kombinierte Kim. »Wozu sonst der ganze Aufwand?«

»Vielleicht Bestechungsgeld«, vermutete Franzi. »Damit Felix und Cedric endlich Ruhe geben und den Unterricht nicht mehr stören.«

»Möglich wäre es …«, murmelte Marie.

Felix und Cedric gaben bereits ihre Bestellung auf.

»Wir sollten uns aufteilen.« Kim sah von den Jungs zur Eingangstür, durch die der vermummte Lehrer vor wenigen Sekunden verschwunden war. »Du folgst Herrn Carstens, Franzi. Marie und ich bleiben hier und behalten die Jungs im Auge, okay?«

»Okay!« Franzi sprang hinter der Säule hervor. Wenn sie ihren Lehrer noch erwischen wollte, musste sie sich beeilen. Sie stürmte zum Ausgang und rannte dabei fast eine Gestalt über den Haufen, die gerade aus einer Nische trat.

»Melina!« Franzi blieb stehen. »Sorry, ich hab dich gar nicht gesehen. Was machst du denn hier?«
Franzis Mitschülerin lief knallrot an. »Äh … also … ich hatte plötzlich totalen Heißhunger auf Pommes. Komisch, oder?« Sie lachte etwas gekünstelt.
»Na dann, guten Appetit«, wünschte Franzi hastig. »Tut mir leid, ich hab's eilig.«
Sie ließ Melina stehen und rannte aus dem Laden.

Die Lage spitzt sich zu

Vor dem Schnellrestaurant sah Franzi von rechts nach links. Am Ende der Straße bog die Gestalt im grünen Pullover gerade um die Ecke. Franzi nahm die Verfolgung auf.

Herr Carstens hatte die Kapuze abgestreift, trug aber immer noch die verspiegelte Sonnenbrille. Mit hängenden Schultern schlurfte er durch die Innenstadt. Er schien tief in Gedanken versunken zu sein und stieß mehrmals beinahe mit entgegenkommenden Passanten zusammen. Franzi wagte sich immer näher heran. Ihr fielen die zerzausten Haare des Lehrers auf und die dunklen Ringe unter seinen Augen. Insgesamt wirkte er ziemlich fertig. Was war nur los mit ihm? Setzte ihm die Sache mit Felix und Cedric so sehr zu? Wenn sie nur endlich wüsste, was genau dahintersteckte! Vielleicht war es ja nicht das erste Mal, dass der Lehrer den Jungs Geld gab, damit sie ihn in Ruhe ließen. Dann wäre seine gedrückte Stimmung natürlich durchaus verständlich …

Kurz hinter dem Marktplatz betrat Henning Carstens eine Apotheke. Franzi folgte ihm und suchte hinter einem Regal mit Bio-Körperpflegelotionen Schutz. Sie tat so, als würde sie intensiv die Inhaltsstoffe der Granatapfel-Lotion studie-

ren, während sie eifrig die Ohren spitzte und hin und wieder vorsichtig um die Ecke lugte. Herr Carstens stand keine zwei Meter von ihr entfernt an der Verkaufstheke und reichte dem Apotheker einen Zettel.
»Ich möchte dieses Rezept einlösen.«
»Einen Moment, bitte.« Der Apotheker verschwand und tauchte kurze Zeit später mit einer kleinen Schachtel wieder auf. »Das ist ein sehr starkes Medikament. Achten Sie bitte genau auf die Dosierung und nehmen Sie es nur strikt nach Packungsbeilage oder Anweisung Ihres Arztes ein.«
»Ja, ja«, murmelte Herr Carstens zerstreut. Er schien gar nicht richtig zuzuhören.
»Kann ich sonst noch etwas für Sie tun?«
Herr Carstens schüttelte den Kopf, bezahlte und steckte das Medikament ein. Ihm war offensichtlich nicht nach höflichem Small-Talk zumute. Ohne Abschiedsgruß drehte er sich um und verließ die Apotheke.
Während Franzi ihm quer durch die Fußgängerzone folgte, dachte sie angestrengt nach. Was hatte das alles zu bedeuten? War Herr Carstens krank? Von zu viel Stress konnte man schließlich durchaus Magengeschwüre oder andere Beschwerden bekommen. Wirkte der Lehrer deshalb so müde und abwesend?
Herr Carstens bog mehrmals ab, ohne nach rechts oder links zu sehen. Er wirkte wie ein Roboter, der automatisch eine einprogrammierte Strecke abmarschiert. Sie verließen die belebte Fußgängerzone und gelangten in ein ruhigeres Wohngebiet mit Mietshäusern und kleinen Reihenhäusern. Der Lehrer betrat den Vorgarten eines schmucken Hauses mit

zitronengelber Fassade, schloss die Haustür auf und verschwand im Inneren.
Franzi blieb ein wenig unschlüssig vor dem Jägerzaun stehen. Was sollte sie jetzt tun? Sie beschloss, noch eine Weile zu warten. Vielleicht kam Herr Carstens ja gleich wieder heraus. Leider gab es hier kaum Möglichkeiten, in Deckung zu gehen. Sie konnte nur hoffen, dass der Lehrer nicht aus dem Fenster sah, dann würde er sie unweigerlich entdecken. Franzi betrachtete den Vorgarten, der im Gegensatz zur Hausfassade etwas ungepflegt wirkte. Hier hatte offenbar länger niemand mehr Unkraut gejätet. Wahrscheinlich war Herr Carstens vor lauter Schulstress nicht dazu gekommen. Ob er verheiratet war? Kinder schien er keine zu haben, zumindest gab es im Vorgarten keinerlei Hinweise darauf. Keine Sandkiste, keine Kinderschuhe vor der Tür.
Nach zehn Minuten war immer noch alles ruhig. Der Himmel hatte sich jetzt komplett zugezogen. Die Wolken hingen bleischwer über der Stadt. Es war unangenehm drückend und kein noch so kleiner Lufthauch sorgte für Abkühlung. In der Ferne grollte es Unheil verkündend.
Franzi trat nervös von einem Fuß auf den anderen. Eigentlich hätte sie jetzt zu Marie und Kim zurückkehren können, aber etwas hielt sie zurück. Ein seltsames Gefühl in der Magengegend. Das Haus lag so still und tot vor ihr, als wäre niemand da. Kein Vorhang bewegte sich, kein Geräusch war zu hören, obwohl das Küchenfenster gekippt war. Es drangen weder Stimmen noch Musik, Geschirrgeklapper oder Fernsehlärm heraus. Es war beinahe gespenstisch ruhig. Was machte Herr Carstens da drinnen?

Franzi zögerte einen Moment, dann folgte sie ihrem Instinkt und trat durch die kleine Holzpforte in den Vorgarten. Sie warf einen Blick durch das Küchenfenster. Die Küche war leer. Franzi schlich um die Hausecke in den hinteren Teil des Gartens und kam sich dabei vor wie eine Diebin. Verstohlen blickte sie zu den Nachbarhäusern, aber niemand schien sie zu beobachten.

Der Garten hinter dem Haus war klein. Er bestand aus einer von einer Kirschlorbeerhecke gesäumten Rasenfläche und einer etwas erhöhten Terrasse aus grauen Holzdielen. Auch hier war alles still, vom Zwitschern der Vögel in den Bäumen der Nachbargärten einmal abgesehen. Plötzlich kam Wind auf und ließ die Blätter der Kirschlorbeersträucher rascheln. Ein Blitz zuckte über den grauen Himmel. Es wurde immer dunkler, dabei war es noch nicht einmal sechs Uhr.

Franzi fiel auf, dass die Terrassentür einen Spaltbreit offen stand. Sie betrat die Holzdielen, umrundete den Gartentisch und ging auf die Tür zu, in deren Glasscheibe sich der nächste Blitz spiegelte. Das Gewitter würde nicht mehr lange auf sich warten lassen. Immer noch drang kein Laut aus dem Inneren des Hauses.

Franzi klopfte vorsichtig gegen den Holzrahmen. Nichts.

»Herr Carstens?« Ihre Stimme klang belegt.

Keine Antwort. Vorsichtig schob sie die Tür weiter auf, lugte ins Wohnzimmer und erstarrte. Herr Carstens saß mit geschlossenen Augen in einem altmodischen Ohrensessel. Sein Kopf war zur Seite gesunken, die Arme hingen schlaff herab. Auf dem Couchtisch stand ein halb leeres Glas Wasser, daneben lag eine geöffnete Tablettenschachtel.

Franzis Herz raste, genauso wie die Gedanken in ihrem Kopf. War ihr Lehrer ohnmächtig geworden? War er tatsächlich krank? Oder hatte er das Medikament aus der Apotheke falsch dosiert, weil er dem Apotheker nicht richtig zugehört hatte?
Panik stieg in Franzi auf. Sie musste etwas tun! Sie musste Herrn Carstens helfen, bevor es zu spät war. Sollte sie einen Krankenwagen rufen? Nein, das würde viel zu lange dauern. Ihr Lehrer brauchte jetzt Hilfe. SOFORT! Hastig schob Franzi die Terrassentür weiter auf und machte einen Schritt nach vorne. Dabei stolperte sie über die Türschwelle und verlor das Gleichgewicht. Hilflos ruderte sie mit den Armen. Im Fallen stieß sie eine leicht verstaubte Bodenvase um, in der ein paar verwelkte Kirschbaumzweige ein trauriges Dasein fristeten. Die Vase zersprang in tausend Scherben, während Franzi unsanft auf dem Parkett landete und sich den Kopf am Couchtisch stieß. Gleichzeitig knallte es draußen so laut, dass die Fensterscheiben vibrierten. Der Donner dröhnte in Franzis Ohren. Sie schloss die Augen und sah nur noch tanzende Sterne.

»Unglaublich, wie viel die futtern können.« Kim klang ehrlich beeindruckt.
Marie grinste. »Die Jungs scheinen ordentlich Kohldampf zu haben.«
Felix und Cedric hatten sich das Kingsize-Deluxe-Menü bestellt, das aus einem Burger mit extra viel Fleisch, einer XXL-Portion Pommes, Chicken-Nuggets und einem großen Becher Cola bestand. Jetzt saßen sie an einem Tisch am Fenster

und ließen es sich schmecken, ohne zu ahnen, dass sie die ganze Zeit beobachtet wurden. Zum Glück war das Restaurant immer noch so voll, dass die Detektivinnen hinter der Säule nicht weiter auffielen. Draußen vor dem Fenster blitzte es. Offenbar war ein Gewitter im Anzug.

Marie fixierte den ominösen Umschlag, der zwischen den Jungs auf dem Tisch lag. »Wenn wir Glück haben, machen sie den Umschlag nach dem Essen auf.«

Kim zwirbelte nachdenklich eine kurze Haarsträhne. »Warum haben sie noch nicht hineingeschaut?«

»Wahrscheinlich wissen sie, was drin ist«, sagte Marie.

Kim nickte langsam. »Klingt logisch.«

Marie gähnte. Die stickige Luft machte müde. Der Großvater und seine drei Enkel hatten ihre Mahlzeit beendet und brachten ihre Tabletts weg. Die Kinder stritten sich immer noch lautstark um die kleine Plastikfigur. Ihr Opa scheuchte sie schnell aus dem Laden, wahrscheinlich wollte er vor dem Gewitter nach Hause kommen.

»Cedric steht auf«, zischte Kim.

Marie konzentrierte sich wieder auf die Verdächtigen. Cedric hatte sein Menü in Rekordzeit aufgefuttert und marschierte in Richtung Toiletten. Dabei warf er einen interessierten Blick zu der Mädchenclique hinüber, doch die Mädels ignorierten ihn. Kaum war er um die Ecke verschwunden, wurde Felix von einem Angestellten gerufen. Der Mann winkte ihn zu sich.

»Ich geh mal schauen, was der Typ von Felix will.« Kim schlängelte sich zwischen den Wartenden hindurch zum Tresen, wo der Angestellte hektisch mit einem Telefon we-

delte. Felix nahm es mit überraschtem Gesichtsausdruck entgegen und hielt es ans Ohr.
In diesem Moment vibrierte es in Maries Tasche. Ihr Handy! Schnell zog sie es hervor und warf einen Blick auf das Display. Holger! Marie zögerte kurz, dann nahm sie das Gespräch an.
»Hallo, ich bin's.«
Holgers Stimme klang so nah, als würde er direkt hinter ihr stehen. Maries Mund war plötzlich ganz trocken und sie bekam keinen Ton heraus.
»Ich wollte nur mal kurz hören, wie's dir geht.« Holger zögerte. »Nach unserem Gespräch gestern, meine ich.«
Marie schluckte. Sie riss sich zusammen. Holger sollte nicht merken, wie weh er ihr getan hatte.
»Ich dachte, wir hätten eine Abmachung«, sagte sie kühl. Zum Glück zitterte ihre Stimme nur ganz leicht. »Wir wollten doch eine Weile keinen Kontakt mehr haben.«
»Ja … schon …«, stammelte Holger. »Aber …«
»Nichts aber«, schnitt Marie ihm das Wort ab. »Bitte ruf mich nicht mehr an. Ich brauche Zeit zum Nachdenken.«
Ehe Holger noch etwas sagen konnte, drückte sie das Gespräch weg und steckte das Handy ein. Ihre Augen brannten und sie hatte einen dicken Kloß im Hals. Jetzt bloß nicht losheulen! Sie atmete tief durch, blinzelte ein paar Mal und richtete ihre Aufmerksamkeit wieder auf den Tisch am Fenster. Cedric kam gerade von den Toiletten. Auch Felix kehrte kopfschüttelnd an den Tisch zurück.
»Was war denn los?«, fragte Marie, als Kim neben ihr auftauchte.

»Irgendwer hat Felix am Telefon verlangt. Aber als er drangegangen ist, war niemand am Apparat.«

»Seltsam …« Marie versuchte, die Gedanken an Holger zu verdrängen und sich auf die Ermittlungen zu konzentrieren. »Wieso ruft jemand hier im Imbiss an, wenn er Felix sprechen will, und nicht auf seinem Handy?«

»Könnte ein Ablenkungsmanöver gewesen sein.«

»Ein Ablenkungsmanöver? Wofür denn?«

In diesem Moment schrie Cedric auf. Er war leichenblass und zeigte mit zitterndem Finger auf den Tisch.

»Verdammt«, zischte Marie. »Der Briefumschlag ist weg!«

Scherben bringen (Un)glück

»Aua!« Franzi hielt sich stöhnend den Kopf. Auf ihrer Stirn wuchs bereits eine dicke Beule.

»Franzi?« Die Stimme von Herrn Carstens drängte den Schmerz in den Hintergrund. Der Lehrer saß immer noch in seinem Ohrensessel und starrte Franzi ungläubig an.

»Herr Carstens! Geht es Ihnen gut? Mann, haben Sie mir einen Schreck eingejagt!«

»Danke, gleichfalls.« Der Lehrer betrachtete mit gerunzelter Stirn das Chaos um sich herum. Überall lagen Scherben und in einer Lache aus modrig riechendem Blumenwasser schwammen Kirschbaumzweige. »Was zum Teufel ist hier los?«, fragte er scharf. »Was machst du in meinem Wohnzimmer?«

Franzi setzte sich auf und zupfte verlegen an ihrer nassen Jeans, die ebenfalls eine Ladung Blumenwasser abbekommen hatte. Regen prasselte gegen die Fensterscheiben. Der fast schwarze Himmel wurde von einem zuckenden Blitz erhellt. Fast zeitgleich donnerte es. Das Gewitter musste direkt über ihnen sein. »Tja … also …« Wie sollte Franzi ihrem Lehrer die Situation erklären? Am liebsten wäre sie im Parkettboden

versunken. Wie peinlich! »Ich hab Sie durchs Fenster gesehen und dachte, Sie sind ohnmächtig geworden.«
»Und deshalb brichst du einfach hier ein und verwüstest mein Wohnzimmer?«, schimpfte Herr Carstens. »Das geht wirklich zu weit!«
Franzi biss sich auf die Unterlippe. »Tut mir leid. Ich wollte nur helfen. Offenbar hab ich die Situation falsch eingeschätzt und etwas überreagiert.«
»Das kann man wohl sagen!«
Franzi begann, die Scherben einzusammeln. »Die Vase ersetze ich Ihnen natürlich. Vielleicht kann man sie ja auch kleben.«
»Vergiss es. Die ist hinüber.«
»Entschuldigen Sie, das wollte ich nicht.«
»Was soll's.« Der Lehrer winkte ab. »Ich fand die Vase sowieso hässlich.«
Franzi atmete auf. Herr Carstens wirkte nicht mehr ganz so sauer. Sie legte die Scherben auf einen Haufen und deutete auf die Tablettenschachtel auf dem Couchtisch. »Sind Sie krank?«
Herr Carstens seufzte. »Ich leide seit einiger Zeit unter Migräne. Deshalb hat mir mein Arzt ein Schmerzmittel verschrieben. Ich wollte gerade ein kleines Nickerchen machen, aber daraus wird jetzt wohl nichts. Was hattest du eigentlich in meinem Garten zu suchen?«
Franzi dachte blitzschnell nach. Leider fiel ihr keine glaubwürdige Ausrede ein. Also entschloss sie sich zur Flucht nach vorn. Vielleicht war es sowieso an der Zeit, die Karten offen auf den Tisch zu legen.
»Ich hab Sie vom Schnellrestaurant aus verfolgt.«

»Wie bitte?« Herr Carstens wurde blass.
»Dort haben Sie Felix und Cedric einen Umschlag zugesteckt. Was war da drin? Haben Sie den beiden Geld gegeben?«
Der Lehrer schüttelte empört den Kopf. »Nein, natürlich nicht. Warum sollte ich?«
»Erklären Sie es mir!« Franzi stand abrupt auf. Ihre Jeans klebte feucht an den Beinen, doch sie ignorierte das unangenehme Gefühl. »Was genau läuft da zwischen Ihnen und den Jungs?«
»Ich habe keine Ahnung, wovon du redest. Und ich weiß auch nichts von einem Umschlag.«
»Ich will Ihnen doch nur helfen«, sagte Franzi eindringlich. »Aber dazu müssen Sie mit mir reden. Wenn Sie von Felix und Cedric erpresst werden, sollten Sie dringend etwas dagegen unternehmen. Sie dürfen sich das nicht einfach gefallen lassen!«
Herr Carstens lächelte gezwungen. »Du hast wirklich eine blühende Fantasie! Aber glaub mir, es ist alles in bester Ordnung.« Er erhob sich aus dem Sessel. »Ich mache dir jetzt einen Vorschlag zur Güte: Wir vergessen den kleinen Vorfall hier, ich beseitige das Chaos und du gehst nach Hause und mischst dich nicht mehr in meine Angelegenheiten ein, okay?«
Franzi seufzte. Es brachte nichts, noch länger auf den Lehrer einzureden. »Falls Sie Ihre Meinung ändern, melden Sie sich jederzeit. Meine Freundinnen und ich sind Detektivinnen und können Ihnen bestimmt helfen.« Sie zog eine Visitenkarte aus der Hosentasche und reichte sie Herrn Carstens.

Die drei !!! Detektivinnen

Kim Jülich
Franziska Winkler
Marie Grevenbroich

Wir lösen jeden Fall!

Kontakt: siehe Rückseite

Der Lehrer nahm die Karte und steckte sie ein, ohne einen Blick darauf zu werfen. »Ich hab doch gesagt, es ist alles in Ordnung. Sucht euch jemand anderen zum Detektivspielen. Du findest allein hinaus, oder? Aber geh diesmal bitte vorneherum.« Er deutete auf die Wohnzimmertür.

»Klar. Und Entschuldigung noch mal wegen der Vase.« Franzi trat in den Flur und öffnete die Haustür. Draußen rauschte der Regen. Ihr Blick fiel auf ein gerahmtes Foto, das über dem Schuhregal an der Wand hing. Es zeigte einen sehr viel jüngeren Herrn Carstens mit halblangen Haaren und einem übermütigen Lächeln, der Arm in Arm mit zwei anderen jungen Männern neben einem rauchenden Grill stand. Auf dem Grill brutzelten Bratwürstchen und die Männer prosteten dem Fotografen gut gelaunt mit Bierflaschen zu. Franzi kniff die Augen zusammen. Der Mann rechts von Herrn Carstens kam ihr irgendwie bekannt vor. Sie war sich ganz sicher, ihn schon einmal gesehen zu haben. Aber wo? Mist, sie kam einfach nicht drauf! Schnell zückte Franzi ihr Handy und fotografierte das Bild.

»Sicher ist sicher«, murmelte sie, während sie das Haus verließ und die Tür hinter sich zuzog. Der Regen schien etwas nachzulassen. In der Ferne blitzte es noch, aber die Vögel, die während des Unwetters verstummt waren, begannen schon wieder zu zwitschern. Das Gewitter war weitergezogen.
Franzi rannte über die Straße, stellte sich unter einer ausladenden Eiche unter und schrieb schnell eine SMS an Kim und Marie. Der Nachmittag war wie im Flug vergangen, es war schon kurz vor halb sieben. Franzi seufzte. Wenn sie keinen Ärger mit ihren Eltern bekommen wollte, wurde es höchste Zeit, zum Abendessen nach Hause zu fahren. Das Austauschen der Ermittlungsergebnisse würde bis morgen warten müssen.

Detektivtagebuch von Kim Jülich
Dienstag, 18:02 Uhr
Ich komme gerade vom Detektivclubtreffen bei Marie. Wir haben uns gegenseitig auf den neusten Stand gebracht. Mann, das war ganz schön spannend!
Franzi hat erzählt, was sie gestern bei Herrn Carstens erlebt hat. Marie und ich haben uns schlappgelacht, als wir uns Franzi mit nasser Hose zwischen lauter Scherben im Wohnzimmer ihres Mathelehrers vorgestellt haben. Das muss echt filmreif gewesen sein! Inzwischen konnte sie zum Glück auch darüber lachen. Leider hat Herr Carstens die Umschlagübergabe im Schnellimbiss abgestritten – und wir haben keine Beweise! Hätten wir doch nur ein Foto gemacht … Aber es ging alles viel zu schnell.

Marie und ich haben Franzi gebeichtet, dass wir gestern bei der weiteren Überwachung gepatzt haben. Irgendjemand hat uns – und den beiden Jungs – den geheimnisvollen Briefumschlag vor der Nase weggeklaut. Und weder Marie noch ich haben etwas bemerkt! Ganz schön peinlich!!!
Marie hat sich schwarzgeärgert, dass sie genau im falschen Moment mit Holger telefoniert hat. Sonst hätte sie den Dieb bestimmt in flagranti ertappt. Und ich bin auf das Ablenkungsmanöver mit dem angeblichen Anruf hereingefallen, genau wie Felix. So ein blöder Anfängerfehler! Jetzt ist der Umschlag weg und wir müssen herausfinden, wer ihn geklaut hat und warum.
Laut Franzi haben Felix und Cedric heute in der Schule ziemlich bedrückt gewirkt. Von ihrer sonst üblichen großen Klappe war nicht viel zu merken. Bestimmt hat ihnen der Diebstahl des Umschlags die Laune verhagelt. Wenn wir nur wüssten, was darin war! Alles in allem haben wir momentan leider mehr Fragen als Antworten.
Immerhin konnten wir einen kleinen Ermittlungserfolg verbuchen: Franzi hat im Flur von Herrn Carstens ein Foto von ihm und zwei anderen Männern entdeckt. Weil ihr einer der Männer bekannt vorkam, hat sie es fotografiert und Marie und mir heute Nachmittag gezeigt. Zum Glück habe ich ein gutes Gedächtnis für Gesichter. Ich wusste sofort, wer der fragliche Mann war: Cedrics Onkel Tillmann! Er ist zwar inzwischen viel älter, trägt aber immer noch den gleichen Pferdeschwanz, wenn auch mit grauem Haar.
Cedrics Onkel scheint Herrn Carstens also von früher zu kennen. Das kann doch kein Zufall sein! Praktischerweise hab ich

nicht nur seine Personenbeschreibung im Detektivtagebuch notiert, sondern auch den Namen des Taxiunternehmens, für das er arbeitet. Der Schriftzug prangte groß seitlich auf dem Taxi, das er vor Cedrics Haus geparkt hatte. Da sieht man mal wieder, wie wichtig es ist, jedes Detail zu dokumentieren!
Keine Frage: Cedrics Onkel könnte ein wichtiger Zeuge sein. Wir müssen ihn unbedingt ausfindig machen. Ich hab gerade die Telefonnummer des Taxiunternehmens im Internet herausgesucht und in der Zentrale angerufen. In dem Unternehmen arbeitet tatsächlich ein Tillmann Reuters (so heißt auch Cedric mit Nachnamen, das passt also). Er hat aber leider bis Freitag frei. Wir müssen mit der Befragung also noch ein paar Tage warten. (Seine Privatadresse wollte die nette Dame in der Zentrale nicht rausrücken. Datenschutz und so …)
Ich muss Schluss machen, meine Mutter ruft zum Abendessen. Fortsetzung folgt!

Wechselbad der Gefühle

»Wiederholt zu Hause die Aufgaben von Seite 62«, sagte Herr Carstens. »Das wird Stoff der Klassenarbeit.«
Es klingelte. Erleichtert schlug Franzi ihr Mathebuch zu. Für heute war der Unterricht vorbei. Sie packte ihre Sachen zusammen und warf dabei einen Blick zu Cedric und Felix hinüber. In den letzten Tagen hatte sie die beiden ständig beobachtet, aber ihr war nichts Ungewöhnliches aufgefallen. Seit der Umschlag gestohlen worden war, verhielten sich die Jungs auffällig unauffällig.
Franzi schulterte ihren Rucksack, winkte Anna und Melina zum Abschied zu und verließ den Klassenraum. Der Flur war voller Schüler, die zum Ausgang strömten. Franzi konnte es kaum erwarten, endlich an die frische Luft zu kommen. Draußen blinzelte sie in die Sonne und genoss die Wärme auf ihrem Gesicht. Der Himmel war wolkenlos und die Temperatur genau richtig. Das perfekte Wetter für einen ausgiebigen Ausritt auf Tinka. Oder sollte sie lieber eine Runde joggen gehen? Franzi fiel die Mathearbeit ein und ihre Miene verdüsterte sich. Egal! Lernen konnte sie auch heute Abend noch. Der Nachmittag war viel zu schön, um im Haus zu hocken.

»Hallo, Franzi.«
»Blake!« Franzi blieb überrascht stehen. »Was machst du denn hier?« Augenblicklich beschleunigte sich ihr Herzschlag. Seit ihrem überstürzten Aufbruch im *Lomo* am letzten Wochenende hatte sie Blake nicht mehr gesehen oder gesprochen. Er hatte mehrmals versucht, sie zu erreichen, aber sie hatte sämtliche Anrufe und SMS ignoriert.
»Ich hab auf dich gewartet. Ich wollte mit dir reden.«
»Ach ja? Wieso denn?« Franzi versuchte, unbefangen zu klingen, aber es gelang ihr nicht. Wie gerne hätte sie in diesem Moment Maries Schauspieltalent gehabt!
»Was ist los, Franzi?«, fragte Blake.
»Was soll los sein?«
Blake sah sie schweigend an. Sein Blick traf Franzi mitten ins Herz. Erst jetzt merkte sie so richtig, wie sehr er ihr in den letzten Tagen gefehlt hatte. Sein Lachen, seine unkomplizierte Art, die Vertrautheit zwischen ihnen und das Gefühl von Geborgenheit, wenn sie zusammen waren. Am liebsten wäre sie ihm um den Hals gefallen und hätte ihn nie wieder losgelassen, aber sie hielt sich zurück.
»Warum gehst du nicht ans Telefon?«, wollte Blake wissen. »Ich hab total oft bei dir angerufen. Auf meine Nachrichten hast du auch nicht reagiert. Ich hab mir schon Sorgen gemacht. Ist dein Handy kaputt?«
Franzi schüttelte den Kopf.
»Was ist es dann? Bist du sauer auf mich? Hab ich irgendwas falsch gemacht?«
Franzi wich seinem Blick aus. Was sollte sie antworten? Dass sie sich in ihn verliebt hatte und es nicht ertrug, wie gut er

sich mit Charlie verstand? Dass sie eifersüchtig war und ihre eigenen Gefühle sie komplett verwirrten? Dass sie Angst hatte, verletzt und enttäuscht zu werden? Nein, das konnte sie ihm auf keinen Fall sagen.

»Jetzt red schon«, drängte Blake. »Was ist los?«

Franzi räusperte sich. »Es ist alles in Ordnung. Ich hab gerade nur eine Menge um die Ohren. Wir haben einen neuen Fall und ich muss total viel für diese blöde Mathearbeit lernen …«

»Das ist alles?«

Franzi nickte. »Tut mir leid, dass ich mich nicht gemeldet habe. Ich hab's einfach nicht geschafft.«

»Puh!« Blake fuhr sich erleichtert durch seine dunklen Haare. »Da bin ich aber froh. Ich dachte schon, du willst nichts mehr mit mir zu tun haben.«

»Quatsch.« Franzi lächelte gezwungen.

»Heißt das, du kommst nachher in den Skatepark? Heute Nachmittag ist doch das nächste Chairskating-Training.«

»Richtig! Das hatte ich komplett vergessen.«

Genau genommen hatte Franzi den Termin nicht vergessen, sondern verdrängt – zusammen mit allen anderen Blake-Gedanken.

»Wie gut, dass ich hergekommen bin, um dich daran zu erinnern.« Blake grinste. »Dann sehen wir uns um vier im Schillerpark?«

»Klar.«

»Prima, ich freu mich.« Blake sah zur Bushaltestelle. »Mist, da kommt mein Bus. Bis später!« Er legte einen Blitzstart hin und sauste im Eiltempo los. Geschickt rollte er über die aus-

geklappte Rampe in den Bus. Bevor sich die Türen schlossen, winkte er Franzi noch einmal zu.
Franzi winkte zurück und blickte dem Bus nach, der langsam davonfuhr. Der Schulhof hatte sich inzwischen geleert. Nachdenklich ging sie zu ihrem Fahrrad. Sie war sich nicht sicher, ob sie erleichtert oder enttäuscht sein sollte. Blake hatte ihre Ausrede fast etwas zu schnell akzeptiert. Hätte er nicht merken müssen, dass mehr dahintersteckte? Aber was, wenn er genauer nachgefragt hätte? Hätte sie ihm die Wahrheit gesagt? Franzi wusste es nicht. Sie wusste nur, dass sie sehr froh war, Blake schon heute Nachmittag wiederzusehen. Denn eins war sonnenklar: Sie hatte ihn wahnsinnig vermisst!

Knapp zwei Stunden später saß Franzi auf der Küchenbank und zog ihre Inliner an. Bei dem schönen Wetter wollte sie zum Schillerpark skaten. Sie griff sich einen grünen Apfel aus der Obstschale und rollte aus der Küche.
»Tschüss, Mama!«, rief sie ihrer Mutter zu, die gerade Teig für Zimtschnecken ausrollte. Das erste Blech war bereits im Ofen und der Duft nach frischem Gebäck zog durchs ganze Haus.
»Viel Spaß, mein Schatz«, sagte Frau Winkler, ohne ihre Arbeit zu unterbrechen. »Bis später.« Der Backservice von Franzis Mutter fand immer mehr Anhänger, sodass sie mit dem Backen kaum noch hinterherkam. Die Zimtschnecken nach einem Rezept von Franzis Oma Lotti waren gerade besonders beliebt.
Franzi rollte langsam über den Hof, der sich mit seinem holperigen Pflaster nicht sonderlich zum Skaten eignete. Sie biss

in den Apfel und winkte Tinka zu, die auf der Weide graste und sich die Nachmittagssonne aufs Fell scheinen ließ.
»Wir reiten morgen aus, okay?«, rief Franzi. »Versprochen!«
Tinka wieherte zustimmend. Franzi war sich sicher, dass sie jedes Wort verstand. Sie schüttete Tinka oft ihr Herz aus und hinterher ging es ihr immer besser. Nur reden konnte das Pony leider noch nicht. Was Tinka ihr wohl in Sachen Blake geraten hätte? Wie sollte Franzi herausfinden, ob sie mehr als nur eine gute Freundin für ihn war? Dass er heute vor der Schule auf sie gewartet hatte, war jedenfalls ein gutes Zeichen. Sollte sie ihm endlich ihre Gefühle gestehen? Nur so konnte sie Klarheit bekommen. Aber dieser Schritt erforderte jede Menge Mut …
»Vorsicht!«
Ein Fahrrad sauste auf Franzi zu. In letzter Sekunde wich sie aus. Der Apfel fiel ihr aus der Hand und kullerte über die Steine. Das Fahrrad schlitterte ein Stück weiter und kam zum Stehen.
»Hast du Tomaten auf den Augen?«, rief Franzis ältere Schwester Chrissie ärgerlich und sprang vom Rad.
»Sorry, hab dich nicht gesehen.« Franzi hob den Apfel auf und warf ihn auf die Weide. Tinka trabte neugierig zu dem Leckerbissen hinüber und verspeiste ihn genüsslich.
»Du und deine blöden Inliner«, schimpfte Chrissie. »Das ist ja lebensgefährlich! Pass gefälligst besser auf, wenn du mit den Dingern unterwegs bist.«
Franzi nickte nur. Normalerweise hätte sie sich jetzt ein heftiges Wortgefecht mit ihrer Schwester geliefert, aber heute hatte sie keine Lust auf Streit.

»Alles in Ordnung?«, fragte Chrissie.

»Klar, warum nicht?«

»Du bist so still. Sonst flippst du doch immer gleich aus, wenn jemand deine Rollschuh-Fahrkünste kritisiert.«

»Das sind keine Rollschuhe, sondern Inliner«, korrigierte Franzi automatisch. Sie wich dem aufmerksamen Blick ihrer Schwester aus.

»Irgendetwas stimmt nicht mit dir«, stellte Chrissie fest. Sie und Franzi stritten sich zwar oft, aber sie kannten einander auch ziemlich gut. »Bist du etwa verliebt?«

Franzi wurde rot. So ein Mist! Heute blieb ihr aber auch nichts erspart.

»Wusste ich's doch«, rief Chrissie triumphierend. »Wer ist denn der Glückliche? Kenne ich ihn? Wie lange seid ihr schon zusammen?«

Franzi schluckte. Zu ihrem Ärger stiegen ihr plötzlich Tränen in die Augen. Je mehr sie versuchte, sie hinunterzuschlucken, desto schlimmer wurde es. Schon kullerte die erste Träne über ihre Wange.

»Oje, Liebeskummer!« Rasch stellte Chrissie ihr Fahrrad ab und nahm Franzi in die Arme. Sie zog ihre Schwester auf die Holzbank, die vor dem Haus in der Sonne stand und nahm neben ihr Platz. »Willst du mir nicht sagen, was los ist?«

Stockend begann Franzi zu erzählen. Nach einer Weile flossen die Worte wie von selbst aus ihrem Mund. Es tat gut, all die widersprüchlichen Gefühle einmal auszusprechen. Chrissie unterbrach sie kein einziges Mal. »Und jetzt weiß ich nicht, was ich machen soll«, schloss Franzi. »Soll ich ihm meine Gefühle gestehen oder lieber weiter die gute Freundin spielen?«

»Tja, das ist in der Tat eine schwierige Frage«, stellte Chrissie fest. »Umso besser, dass du dich jemandem anvertraut hast, der jede Menge Erfahrung mit solchen Dingen hat.«
Franzi wischte sich über das Gesicht. Ihre Tränen waren versiegt und sie fragte sich, ob es wirklich eine gute Idee gewesen war, Chrissie von ihrem Liebeskummer zu erzählen. Nur weil ihre Schwester drei Jahre älter war, brauchte sie sich noch lange nicht als erfahrene Beziehungsratgeberin aufzuspielen. Zumal ihre eigenen Beziehungen selten länger als ein paar Wochen hielten.
»Eigentlich muss ich jetzt auch los«, murmelte Franzi, aber so leicht ließ sich Chrissie nicht abwimmeln.
»Einen Moment noch! Erst gebe ich dir einen wichtigen Rat.« Sie machte eine spannungsgeladene Pause. »Wenn du einen Jungen für dich interessieren willst, musst du ihn eifersüchtig machen. Das klappt immer!«
Franzi verdrehte die Augen. »Die Masche ist doch uralt.«
»Na und?« Chrissie grinste. »Hauptsache, sie funktioniert.«
»Ich halte aber nichts von diesen blöden Spielchen. Wenn ich einen Jungen erst manipulieren muss, damit er mich mag, ist er nicht der Richtige für mich.«
»Was heißt hier manipulieren?« Chrissie zog die Augenbrauen hoch. »Es handelt sich lediglich um einen klitzekleinen Test. Hat dein Märchenprinz echte Gefühle für dich, wird er um dich kämpfen. Oder andersherum gesagt: Wenn es ihm egal ist, dass du mit einem anderen flirtest, solltest du ihn lieber vergessen.«
»Sorry, aber das ist nichts für mich.« Franzi rutschte von der Bank. »Ich bin eher der direkte Typ.«

»Wie du meinst. Ich hab es ja nur gut gemeint.«
»Weiß ich doch«, lenkte Franzi ein. »Danke für den Rat, Schwesterherz. Jetzt muss ich aber wirklich los, sonst komme ich zu spät.« Sie skatete über den Hof.
»Viel Glück!«, rief Chrissie ihr nach.
Während Franzi das Tempo langsam steigerte, lächelte sie in sich hinein. Chrissie raubte ihr zwar oft den letzten Nerv, aber manchmal war es doch ganz nett, eine große Schwester zu haben.

Um kurz vor vier erreichte Franzi den Skatepark. Neben der großen Bowl legte sie eine Vollbremsung hin.
»Geschafft«, murmelte sie. »Gerade noch rechtzeitig.« Sie nahm den Helm ab und wischte sich ein paar Schweißperlen von der Stirn. Normalerweise kam Franzi nicht so leicht ins Schwitzen, aber heute hatte sie vor lauter Eile glatt einen neuen Geschwindigkeitsrekord aufgestellt.
In der Bowl war eine Menge los. Zwischen Skateboardern, Inlinern und BMX-Fahrern düsten ein paar Teilnehmer des Workshops herum und probierten die Tricks aus, die Lars ihnen beim letzten Mal gezeigt hatte. Benjamin fuhr gerade die Rampe hinauf, machte einen Turn und rollte wieder zurück. Samuel und Mira kurvten über die bauchigen Wände. Franzi entdeckte ihre Skaterkumpel Benni und Leonhard. Sie standen am Rand und beobachteten die Rollstuhlfahrer mit skeptischem Blick. Franzi winkte den Jungs zu und sie rollten auf ihren Inlinern zu ihr.
»Hey, Franzi, lange nicht gesehen«, begrüßte sie Benni. »Schön, dass du dich auch mal wieder blicken lässt.«

»Ich mache beim Chairskating-Workshop mit«, erklärte Franzi.
»Was für ein Workshop?« Leonhard runzelte die Stirn.
»Chairskating«, wiederholte Franzi. »Skaten im Rollstuhl.«
»Kann man im Rollstuhl überhaupt skaten?«, fragte Benni.
»Klar.« Franzi nickte zu Lars hinüber, der gerade einen besonders gewagten Turn ausführte.
»Cool«, gab Benni zu.
»Wir sehen uns später, okay?«, sagte Franzi. »Der Workshop geht gleich los.«
Sie hielt nach Blake Ausschau. Er saß etwas abseits und war in ein Gespräch mit Charlie vertieft. Die beiden legten gerade ihre Schutzkleidung an. Franzi setzte ihren Helm wieder auf und fuhr zu ihnen hinüber. Ehe die zwei sie bemerkten, hörte Franzi ihren Namen. Instinktiv bremste sie und suchte hinter einem Baum Deckung.
»Sag mal, du und diese Franzi«, begann Charlie, »seid ihr eigentlich zusammen?«
Franzi krallte die Finger in die Baumrinde und wartete atemlos auf Blakes Antwort.
Blake zog den Gurt an seinem Helm fest. Er schüttelte langsam den Kopf. »Nein, Franzi ist nur eine gute Freundin …«
Den Rest der Unterhaltung bekam Franzi nicht mehr mit, weil Blake und Charlie zur Bowl rollten. Aber sie hatte sowieso genug gehört. Blakes Worte waren wie ein Schlag in den Magen. Sie rang nach Luft, vor ihren Augen drehte sich alles und ihre Beine gaben beinahe nach. Am liebsten hätte sie sich einfach in Luft aufgelöst.

Ein Kuss mit Folgen

»Auf geht's, Leute, wir legen los!« Lars' Stimme drang wie durch eine dicke Schicht Watte an Franzis Ohren. Sie wischte sich über das Gesicht und versuchte, ruhig und regelmäßig zu atmen.

Mach jetzt nicht schlapp, Franzi! Du schaffst das!

Doch als sie einen Blick zur Bowl hinüberwarf, wusste sie, dass sie es nicht schaffen würde. Blake und Charlie düsten ausgelassen über die Rampen und feuerten sich gegenseitig an. Sie schienen jede Menge Spaß zu haben. Franzi schloss einen Moment die Augen. Sollte Blake doch mit dieser Charlie glücklich werden, sie wollte ihn sowieso nie wiedersehen! Und auf den Workshop hatte sie auch keine Lust mehr. Sie konnte jetzt nicht so tun, als sei nichts gewesen, und fröhlich irgendwelche Turns trainieren. Sie wollte nur noch weg.

Franzi stieß sich vom Baumstamm ab und verließ die Deckung. Doch als sie gerade unauffällig verschwinden wollte, winkte Blake ihr zu.

»Hey, Franzi! Hier sind wir!«

»Mist!« Franzi war einen Moment abgelenkt, ihre Inliner verkanteten sich und sie verlor das Gleichgewicht.

»Vorsicht!« Leonhard sauste herbei und fing sie auf. »Das war knapp.« Sein Gesicht war ganz nah. Franzi konnte die Sommersprossen auf seiner Nase zählen. Plötzlich fiel ihr Chrissies Rat wieder ein. Spontan schlang sie die Arme um Leonhards Hals und drückte ihm einen Kuss auf die Lippen. Leonhard schnappte überrascht nach Luft. Aus den Augenwinkeln beobachtete Franzi, wie Blake erstarrte. Er sah einen Moment ungläubig zu ihr hinüber, dann wandte er sich abrupt ab und rollte zu Lars und den anderen Workshop-Teilnehmern. Franzi löste sich von Leonhard.

»Was war das denn?«, fragte er verdutzt.

Franzi zuckte mit den Schultern. »Sorry, aber mir war gerade danach.«

Leonhard lief rot an und grinste. »Kein Problem, von mir aus jederzeit wieder.«

Franzi lächelte matt. »Ein andermal vielleicht. Ich muss jetzt los.«

»Du bist doch gerade erst gekommen«, protestierte Leonhard. »Und was ist mit dem Workshop?«

»Keine Lust mehr. Außerdem muss ich noch Mathe lernen.« Franzi ließ Leonhard stehen und rollte auf wackligen Beinen davon. Der Workshop hatte inzwischen begonnen. Blake sauste in einem Mordstempo durch die Bowl und würdigte Franzi keines Blickes mehr. Franzi schluckte. Sie hatte das ungute Gefühl, dass diese Aktion voll nach hinten losgegangen war.

»Dort drüben ist er!« Kim marschierte zielstrebig über den Bahnhofsvorplatz. Franzi und Marie folgten ihr. Neben dem

Haupteingang parkten in einer langen Schlange jede Menge Taxis und warteten auf Kundschaft. Am dritten Wagen von vorn lehnte Tillmann Reuters, Cedrics Onkel, und unterhielt sich mit einem Kollegen.

Die drei !!! hatten noch mal in der Zentrale angerufen und sich erkundigt, wo sie Herrn Reuters und sein Taxi heute finden konnten. Die freundliche Dame am Telefon hatte ihnen geraten, beim Bahnhof vorbeizuschauen.

»Herr Reuters?«, fragte Kim. »Können wir Sie kurz sprechen?«

»Klar.« Cedrics Onkel nickte seinem Kollegen zu, der wieder zu seinem Taxi zurückkehrte. »Was gibt's denn?« Er sah die drei !!! freundlich an.

»Wir sind Detektivinnen und hätten ein paar Fragen an Sie.« Marie reichte ihm die Visitenkarte des Clubs.

Tillmann Reuters studierte sie gründlich. Wenn er überrascht war, ließ er es sich nicht anmerken. »Ich hab noch nie echte Detektivinnen getroffen.« Er steckte die Karte ein. »Das ist ja toll! Wie kann ich euch helfen?«

»Kennen Sie Henning Carstens?«, fragte Franzi.

»Natürlich! Henning ist ein alter Freund von mir. Wieso?«

»Wir ermitteln gerade in einem Fall, in dem Herr Carstens eine Rolle spielt. Wir wüssten gern, woher Sie sich kennen.«

»Henning und ich haben gemeinsam Mathematik studiert und mit einem Kumpel in einer WG gewohnt«, erzählte Cedrics Onkel bereitwillig. »Während des Studiums waren wir eng befreundet, haben viel gelernt und noch mehr gefeiert.« Er grinste.

»Sie haben Mathematik studiert?«, fragte Marie überrascht.

»Das sieht man mir gar nicht an, was?« Tillmann Reuters

lachte. »Eigentlich wollte ich Lehrer werden. Aber während des Referendariats habe ich schnell gemerkt, dass der Job nichts für mich ist. Deshalb hab ich die Lehrerausbildung geschmissen und versucht, in der freien Wirtschaft unterzukommen. Doch das ist als Mathematiker mit einem mittelmäßigen Examen gar nicht so leicht. Schließlich hab ich meinen Studentenjob zum Beruf gemacht.« Er klopfte auf die Motorhaube seines Taxis. »Taxifahren ist nicht der schlechteste Broterwerb. Man hat flexible Arbeitszeiten und lernt unheimlich viele Menschen kennen.«

»Haben Sie noch Kontakt zu Herrn Carstens?«, erkundigte sich Kim.

»Nein, leider nicht. Wir haben uns nach dem Studium aus den Augen verloren. Ich hab ihn seit Jahren nicht gesehen.«

»Wissen Sie, dass er seit einiger Zeit an der Schule Ihres Neffen unterrichtet?«, fragte Marie.

»An Cedrics Schule? Nein, das wusste ich nicht. So ein Zufall!«

»Ja, nicht wahr?« Franzi ließ Cedrics Onkel nicht aus den Augen. Er wich ihrem Blick aus und trommelte mit den Fingern nervös auf der Motorhaube. Franzi war sich sicher, dass er nicht die ganze Wahrheit sagte. Ehe sie nachhaken konnte, näherte sich ein Mann in Anzug und Krawatte dem Taxi. Er zog einen silbernen Rollkoffer hinter sich her.

»Zum Flughafen, bitte! So schnell wie möglich, ich verpasse sonst meinen Flieger!«

»Alles klar.« Tillmann Reuters öffnete den Kofferraum und nickte den Detektivinnen zu. »Tut mir leid, die Pflicht ruft. War nett, mit euch zu plaudern.« Er lud den Koffer ein,

während der Fahrgast ins Taxi stieg, und fuhr mit quietschenden Reifen davon.
»Ein netter Typ«, stellte Marie fest.
»Ja, aber er hat uns irgendetwas verschwiegen«, sagte Franzi.
»Kam mir auch so vor.« Kim machte ein nachdenkliches Gesicht. »Die Frage ist nur, was.« Sie seufzte. »Ich brauche dringend eine Extraportion Zucker, sonst kann ich nicht klar denken.«
»Wie wär's mit einem Eis?«, schlug Marie vor.
»Gute Idee.« Kims Miene hellte sich auf. »Auf zur Eisdiele!«

Eine Viertelstunde später saßen die Detektivinnen auf einer Bank im Jakobipark und leckten genüsslich an ihrem Eis.
»Herrlich!«, schwärmte Kim. »Ich liebe Schoko-Eis.«
Sie klang so begeistert, dass Franzi lachen musste. Kim liebte alles, was süß war. Mit einer Tafel Schokolade, einem Muffin oder einer Tüte Gummibärchen konnte man sie richtig glücklich machen.
»Wie geht es denn jetzt mit den Ermittlungen weiter?«, fragte Marie und kam damit auf das eigentliche Thema zurück.
»Wir sollten Felix und Cedric endlich in die Zange nehmen«, sagte Franzi.
»Gute Idee«, nuschelte Kim mit vollem Mund. »Inzwischen haben wir genug Informationen, um uns die beiden vorzuknöpfen. Wie wär's gleich Montag nach der Schule?«
»Okay.« Marie nahm einen Bissen von ihrer Waffel. »Ich komme nach der letzten Stunde zu euch.« Sie besuchte nicht die Georg-Lichtenberg-Gesamtschule wie ihre Freundinnen, sondern ging aufs Heinrich-Heine-Gymnasium.

»Prima!« Kim leckte an ihrem Eis. »Habt ihr am Wochenende schon was vor? Wie wär's mit einem Ausflug zum Waldschwimmbad oder zum Badesee? Was meint ihr?«
Franzi verzog das Gesicht. »Ohne mich. Ich muss Mathe lernen.«
»Du Arme!« Marie sah Franzi mitfühlend an. »Es sollte verboten werden, so kurz vor den Ferien noch Arbeiten schreiben zu lassen.«
»Finde ich auch.« Franzis Handy piepste und sie zog es aus der Tasche.
»Eine SMS von Blake?«, erkundigte sich Kim.
Franzi warf einen schnellen Blick auf das Display und schüttelte den Kopf. »Nein, von Leonhard.«
Seit dem kleinen Zwischenfall am Mittwoch schickte Leonhard ihr täglich mehrere SMS voller Herzchen und zwinkernder Smileys. Ständig wollte er wissen, wann sie mal wieder in den Skatepark kam. Dieses Mal hatte er geschrieben:

Hallo Franzi! Wie wär's mit Kino heute Abend? Würde dich gern wiedersehen ☺. Bitte melde dich! Leo ♥♥♥

»Leonhard?« Marie zog eine Augenbraue hoch. »Was will der denn?«
»Mit mir ins Kino gehen.« Franzi steckte das Handy weg. Auf die SMS konnte sie auch später noch antworten.
»Wieso?« Jetzt war auch Kims Neugier geweckt. »Ihr hattet doch in letzter Zeit gar nicht mehr so viel miteinander zu tun.«
»Na ja …« Franzi zögerte. »Wir haben uns vorgestern zufäl-

lig im Skatepark getroffen und da …« Sie verstummte. Eigentlich hatte sie keine große Lust, ihren Freundinnen von der peinlichen Kuss-Aktion zu erzählen. Am liebsten hätte sie die Sache einfach vergessen.

»Was?«, hakte Marie nach.

Franzi gab sich einen Ruck. »Da hab ich Leonhard geküsst.«

»WAAAS?«, riefen Kim und Marie gleichzeitig. Sie machten so ungläubige Gesichter, dass Franzi unwillkürlich kichern musste.

Kim hatte sich als Erste wieder gefangen. »Warum in aller Welt hast du das gemacht? Ich dachte, du bist in Blake verliebt!«

Franzi seufzte. »Bin ich auch. Aber für Blake bin ich nur eine gute Freundin, mehr nicht. Ich hab mit eigenen Ohren gehört, wie er es zu Charlie gesagt hat.«

»Moment mal«, unterbrach sie Marie. »Willst du damit sagen, dass Blake mit dieser Charlie über dich geredet hat, während du dabei warst?«

»Nein, natürlich nicht. Ich hab das Gespräch zufällig mitbekommen. Blake und Charlie haben mich nicht gesehen. Danach war ich völlig fertig und wollte nur noch weg.« Franzi erzählte von ihrem Beinahe-Sturz, Leonhards heldenhaftem Einsatz und dem spontanen Kuss.

»Das ist ja wie im Film«, sagte Kim.

»Bloß dass ich leider den Falschen geküsst habe. Ich glaube, Blake fand die Aktion nicht so toll.«

»Wie hat er reagiert?«, fragte Marie gespannt.

»Er hat mich ganz komisch angesehen und anschließend ignoriert.« Franzis Herz zog sich zusammen. »Seitdem hat er sich nicht mehr gemeldet. Keine Anrufe, keine SMS, nichts. Totale Funkstille. Ich bin ihm offenbar komplett egal.«

»Das tut mir so leid für dich.« Kim legte den Arm um ihre Freundin.

»Dafür bombardiert mich Leonhard rund um die Uhr mit Nachrichten. Ich weiß echt nicht mehr, wie ich ihn abwimmeln soll.« Franzis schlechtes Gewissen meldete sich. »Es war nicht gerade fair von mir, ihn zu benutzen, um Blake zu testen. Kein Wunder, dass er sich jetzt Hoffnungen macht.«

»War er nicht schon mal in dich verliebt?«, fragte Marie.

Franzi nickte. »Aber das ist ewig her.«

»Offenbar sind seine alten Gefühle durch den Kuss wieder aufgeflammt.« Marie steckte sich den Rest ihrer Waffel in den Mund.

»Du solltest das unbedingt mit Leonhard klären«, riet Kim. »Je eher, desto besser.«

»Aber was soll ich ihm denn sagen?«

»Am besten die Wahrheit, auch wenn's wehtut.« Kim drückte aufmunternd Franzis Schulter. »Du schaffst das schon.«

Der Gedanke an ein klärendes Gespräch mit Leonhard behagte Franzi nicht sonderlich, aber sie sah ein, dass kein Weg daran vorbeiführte. Sie hatte einen Fehler gemacht und musste dafür geradestehen. Hätte sie nur nicht auf Chrissie gehört! Ihre Beziehungstipps hatten alles nur noch schlimmer gemacht.

»Ob Blake schon mit dieser Charlie zusammen ist?« Franzi spürte einen Stich. »Die beiden haben sich gestern wieder super verstanden.«

»So schnell geht das bestimmt nicht«, meinte Marie.

»Und wenn schon, ist mir auch egal.« Leider konnte sich Franzi nichts vormachen. Es war ihr keineswegs egal, im Gegenteil. Die Vorstellung von Blake und Charlie als Paar tat unsagbar weh. Deshalb verdrängte sie den Gedanken schnell wieder und wechselte das Thema. »Wie laufen die Vorbereitungen fürs Grillfest?«

»Prima.« Kim grinste. »Mein Vater hat schon kiloweise Fleisch und Würstchen beim Metzger vorbestellt und Rezepte für Dips, Fruchtbowle und verschiedene Salate aus dem Internet rausgesucht. Deine Mutter backt übrigens Kuchen und Gebäck für das Buffet.«

»Stimmt, das hat sie erzählt«, bestätigte Franzi. »Eigentlich war sie schon ausgebucht, aber für deine Eltern macht sie eine Ausnahme.«

»Das ist echt nett von ihr.« Kim hatte ihr Eis aufgegessen und leckte sich die klebrigen Finger ab. »Ich freue mich schon total auf das Fest. Stellt euch vor, es haben fast alle Nachbarn zugesagt.«

»Super! Das wird bestimmt eine tolle Party.« Marie warf einen Blick auf ihre Armbanduhr. »Mist, ich muss los. Hab Tessa versprochen, heute Abend auf Finn aufzupassen. Sie geht zu einem Elternabend von Linas Schule.«

Marie lebte mit ihrem Vater, ihrer Stiefmutter Tessa, ihrem Halbbruder Finn und Tessas zwölfjähriger Tochter Lina in einer großen alten Villa im Ostviertel. Der kleine Finn war zweieinhalb Jahre alt und unglaublich süß. Marie liebte ihn über alles und auch Franzi und Kim spielten gerne mit ihm, wenn sie bei Marie waren.

»Ist Natascha nicht da?«, erkundigte sich Franzi. Eigentlich war das Au-pair-Mädchen der Grevenbroichs für Finns Betreuung zuständig. Natascha kam aus Russland und kümmerte sich rührend um den Kleinen.

»Sie hat heute Abend frei.« Marie erhob sich und zupfte ihre Bluse zurecht. »Hab ich euch eigentlich schon erzählt, dass Natascha bald weggeht?«

»Was? Warum denn?«, fragte Kim. »Fühlt sie sich nicht mehr wohl bei euch?«

»Doch, natürlich, sie gehört ja schon richtig zur Familie. Darum ist es auch so traurig, dass sie geht.« Marie seufzte. »Natascha möchte Pädagogik studieren und später mit Kindern arbeiten. Sie hat sich für einen Studienplatz an verschiedenen Unis beworben. Sobald sie eine Zusage bekommt, ist sie weg.«

»Wie schade«, sagte Franzi. »Aber Pädagogik ist bestimmt das Richtige für sie. Natascha kann total gut mit Kindern umgehen.«

»Das stimmt.« Marie nickte. »Jedenfalls müssen wir uns bald nach einem Ersatz umsehen. Ich hab vorgeschlagen, ein männliches Au-pair zu suchen. Wäre doch mal was anderes, oder?«

»Was haben dein Vater und Tessa dazu gesagt?«, fragte Kim.

»Tessa war Feuer und Flamme, aber Papa hat ziemlich skeptisch reagiert.« Marie rollte mit den Augen. »Manchmal ist er leider etwas altmodisch. Naja, Tessa und ich werden ihn schon noch überzeugen.«

»Viel Erfolg«, wünschte Franzi. »Ich muss auch los.« Sie stand auf. »Habt ein schönes Wochenende, ihr beiden. Bis Montag!«

Liebeskummer hoch zwei

Auf dem Heimweg radelte Franzi gemächlich durch die sommerliche Stadt. Sie versuchte, weder an Blake noch an Leonhard zu denken, sondern einfach den schönen Abend zu genießen. Die Luft war wie aus Samt, das Wochenende stand vor der Tür und alle schienen blendende Laune zu haben. Aus einem vorbeifahrenden Auto dröhnte der aktuelle Sommerhit und vor einem italienischen Restaurant saßen die Menschen an der Straße und ließen sich Pizza und Pasta schmecken.
Franzi hielt neben dem Restaurant an einer roten Ampel. Der Kellner schenkte an einem Tisch Wein nach und unterhielt sich mit seinen Gästen auf Italienisch. Es war fast wie im Urlaub …
In diesem Moment bemerkte Franzi eine Rollstuhlfahrerin, die vor ihr die Straße überquerte. Es war Charlie! Franzi zuckte zusammen. Von allen Bewohnern der Stadt war Charlie so ziemlich die letzte, die sie gerade treffen wollte. Schnell setzte sie ihre Sonnenbrille auf und sah in die andere Richtung. Mit etwas Glück würde Charlie einfach an ihr vorbeifahren.

Doch leider kam es anders.
»Hallo, Franzi!« Charlie hielt neben ihr auf dem Bürgersteig. »Was machst du denn hier?«
»Bin auf dem Heimweg.« Franzi hatte nicht die geringste Lust auf eine Unterhaltung, aber das schien Charlie nicht zu merken.
»Ich treffe mich gleich mit Blake«, plauderte sie drauflos. »Wir wollen essen gehen.« Sie nickte zu dem Italiener hinüber.
Franzi biss die Zähne zusammen. Ihr wurde abwechselnd heiß und kalt. Charlie und Blake hatten eine Verabredung! Sie gingen zusammen essen! Also lief tatsächlich etwas zwischen ihnen.
»Viel Spaß«, wünschte Franzi mit eisiger Stimme.
»Danke, den werden wir bestimmt haben. Blake ist so ein netter Typ. Aber das weißt du ja. Er hat einen super Humor, findest du nicht? Wir haben uns in letzter Zeit ein paar Mal gesehen und über seine Witze könnte ich mich jedes Mal wieder totlachen.«
Franzis Kiefer knackte. Dies war also nicht Blakes und Charlies erstes Date! Sie hatten sich schon häufiger getroffen. Und garantiert nicht nur zum Chairskaten …
»Warum bist du am Mittwoch eigentlich so plötzlich aus dem Skatepark verschwunden?« Charlie sah Franzi direkt an. Ihre dunklen Haare glänzten in der Sonne. Sie trug ein schlichtes gelbes Sommerkleid, das toll zu ihrer gebräunten Haut passte. »Hattest du Streit mit Blake?«
»Das geht dich gar nichts an«, antwortete Franzi ruppig. Sie musste hier weg, und zwar schnell. Blake konnte jeden

Moment auftauchen und sie würde es nicht ertragen, ihn und Charlie zusammen zu sehen. Zum Glück sprang die Ampel in diesem Moment auf Grün. »Bis dann.«
Franzi trat in die Pedale und raste los, ohne sich noch einmal umzudrehen. Sie wollte jetzt nur noch eins: zu Hause in ihr Bett kriechen und sich die Decke über den Kopf ziehen. Sie hatte Blake endgültig verloren und diese Erkenntnis brach ihr fast das Herz.

Am Wochenende versuchte Franzi, sich mit einem langen Ausritt auf Tinka, Stallausmisten und zwei ausgiebigen Joggingrunden von ihrem Liebeskummer abzulenken. Selbst das Büffeln für die Mathearbeit war besser, als an Blake und Charlie zu denken.
Am Sonntagnachmittag fasste sich Franzi ein Herz und verabredete sich mit Leonhard im Skatepark. Seine Nachrichten waren in den letzten Tagen immer verzweifelter geworden. Es war höchste Zeit für ein klärendes Gespräch.
Leonhard wartete bereits neben der Bowl. Seine Augen begannen zu leuchten, als er Franzi kommen sah. »Hey, Franzi! Schön, dass du da bist.« Er zog eine weiße Rose hinter seinem Rücken hervor. »Für dich!«
»Danke.« Franzi nahm die Rose und betrachtete die zarten Blütenblätter. Wie sollte sie Leonhard die Wahrheit sagen, ohne ihn zu verletzen? Am liebsten hätte sie die Zeit zurückgedreht und den Kuss ungeschehen gemacht. Aber das ging leider nicht. Sie hatte sich die Suppe eingebrockt, jetzt musste sie sie auch auslöffeln. Franzi holte tief Luft. »Ich muss mit dir reden, Leonhard.«

»Was gibt's denn?« Leonhards Stimme klang so hoffnungsvoll, dass Franzis schlechtes Gewissen ins Unermessliche wuchs.

»Hör mal ... dieser Kuss neulich ...« Franzi zögerte und ärgerte sich gleichzeitig über sich selbst. So wurde es für Leonhard nur noch schlimmer. »Der Kuss hatte nichts zu bedeuten. Ich hab dich nur geküsst, um einen anderen Jungen eifersüchtig zu machen.«

»Was?« Leonhards Schultern sackten herab.

»Es tut mir wahnsinnig leid«, fügte Franzi schnell hinzu. »Ich weiß auch nicht, was in mich gefahren ist. Mein Verhalten war total unfair und ich hoffe, du kannst mir irgendwann verzeihen.«

Leonhard schüttelte langsam den Kopf. »Das muss ich erst mal verdauen.«

»Ich kann gut verstehen, wenn du nichts mehr mit mir zu tun haben willst.« Franzi wollte Leonhard die Rose zurückgeben, aber er winkte ab.

»Die kannst du behalten.«

»Du triffst bestimmt bald eine andere, mit der du glücklich wirst.«

Leonhard sah Franzi traurig an. »Ich dachte, ich hätte sie schon getroffen.« Er schwieg einen Moment. »Hat es denn wenigstens geklappt?«

»Was?«, fragte Franzi verwirrt.

»Das mit der Eifersucht.«

Franzi seufzte. »Nein. Hat es nicht.«

»Schade. Dann wäre die Aktion zumindest für etwas gut gewesen.« Leonhard nickte Franzi zu. »Mach's gut.«

Franzi hätte gerne noch etwas Tröstliches gesagt, aber ihr fiel nichts ein. Das Schlimme war, dass sie genau wusste, wie Leonhard sich fühlte. Wenn man in jemanden verliebt war, der nichts von einem wissen wollte, gab es keinen Trost. Man musste den Schmerz einfach aushalten und hoffen, dass er irgendwann nachließ.

Am Montag freute sich Franzi fast auf die Schule. Der Unterricht war eine willkommene Ablenkung von ihren trüben Gedanken. Außerdem stand heute die Befragung von Cedric und Felix an. Mit etwas Glück würden sie endlich erfahren, was die Jungs im Schilde führten.

Nach der letzten Stunde folgte Franzi den Verdächtigen nach draußen. Dort wartete Kim bereits neben den Blumenkübeln, die den Schulhof verschönern sollten.

»Wo steckt Marie?« Franzi sah sich suchend um.

»Sie kommt bestimmt gleich.« Kim ließ Felix und Cedric nicht aus den Augen. Die beiden standen ein paar Meter weiter und quatschten mit zwei Jungs aus der Parallelklasse.

In diesem Moment bog Marie um die Ecke. Rasch stellte sie ihr Fahrrad ab und kam auf Kim und Franzi zu. Gleichzeitig verabschiedeten sich Felix und Cedric von ihren Kumpels und schlenderten über den Schulhof davon.

»Perfektes Timing«, stellte Franzi fest. »Hinterher! Jetzt schnappen wir sie uns.«

Felix und Cedric liefen zum Lehrerparkplatz und postierten sich neben einem dunkelblauen Kleinwagen. Sie schienen auf jemanden zu warten. Die Detektivinnen suchten hinter einem roten Volvo Deckung. Wenige Minuten später tauchte Henning Carstens auf und steuerte auf das blaue Auto zu.

Er trug einen Trainingsanzug und hatte seine Sporttasche dabei. Als er Felix und Cedric erblickte, stutzte er kurz. Dann ging er weiter und zog seinen Schlüsselbund aus der Hosentasche.
»Was wollt ihr?«, fragte er die Jungs unwirsch, während er seinen Wagen aufschloss.
»Das wissen Sie ganz genau«, sagte Felix.
»Ihr habt bekommen, wonach ihr verlangt hattet.« Herr Carstens warf seine Sporttasche auf den Beifahrersitz. »Ich habe mich an unsere Vereinbarung gehalten, jetzt lasst mich endlich in Ruhe.«
»Der Umschlag ist weg«, sagte Cedric. »Irgendjemand hat ihn geklaut.«
»Das ist nicht mein Problem.« Herr Carstens wollte in seinen Wagen steigen, aber Felix hielt ihn am Arm fest.
»Wir können jederzeit zur Schulleitung gehen und Ihr kleines Geheimnis ausplaudern«, drohte er.
»Und das werden wir auch tun, wenn Sie uns hängen lassen«, fügte Cedric hinzu. »Morgen schreiben wir die Mathearbeit, es bleibt also nicht mehr viel Zeit. Machen Sie jetzt bloß keinen Fehler!«
Herr Carstens schüttelte Felix' Hand ab. »Den Fehler habe ich schon vor vielen Jahren gemacht. Ich hätte mich niemals auf diese Sache einlassen dürfen. Von mir bekommt ihr gar nichts mehr, verstanden?«
»Das können Sie nicht machen!« Wütend packte Cedric Herrn Carstens an der Trainingsjacke.
»Lass mich sofort los, sonst kannst du was erleben.« Die Stimme des Lehrers klang gefährlich ruhig. Er ballte die Fäuste.

»Wir müssen etwas tun«, zischte Franzi. »Sonst gibt es gleich eine Prügelei.«

Kim nickte. »Zugriff!«

Die drei !!! sprangen aus ihrem Versteck.

»Auseinander!«, rief Franzi. »Sofort!«

Völlig überrumpelt ließ Cedric den Lehrer los und trat einen Schritt zurück.

»Was soll das?« Felix sah verblüfft von Franzi zu Kim. Sein Blick blieb an Marie hängen.

»Tja, so sieht man sich wieder.« Marie lächelte ihm zu. »Leider hab ich auch heute keine Zeit, um mit euch eine Cola zu trinken. Sorry!«

»Aber was … wieso …«, stammelte Cedric.

»Wir sind Detektivinnen«, erklärte Kim. »Und wir haben euch schon länger im Visier.«

»Was wird hier gespielt?«, fragte Marie.

»Warum?« Felix machte ein unschuldiges Gesicht. »Wir haben uns nur ein bisschen mit Herrn Carstens unterhalten.«

»Ganz freundschaftlich natürlich«, fügte Cedric hinzu.

Herr Carstens nestelte schweigend am Reißverschluss seiner Jacke.

»Schon klar.« Franzi schnaubte ärgerlich. »Für wie blöd haltet ihr uns eigentlich?«

»Ihr erpresst Herrn Carstens«, stellte Marie fest. »Er hat euch am Freitag im Schnellrestaurant einen Umschlag übergeben, der euch aber leider gleich wieder gestohlen worden ist.«

Felix wurde blass. »Woher …«

»Woher wir das wissen?«, fragte Kim. »Wir haben euch die ganze Zeit beobachtet.«

Franzi ging immer noch im Kopf herum, was sie gerade gehört hatte. Plötzlich fiel bei ihr der Groschen. »Ich weiß es!«, rief sie. »Ich weiß jetzt, was in dem Umschlag war.« Sie schlug sich mit der flachen Hand gegen die Stirn. »Dass wir nicht schon viel eher darauf gekommen sind …«
Felix und Cedric wechselten einen alarmierten Blick.
»Was denn?«, fragte Marie. »Spuck's schon aus.«
»Die Lösungen für die Mathearbeit!« Franzi sah triumphierend zu Kim und Marie. »Die sind für die Jungs sogar noch wertvoller als Geld.«
Kim pfiff durch die Zähne. »Natürlich! Das ergibt Sinn.« Sie blickte zu Felix und Cedric. »Ihr wolltet eure Mathenoten aufpolieren. Gerade noch rechtzeitig vor den Zeugnissen.«
»Deshalb brauchtet ihr auch keine Nachhilfe mehr«, stellte Marie fest. »Das sind also die sogenannten Beziehungen, mit denen ihr nach unserem kleinen Zusammenstoß geprahlt habt.«
Felix sackte in sich zusammen. »Die Nachhilfestunden waren total teuer und haben überhaupt nichts gebracht.«
»Felix und ich sind einfach absolute Nieten in Mathe«, fügte Cedric hinzu. »Wenn wir dieses Jahr wieder eine Fünf auf dem Zeugnis kriegen, bleiben wir garantiert sitzen.«
»Deshalb seid ihr auf die Idee mit der Erpressung gekommen«, sagte Marie.
Felix nickte. »Herr Carstens hatte uns gute mündliche Noten versprochen – und die Lösungen für die Mathearbeit.«
»Damit hätten wir morgen super punkten können und wären auf der sicheren Seite gewesen.« Cedric seufzte. »Daraus wird jetzt wohl nichts.«

»Nein, der Zug ist abgefahren.« Kim machte ein nachdenkliches Gesicht. »Eine wichtige Frage ist allerdings noch offen: Womit habt ihr Herrn Carstens erpresst?«

Geständnis eines Lehrers

Alle Blicke richteten sich auf Henning Carstens, doch der Lehrer schwieg hartnäckig. Seine Lippen waren zu einem schmalen Strich zusammengepresst.

»Dein Onkel kennt Herrn Carstens von früher, stimmt's, Cedric?«, fragte Franzi. »Die beiden haben zusammen studiert und in einer WG gewohnt. Sie waren gute Freunde.«

»Du hast irgendetwas von deinem Onkel erfahren, womit ihr Herrn Carstens erpressen konntet«, kombinierte Kim.

»Was hat dein Onkel dir erzählt?«, hakte Marie nach. »Welches Geheimnis hat er dir verraten?«

Bevor Cedric antworten konnte, öffnete Herr Carstens den Mund und begann zu sprechen. »Was soll's, jetzt kommt ja sowieso alles heraus. Ich kann euch genauso gut die ganze Geschichte erzählen.« Er stieß einen tiefen Seufzer aus. »Es war schon immer mein Traum, Lehrer zu werden. Als junger Mann steckte ich voller Idealismus. Ich hatte eine Mission: Ich wollte meine Schüler für die Welt der Zahlen begeistern.«

»Deshalb haben Sie Mathematik auf Lehramt studiert«, sagte Marie.

Herr Carstens nickte. »Anfangs lief alles prima. Das Studium hat mir viel Spaß gemacht und ich war ein guter und fleißiger Student. Gleich in der ersten Woche hab ich Tillmann Reuters bei einer Einführungsveranstaltung kennengelernt. Wir haben uns gemeinsam eine Wohnung gesucht und eine WG gegründet. Es war eine schöne Zeit. Wir haben viel gelernt …«

»… und noch mehr gefeiert«, vervollständigte Kim den Satz.

»Genau.« Die Erinnerungen an seine Studienzeit entlockten Herrn Carstens ein Lächeln, das jedoch sofort wieder erlosch. »Leider gab es ein Problem.«

»Was für ein Problem?«

»Ich litt unter Prüfungsangst. Je wichtiger die Prüfungen waren, desto heftiger wurde meine Angst. In den ersten Semestern kam ich noch einigermaßen zurecht, aber gegen Ende des Studiums wurde es immer schlimmer. Wenn ich eine Klausur schrieb oder ein Referat halten musste, bekam ich vorher regelrechte Panikattacken. Ich konnte nächtelang nicht schlafen, und wenn ich doch kurz einnickte, hatte ich Albträume und wachte schweißgebadet auf. In den Prüfungen hatte ich Blackouts und kriegte trotz exzellenter Vorbereitung schlechte Noten.«

»Wie furchtbar«, sagte Kim. »Das war bestimmt sehr frustrierend für Sie.«

»Es war eine große Belastung. Mir ging es immer schlechter. Für die Abschlussprüfungen habe ich wie ein Verrückter gelernt. Ich dachte, wenn ich den Stoff perfekt beherrsche, verschwindet die Angst.«

»Aber so war es nicht, oder?«

Herr Carstens schüttelte den Kopf. »In der Nacht vor der

entscheidenden Prüfung habe ich kein Auge zugetan. Als ich am nächsten Morgen vor dem Aufgabenblatt saß, war ich so zittrig, dass ich kaum einen Stift halten konnte. Mein Kopf war wie leer gefegt. Ich wusste nichts mehr, gar nichts.«

»Sie sind durchgefallen, stimmt's?«, vermutete Franzi.

»Ja, ich bin durchs Examen gefallen.« Herrn Carstens' Stimme war jetzt sehr leise. »Das war der schlimmste Tag meines Lebens. Ich wusste, dass ich es nicht durchstehen würde, die Prüfung zu wiederholen. Mein Traum vom Lehrerberuf war geplatzt wie ein Luftballon. Die ganze Mühe war umsonst gewesen, all die unzähligen Stunden des Lernens und Arbeitens. Mein Leben war ein Scherbenhaufen. Ich habe mich wie ein totaler Versager gefühlt. Wie sollte ich das meinen Eltern erklären, die mir jahrelang das Studium finanziert hatten? Wie meinen Freunden? Ich sah keinen Ausweg mehr und war völlig verzweifelt.«

»Und was ist dann passiert?«

»Mein Freund Tillmann hat mir Hilfe angeboten. Er war der Einzige, der von meinen Problemen wusste. Und er hatte eine Lösung.«

»Was für eine Lösung?«, fragte Marie gespannt.

Herr Carstens zögerte. Dann gab er sich einen Ruck. »Er hat mir ein gefälschtes Examenszeugnis besorgt.«

Einen Moment herrschte ungläubiges Schweigen.

»Nein!« Franzi hatte mit allem Möglichen gerechnet, aber damit nicht. Auch Kim und Marie machten geschockte Gesichter.

»Ein gefälschtes Zeugnis?«, wiederholte Kim. »Woher hatte er das?«

Herr Carstens zuckte mit den Schultern. »Keine Ahnung. Tillmann kannte schon damals unglaublich viele Leute. Er hatte seine Kontakte. Ich wollte das auch lieber gar nicht so genau wissen. Tillmann hat alles organisiert. Ich musste ihm nur das Geld geben und er hat sich um den Rest gekümmert.«

»Und dann?«, fragte Marie.

»Ich hab mich mit dem falschen Zeugnis als Lehrer beworben.«

»Das hat geklappt? Einfach so?« Franzi konnte es kaum glauben. Herr Carstens war gar kein echter Lehrer, er war ein Betrüger!

»Ich war selbst überrascht, wie leicht es ging«, gab Herr Carstens zu. »Niemand hat die Echtheit des Dokuments infrage gestellt. Auf dem Zeugnis hatte ich sehr gute Noten, deshalb habe ich sofort eine Stelle bekommen. Mittlerweile arbeite ich schon seit zwanzig Jahren als Lehrer an verschiedenen Schulen. Dass ich den Beruf nur dank eines gefälschten Zeugnisses ausüben kann, habe ich irgendwann, so gut es ging, verdrängt.«

»Bis Cedric und Felix Sie wieder daran erinnert haben«, sagte Kim. »Wann war das genau?«

Herr Carstens verzog das Gesicht. »Die beiden haben mich vor ungefähr drei Monaten nach dem Unterricht abgepasst. Sie haben damit gedroht, mich bei der Schulleitung zu melden und mein Geheimnis auszuplaudern, wenn ich ihnen nicht zu guten Mathenoten verhelfe.«

»Eine ganz miese Erpressung.« Franzi warf Felix und Cedric einen verächtlichen Blick zu.

»Hat Tillmann Reuters euch von dem gefälschten Zeugnis erzählt?«, fragte Kim.
»Nein!« Cedric schüttelte heftig den Kopf. »Mein Onkel würde niemals einen Freund verraten.«
»Wie habt ihr dann davon erfahren?«, fragte Marie.
»Na ja …« Cedric kratzte sich am Kopf. »Onkel Tillmann hat so seltsam reagiert, als ich zufällig den Namen unseres neuen Mathe- und Sportlehrers erwähnt habe. Das kam mir gleich komisch vor. Später hab ich heimlich ein Gespräch zwischen ihm und meinem Vater belauscht. Es ging um ein gefälschtes Zeugnis, das Onkel Tillmann seinem WG-Mitbewohner Henning besorgt hat. Den Rest hab ich mir selbst zusammengereimt. Papa wollte die Sache erst melden, aber dann hat er es sich anders überlegt. Ich schätze, er wollte seinen Bruder nicht in die Pfanne hauen. Schließlich hätte Onkel Tillmann auch Ärger bekommen, wenn die Angelegenheit ans Licht gekommen wäre.«
»Und dann hast du die ganze Geschichte deinem Kumpel Felix erzählt«, sagte Kim. »Ist ja auch eine echte Sensation, so ein falscher Lehrer an unserer Schule …«
»Aber statt Herrn Carstens auffliegen zu lassen, habt ihr beschlossen, euer Wissen für eure Zwecke zu nutzen und ihn zu erpressen«, schloss Marie.
»Euer Schweigen gegen gute Mathenoten«, sagte Kim. »Fast hätte der Deal geklappt.«
»Leider seid ihr mit der Zeit etwas unvorsichtig geworden«, stellte Franzi fest. »Ihr habt euch in Herrn Carstens' Stunden so danebenbenommen, dass es nicht nur mir aufgefallen ist. Ihr habt euch wohl sehr sicher gefühlt, was?«

Cedric sah zu Boden. »Na ja, vielleicht haben wir es wirklich etwas übertrieben …«

»Ihr wusstet genau, dass ihr mich in der Hand habt, und habt das schamlos ausgenutzt«, stellte Herr Carstens fest. »Ehrlich gesagt bin ich richtig erleichtert, dass mein Geheimnis nun gelüftet ist. Die Situation war kaum noch zu ertragen. Der Schwindel hat mich in den letzten Jahren zunehmend belastet, auch wenn ich versucht habe, ihn zu verdrängen. Nun kam noch die Erpressung hinzu. In den vergangenen Wochen konnte ich kaum schlafen und hatte ständig Migräne …«

»Was werden Sie jetzt tun?«, fragte Marie.

»Das, was ich schon längst hätte tun sollen.« Herr Carstens straffte die Schultern. »Ich werde mich selbst beim Schulleiter und der Polizei anzeigen. Dann hat der Spuk endlich ein Ende.«

Franzi seufzte. Herr Carstens war zwar auch ohne Examen ein richtig guter Lehrer, aber an einer Anzeige führte leider trotzdem kein Weg vorbei. Sie wandte sich an Cedric und Felix. »Für euch wird die Sache auch ein Nachspiel haben. Das ist euch hoffentlich klar, oder?«

Felix nickte. »Ich schätze, wir haben ziemlichen Mist gebaut.«

»Das kannst du laut sagen«, nickte Kim. »Jemanden zu erpressen ist echt mies.«

»Aber wer hat denn nun den Umschlag mit den Mathelösungen geklaut?«, fragte Cedric. »Wart ihr das?«

Die drei !!! wechselten einen betretenen Blick und schüttelten die Köpfe.

»Da gab es leider eine kleine Ermittlungspanne«, gab Kim zu. »Wir haben auch keine Ahnung, wer der Dieb ist.«

»Irgendjemand wusste, was in dem Umschlag war, und hat uns gelinkt«, sagte Felix.

»Es gibt also einen Trittbrettfahrer«, stellte Franzi fest. »Der Fall ist erst gelöst, wenn wir ihn geschnappt haben.« Sie wandte sich an Herrn Carstens. »Könnten Sie vielleicht bis nach der Mathearbeit warten, bevor Sie mit Ihrem Geständnis zur Schulleitung gehen?«

»Warum?«, fragte der Lehrer überrascht.

»Wir müssen dem Dieb eine Falle stellen«, erklärte Franzi. »Und dazu brauchen wir Ihre Hilfe.«

Die Falle schnappt zu

»Ihr habt fünfundvierzig Minuten Zeit für die Klausur.« Herr Carstens teilte die Aufgabenblätter aus. Man merkte ihm nicht an, dass er am Vortag ein dramatisches Geständnis abgelegt hatte, das sein Leben völlig auf den Kopf stellen würde. Er wirkte wesentlich entspannter als in den vergangenen Wochen, beinahe gelöst. Offenbar hatte es ihm tatsächlich gutgetan, sich alles von der Seele zu reden und die Karten offen auf den Tisch zu legen. »Die Zeit läuft ab jetzt!« Der Lehrer nickte Franzi unauffällig zu.

Alle drehten gleichzeitig ihre Blätter um. Konzentrierte Stille breitete sich aus. Franzi ließ ihre Mitschüler nicht aus den Augen. Verhielt sich jemand verdächtig? Würde der Trittbrettfahrer in die Falle tappen, die sie ihm gestellt hatten? Einige stöhnten leise, während sie die Aufgaben überflogen, aber das war normal. Anna wirkte ziemlich angespannt und Murat hantierte mit einem Spickzettel unter seinem Tisch. Auch das war nichts Außergewöhnliches. Die meisten hatten inzwischen die Köpfe gesenkt und zu arbeiten begonnen. Franzis Blick blieb an Melina hängen, die zwei Plätze weiter rechts saß. Sie war kreidebleich und schnappte nach Luft.

»Alles in Ordnung?«, flüsterte Franzi.
Aber Melina antwortete nicht. Sie schien Franzi gar nicht zu hören. Mit zitternden Händen drehte sie das Blatt hin und her. »Das … das kann doch nicht sein …«, murmelte sie ungläubig. Plötzlich schossen Tränen in ihre Augen. Sie ließ das Blatt los und begann heftig zu weinen. Ein paar Schüler hoben die Köpfe und sahen irritiert zu ihr hinüber.
»Melina, was ist denn los?«, fragte Anna besorgt.
Melina sprang so heftig auf, dass ihr Stuhl polternd umkippte, und rannte hinaus. Franzi folgte ihr. Unruhe breitete sich in der Klasse aus. Bevor Franzi die Tür hinter sich schloss, hörte sie Herrn Carstens sagen: »Arbeitet bitte weiter! Franzi wird sich um Melina kümmern.«
»Hiergeblieben!« Kim und Marie, die bereits auf dem Flur gewartet hatten, stellten sich Melina in den Weg, bevor sie die Flucht ergreifen konnte.
»Und?« Kim sah Franzi fragend an.
»Ich glaube, sie ist es.«
Die Tränen liefen immer noch über Melinas Wangen. »Was soll das?«, schluchzte sie. »Was wollt ihr von mir? Lasst mich in Ruhe, ich will allein sein.«
»Das geht leider nicht«, sagte Franzi. »Komm bitte mit, wir müssen mit dir reden.«
Die drei !!! führten Melina zum Gemeinschaftsraum, der während der Unterrichtszeit leer war. Hier konnten sie die Verdächtige ungestört befragen. Sie setzten sich an einen Tisch und Franzi reichte Melina ein Taschentuch.
»Danke.« Melina putzte sich die Nase. Ihre Augen waren vom Weinen ganz verquollen. Sie sah ziemlich fertig aus.

»Es war ein Schock für dich, als du die Aufgaben der Mathearbeit gesehen hast, stimmt's?«, fragte Franzi.

»Na ja …« Melina knetete das Taschentuch. »Ich hatte plötzlich einen Blackout. Da hab ich Panik bekommen …«

Die drei !!! wechselten einen Blick.

»Das glaube ich dir nicht«, sagte Franzi freundlich, aber bestimmt.

Melina schluckte. »Was? Warum nicht?«

»Weil wir einen anderen Verdacht haben«, erklärte Kim. »Du kanntest die Lösungen der Klassenarbeit schon vorher. Sie steckten in einem braunen DIN-A4-Umschlag.«

»Ich weiß nichts von einem Umschlag«, behauptete Melina.

»Oh doch«, sagte Marie. »Du hast ihn Cedric und Felix am Freitag gestohlen.«

»Nein, hab ich nicht!«, rief Melina. »Ich war Freitag überhaupt nicht in der Stadt. Ich war den ganzen Nachmittag zu Hause.«

»Woher weißt du, dass der Diebstahl in der Stadt passiert ist?«, fragte Franzi. »Davon war bisher gar nicht die Rede. Außerdem hast du den Nachmittag nicht zu Hause verbracht. Ich hab dich im Schnellrestaurant gesehen, schon vergessen?«

»Leugnen ist zwecklos«, sagte Kim. »Gib es endlich zu. Du bist die Trittbrettfahrerin!«

Melina biss sich auf die Unterlippe. Sie nickte. »Okay, ihr habt recht. Ich hab den Umschlag geklaut. Mit den Lösungen hätte ich eine super Arbeit schreiben können. Aber die Lösungen waren falsch! Sie passten überhaupt nicht zu den Aufgaben.«

»Kein Wunder.« Franzi konnte sich ein Grinsen nicht verkneifen. »Herr Carstens hat die Aufgaben kurzfristig mit denen für eine andere Klasse vertauscht.«

»Was?« Melina starrte sie verwirrt an. »Warum?«

»Weil wir ihn darum gebeten haben«, antwortete Kim.

»Ihr habt mir eine Falle gestellt?«, fragte Melina ungläubig.

Franzi nickte. »Und du hast dich durch deine Reaktion selbst enttarnt.«

»Ich hätte es wissen müssen.« Melina seufzte. »Ich kann so etwas einfach nicht. Ich hab nicht die Nerven für einen Betrug.«

»Das spricht doch nur für dich«, sagte Kim tröstend. »Aber woher wusstest du überhaupt von dem Umschlag?«

Melina rupfte geistesabwesend an ihrem Taschentuch. Kleine weiße Schnipsel rieselten wie Schneeflocken auf den abgenutzten Linoleumboden. »Ich war völlig verzweifelt wegen meiner schlechten Mathenote. Und ich hatte riesige Angst vor der Arbeit heute.«

»Stimmt, das hab ich mitbekommen.« Franzi nickte. »Nach der Besprechung der mündlichen Noten warst du total fertig und ich hab noch versucht, dich zu trösten.«

»Ich fand es so ungerecht, dass Cedric und Felix eine Drei bekommen haben und ich eine Fünf.« Melina knüllte das Taschentuch in ihrer geballten Faust zusammen. »Dann hast du so eine komische Bemerkung gemacht, die mir nicht mehr aus dem Kopf gegangen ist.«

»Ich?«, fragte Franzi überrascht. »Daran kann ich mich gar nicht erinnern.«

»Du sagtest, irgendetwas würde da nicht stimmen.« Melina schniefte. »Daran musste ich ständig denken. Ich hab angefangen, Felix und Cedric zu beobachten, um herauszufinden, warum sie trotz ihrer schlechten Mitarbeit so gute Noten bekommen haben. Irgendwann hab ich in der Pause zufällig mitgekriegt, dass sie etwas Wichtiges im Schnellrestaurant vorhaben. Also hab ich nachmittags dort auf sie gewartet.«

»Deshalb warst du also da«, sagte Franzi. »Unser Zusammenstoß war gar kein Zufall.«

Melina schüttelte den Kopf. »Ich hab gesehen, wie Herr Carstens den Jungs den Umschlag zugesteckt hat, und wollte wissen, was darin ist.«

Kim kombinierte blitzschnell. »Als Cedric zur Toilette gegangen ist, hast du im Imbiss angerufen und Felix ans Telefon holen lassen, stimmt's? Und während die Jungs abgelenkt waren, hast du dir den Umschlag geschnappt.«

»Nicht schlecht.« Franzi konnte nicht verbergen, dass sie beeindruckt war. »Du hast uns alle an der Nase herumgeführt.«

»Es ging ganz leicht.« Melina wischte sich mit dem Ärmel ihres Pullovers über die Nase. »Als ich gesehen habe, was in dem Umschlag steckt, war ich so glücklich! Es war wie ein Geschenk des Himmels. Alle meine Probleme waren auf einen Schlag gelöst.«

»Betrug ist nie eine Lösung«, sagte Marie.

Melina seufzte. »Was soll ich denn jetzt machen?« Ihre Stimme zitterte. »Meine Eltern bringen mich um, wenn sie von der Sache erfahren. Sie sind sowieso total enttäuscht von mir, weil ich nicht die tolle Schülerin bin, die sie gerne als Tochter hätten.« Sie sah die drei !!! flehend an. »Können wir die Angelegenheit nicht einfach vergessen? Ich versuche auch nie wieder, bei einer Klassenarbeit zu betrügen, ich versprech's!«

Franzi schüttelte bedauernd den Kopf. »Das geht leider nicht, so gern ich dir helfen würde.«
»Es wird schon nicht so schlimm werden«, sagte Marie.
»Du solltest unbedingt mit deinen Eltern reden und ihnen erklären, wie sehr dich ihre hohen Erwartungen belasten«, riet Kim. »Gemeinsam findet ihr bestimmt eine Lösung.«
Franzi stand auf. »Am besten gehst du sofort zur Schulleitung. Je eher du die Sache klärst, desto besser.«
»Wenn du möchtest, begleiten wir dich«, bot Marie an.
»Danke, das ist nett.« Melina atmete tief durch und erhob sich. »Also gut, ich bin bereit. Bringen wir es hinter uns.«

Detektivtagebuch von Kim Jülich
Dienstag, 15:34 Uhr
Der Fall ist gelöst! Heute Vormittag haben wir Franzis Mitschülerin Melina als Diebin des Umschlags entlarvt. Die Falle, die wir ihr mithilfe von Herrn Carstens gestellt hatten, ist zugeschnappt.
Die arme Melina war total fertig mit den Nerven, sie hat mir beinahe leidgetan. Nachdem sie uns alles gebeichtet hatte, haben wir sie zur Schulleitung begleitet. Herr Carstens, Felix und Cedric sind auch mitgekommen. Eine andere Lehrerin hat sich währenddessen um Franzis Klasse gekümmert, die Mathearbeit musste unterbrochen werden. Sie ist jetzt auf Ende der Woche verschoben.
Frau Dr. Kümmerle, unsere Direktorin, war ziemlich überrascht, als wir zu siebt in ihrem Büro aufgetaucht sind. Noch überraschter war sie, als sie gehört hat, was alles vorgefallen ist: ein falscher Lehrer, ein gefälschtes Abschlusszeugnis, eine Er-

pressung und die gestohlenen Lösungen der Mathearbeit – ganz schön viel auf einmal! Sie musste sich erst mal hinsetzen. Dann hat sie die Eltern von Cedric, Felix und Melina benachrichtigt und Herrn Carstens mit sofortiger Wirkung vom Dienst suspendiert. Was weiter geschieht, müssen wir abwarten.
Zum Glück hab ich keinen Ärger mit Frau Meisner, meiner Klassenlehrerin, bekommen, weil ich während des Unterrichts so lange weggeblieben bin. Da mir keine bessere Ausrede eingefallen ist, hab ich zu Beginn der Stunde einfach behauptet, ich müsste kurz zur Toilette. Leider hatte ich keine Freistunde wie Marie, die nach dem Gespräch mit der Direktorin schnell wieder zu ihrer Schule zurückgeradelt ist. Erst war Frau Meisner sauer, aber als sie gehört hat, was los war, hat sie auf einen Eintrag ins Klassenbuch verzichtet. Puh, Schwein gehabt! ☺

Geheimes Tagebuch von Kim Jülich
Dienstag, 16:02 Uhr
Dieses Tagebuch ist streng vertraulich! Wer trotzdem darin liest, wird mit Schokoladenentzug nicht unter zwei Jahren bestraft und darf auf unserem Gartenfest kein einziges Stück von Frau Winklers leckerem Kuchen probieren. Das ist die Höchststrafe!!!
Jetzt, wo wir die Erpressung aufgeklärt haben, kann ich mich endlich auf die Vorbereitungen für das Nachbarschaftsgrillen konzentrieren. Nur noch zehn Tage bis zu den Sommerferien und unserem Fest. Ich freu mich schon total!
Ich hab Papa versprochen, mich um die Fruchtcocktails zu kümmern. Jeder Gast soll einen Cocktail zur Begrüßung bekommen. Gerade hab ich ein paar coole Rezepte im Internet herausge-

sucht: Banane-Himbeer-Cocktail mit Basilikumblättern, Kokos-Mango-Cocktail und eisgekühlter Kirsch-Orangen-Smoothie mit Blattsalat und einem Hauch Ingwer. Klingt super, oder? Die Rezepte muss ich vorher unbedingt noch ausprobieren. Ich hoffe, Franzi und Marie stellen sich als Test-Trinkerinnen zur Verfügung.

Leider haben beide gerade heftigen Liebeskummer und sind deshalb nicht besonders gut drauf. Marie setzt die Beziehungspause mit Holger ziemlich zu. Sie hat ordentlich daran zu knabbern, dass er Gefühle für ein anderes Mädchen hat. Kein Wunder! Würde mir genauso gehen.

Franzi ist verzweifelt, weil Blake sich offenbar in diese Charlie verliebt hat. Sie hat sich nicht mehr bei ihm gemeldet. Eine ganz normale Freundschaft ist unter diesen Umständen natürlich unmöglich. Das tut mir so leid für sie!

Was ist nur los mit den Jungs?? Warum brechen sie meinen Freundinnen das Herz? Ganz ehrlich, ich bin froh, dass ich gerade Single bin. Dieser ganze Beziehungsstress ist doch total anstrengend. Ich investiere meine Energie lieber in den Detektivclub und in meine nächste Kurzgeschichte. Wenn ich später eine berühmte Autorin werden will, muss ich noch eine Menge üben.

Aber jetzt steht erst mal das Gartenfest an. Hoffentlich können Franzi und Marie ihren Herzschmerz bei Grillwurst und Fruchtcocktails wenigstens für einen Abend vergessen!

Auf gute Nachbarschaft!

»Hereinspaziert! Schön, dass ihr da seid.« Kim strahlte über das ganze Gesicht, als sie Franzi und Marie das Gartentor aufhielt.

»Wow, das sieht ja toll aus.« Franzi sah sich beeindruckt um. Jülichs hatten ihren Garten für das Grillfest wunderschön hergerichtet. Der Rasen war frisch gemäht und leuchtete in einem satten Grün. In den sauber geharkten Beeten blühten rote, gelbe und weiße Rosen mit duftendem Lavendel um die Wette. In den Bäumen hingen bunte Lampions und Girlanden. Auf dem Rasen standen mehrere Stehtische, außerdem gab es drei mit bunten Blütenblättern und Kerzen dekorierte Biertische samt Holzbänken zum Sitzen.

»Hier ist ja schon ordentlich was los«, stellte Marie fest. »Dabei ist es doch erst zehn nach sieben.«

Um die Stehtische hatten sich bereits kleine Grüppchen gebildet und die Gäste unterhielten sich angeregt.

»Die ersten Nachbarn sind schon vor einer halben Stunde gekommen«, erzählte Kim. »Da hatte Papa noch nicht mal die Kohle angezündet.«

Inzwischen qualmte der Grill in der hinteren Ecke des Gar-

tens munter vor sich hin. Herr Jülich legte gerade die ersten Würstchen auf den Rost. Er trug eine knallrote Schürze mit der Aufschrift *Hier kocht der Chef!* und winkte Franzi und Marie zu.
Die Farbe der Schürze erinnerte Franzi an Blakes Lieblings-T-Shirt, das er so gerne zum Skaten trug. Der Gedanke an den Chairskating-Workshop versetzte ihr einen Stich. Der Workshop war nun ohne sie zu Ende gegangen. Zwischen ihr und Blake herrschte immer noch Funkstille. Franzi hatte nichts mehr von ihm gehört und sie hatte sich auch nicht bei ihm gemeldet. Mindestens hundertmal hatte sie ihr Handy in der Hand gehabt, mit dem Finger auf Blakes Nummer. Aber jedes Mal hatte sie das Handy wieder weggelegt, ohne ihn anzurufen. Das brachte doch nichts. Sollte sie sich etwa auch noch von ihm persönlich erzählen lassen, wie glücklich er mit Charlie war? Das würde sie nicht ertragen. Stattdessen versuchte sie, Blake zu vergessen. Leider klappte das bisher nicht besonders gut. Sie musste ständig an ihn denken, an sein Lächeln, seine fröhlichen Augen und die Wärme seiner Finger, als sie Franzis Hand berührt hatten. Es war zum Verrücktwerden!
»Huhu, Franzi!«
Franzi entdeckte ihre Mutter am Buffet, das unter einem knorrigen Apfelbaum aufgebaut war. Sie schüttelte die Gedanken an Blake ab, ging zu ihr hinüber und betrachtete die Leckereien auf dem langen Tisch. Neben großen Schüsseln mit verschiedenen Salaten, Fladenbrot, gerösteten Weißbrotscheiben, mehreren Dips, sauren Gurken, Ketchup und Senf richtete Frau Winkler gerade den Kuchen an.

»Hallo, mein Schatz!« Frau Winkler lächelte ihrer Tochter zu. »Ich bin gleich fertig.« Sie stellte eine große Platte mit duftenden Zimtschnecken neben einen Kirschkuchen und eine Schokoladentorte.
»Mmh, das riecht aber gut.« Kim und Marie waren Franzi gefolgt. Kim schnupperte genießerisch. »Eigentlich ist das Buffet ja noch nicht eröffnet. Ob ich trotzdem schon eine klitzekleine Zimtschnecke probieren darf?«
»Bestimmt.« Frau Winkler zwinkerte ihr zu. »Irgendjemand muss ja testen, ob sie auch gelungen sind.«
»Genau!« Blitzschnell schnappte sich Kim eine Zimtschnecke.
»Kim!« Frau Jülich war neben Kim aufgetaucht und warf ihr einen strafenden Blick zu. »Der Kuchen ist als Nachtisch gedacht und nicht als Vorspeise.« Sie schnupperte ebenfalls. »Du meine Güte, das riecht aber wirklich verlockend.«
»Greifen Sie gerne zu«, sagte Frau Winkler. »Warm schmecken die Zimtschnecken am besten.«
Frau Jülich ließ sich nicht lange bitten. Sie griff ebenfalls nach einer Zimtschnecke und nahm einen Bissen. »Herrlich!«, schwärmte sie. »Kein Wunder, dass Ihre Backkünste in der ganzen Stadt gelobt werden.«
Franzis Mutter lächelte geschmeichelt. »Danke!«
»Sie sollten ein eigenes Café aufmachen«, schlug Frau Jülich vor. »Die Leute würden Ihnen glatt die Bude einrennen.«
»Ehrlich gesagt ist es tatsächlich schon länger ein Traum von mir, ein Bauernhofcafé zu eröffnen«, gab Frau Winkler zu. »Bisher hatte ich allerdings noch keine Zeit, alles genau zu durchdenken. Natürlich wäre so ein Projekt auch mit einer Menge Mehrarbeit verbunden.«

»Das ist eine wunderbare Idee«, sagte Frau Jülich mit Nachdruck. »Sie sollten Ihre Pläne unbedingt bald in die Tat umsetzen. Ein hübsches Bauernhofcafé fehlt noch in unserer Stadt. Und Ihr Hof ist so idyllisch gelegen. Das ist eine echte Marktlücke!«

»Genau!« Franzi nickte eifrig. »Die Leute könnten am Wochenende Radtouren zu uns machen und sich bei Kaffee und Kuchen erholen. Aber nicht in unserem Hauptquartier«, stellte sie sicherheitshalber sofort klar.

»Nein, natürlich nicht«, beruhigte sie Frau Winkler. »Für die Gäste müssten wir anderswo Platz finden.«

»Vielleicht in der alten Scheune«, überlegte Marie laut.

»Oder im Holzschuppen«, sagte Franzi. »Den müssten wir allerdings erst entrümpeln und etwas herrichten.«

»Und dann kommen Marie und ich jeden Sonntag zum Kuchenessen vorbei.« Kim klang so begeistert, dass alle lachen mussten.

»Noch ist es ja nicht so weit.« Frau Winkler griff nach der Kühlbox, in der sie die Schokoladentorte transportiert hatte. »So, ich fahre jetzt nach Hause. Viel Spaß noch beim Feiern!« Franzis Mutter verabschiedete sich und ging zu ihrem Wagen, den sie vor dem Haus geparkt hatte.

»Fruchtcocktail gefällig?« Ben erschien neben den Detektivinnen und hielt ihnen ein Tablett voller Gläser hin. Jedes Glas war liebevoll mit einem kleinen Papierschirmchen, einem farblich dazu passenden Strohhalm und frischen Orangen- oder Zitronenscheiben dekoriert. Lukas stand mit einem zweiten Tablett am Gartentor und bot jedem neuen Gast ein Begrüßungsgetränk an.

»Gerne.« Franzi griff nach einem Glas. »Ich nehme einen Banane-Himbeer-Cocktail. Den fand ich schon bei unserer Testrunde superlecker.«
Vor einigen Tagen hatte Kim tatsächlich sämtliche Cocktailrezepte ausprobiert und ihre Freundinnen kosten lassen.
»Ich hätte gerne einen Kokos-Mango-Cocktail«, sagte Marie.
Kim nahm sich einen Kirsch-Orangen-Smoothie. »Ist noch genug von allem da?«, fragte sie ihren Bruder.
»Der Banane-Himbeer-Cocktail ist fast alle«, antwortete Ben.
»Okay, dann mixe ich gleich mal Nachschub.« Kim trank einen Schluck von ihrem Smoothie. »Sorry, ich muss kurz in die Küche. Bin gleich wieder da, okay?« Sie lächelte ihren Freundinnen entschuldigend zu.
»Kein Problem«, sagte Marie. »Bis gleich!«
Während Kim in Richtung Terrasse verschwand, schlenderten Franzi und Marie über den Rasen und genossen ihre Cocktails.
»Ist es nicht herrlich, dass endlich Ferien sind?«, fragte Marie.
Franzi nickte. »Sechs Wochen ohne Hausaufgaben, Schulstress und Mathearbeiten!«
»Habt ihr die Mathearbeit eigentlich noch nachgeholt?«, erkundigte sich Marie.
»Ja, ein paar Tage später. Und stell dir vor, ich hab eine Drei geschrieben!«
»Super! Das viele Lernen hat sich also gelohnt.«
»Total! Ich konnte mich von einer Vier auf eine Drei verbessern«, sagte Franzi zufrieden. »Meine Eltern waren richtig aus dem Häuschen.«
»Glückwunsch!« Marie trank ihren Cocktail aus und stellte

das leere Glas auf einem der Stehtische ab. »Und sonst? Bist du zufrieden mit deinem Zeugnis?«
»Alles im grünen Bereich.« Franzi saugte an ihrem Strohhalm. »Aber lass uns lieber über etwas anderes reden. Schule ist in den nächsten Wochen kein Thema mehr.«
»Guck mal, wer da kommt!« Marie zeigte zur Gartenpforte, durch die gerade ein älterer Herr mit Halbglatze und grauem Schnauzbart trat.
»Herr Poschke!« Franzi musterte den Nachbarn von Familie Jülich. Er hatte sich für das Fest offenbar extra schick gemacht. Zu einer grauen Hose trug er ein blütenweißes Hemd und eine Krawatte mit wildem Blumenmuster.
»Guten Abend, Herr Poschke«, begrüßte Frau Jülich den Gast. »Schön, dass Sie gekommen sind.«
»Danke für die Einladung.« Der Nachbar ergriff Frau Jülichs Hand und schüttelte sie, während er sich leicht verbeugte. Dann überreichte er Kims Mutter ein in geblümtes Geschenkpapier eingewickeltes Paket.
»Ob er das Papier passend zu seiner Krawatte ausgesucht hat?«, flüsterte Franzi.
Marie kicherte. »Oder umgekehrt!«
»Aber das wäre doch nicht nötig gewesen.« Frau Jülich zog eine Weinflasche aus dem Karton.
»Das ist ein besonders fruchtiger Riesling«, erklärte Herr Poschke. »Hoffentlich schmeckt er Ihnen und Ihrem Mann.«
»Vielen Dank.« Frau Jülich stellte die Flasche zur Seite.
»Cocktail gefällig?« Lukas hielt dem Nachbarn das Tablett mit den Getränken hin.
»Gern.« Herr Poschke entschied sich für den letzten Banane-

Himbeer-Cocktail. »Auf gute Nachbarschaft!« Er prostete Frau Jülich zu und trank einen Schluck. »Übrigens würde ich gerne eine Kuckucksuhr bei Ihrem Mann bestellen. Wissen Sie, ob er noch Kapazitäten frei hat?«

Kims Vater hatte vor einer Weile seinen Job als Uhrmacher an den Nagel gehängt und sich als Kuckucksuhrenbauer selbstständig gemacht. Nebenbei kümmerte er sich um den Haushalt.

»Bestimmt«, sagte Frau Jülich. »Er hat zwar gerade ziemlich viel zu tun, aber für Sie findet er sicher noch Zeit.«

Anfangs hatte kaum jemand Herrn Jülichs Uhren haben wollen. Er war schon ganz frustriert gewesen. Dann hatte Kim auf dem Blog des Jugendzentrums einen Post über die Kuckucksuhren ihres Vaters geschrieben und ein paar Fotos eingestellt. Seitdem lief das Geschäft etwas besser.

»Die Würstchen sind fertig«, rief Herr Jülich.

»Ich werde die Uhr gleich mal in Auftrag geben.« Herr Poschke ging in Richtung Grill davon.

Gleichzeitig kehrte Kim aus der Küche zurück. »So, die Cocktails müssten erst mal eine Weile reichen. Hab ich was verpasst?«

»Nur die Ankunft eures Nachbarn.« Franzi nickte zu Herrn Poschke hinüber. »Er hat mit deiner Mutter auf gute Nachbarschaft angestoßen und möchte bei deinem Vater eine Kuckucksuhr bestellen. Offenbar will er euren Nachbarschaftsstreit endgültig begraben.«

»Ja, in letzter Zeit gibt er sich richtig Mühe.« Kim grinste. »Vielleicht ist es ihm zu anstrengend, ständig herumzumeckern.«

In diesem Moment raste Pablo quer über den Rasen zum Grill. Vermutlich hatte er die Würstchen gerochen und wollte sich einen Bissen sichern. Er lief Herrn Poschke zwischen die Beine, der Nachbar stolperte und ließ sein Glas fallen. Der Banane-Himbeer-Cocktail spritzte auf sein Hemd, das nun nicht mehr blütenweiß, sondern himbeerrot gesprenkelt war.

»Verdammt noch mal!«, schimpfte Herr Poschke. »Warum ist der Hund denn nicht angebunden? Sieh dir an, was du angerichtet hast, du dummes Vieh! Mein Hemd ist völlig hinüber!«

Aber das interessierte Pablo herzlich wenig. Er stand schwanzwedelnd vor dem Grill und musterte die Würstchen.

»Das tut mir wirklich sehr leid«, sagte Herr Jülich schnell. »Pablo, sitz!«

Der Hund befolgte den Befehl, ohne die Würstchen aus den Augen zu lassen. Im Garten war es still geworden. Alle starrten Herrn Poschke an, der ein Taschentuch hervorgezogen hatte und mit hochrotem Kopf an seinem Hemd herumwischte. Erst jetzt schien ihm aufzufallen, dass er wieder in sein altes Verhaltensmuster zurückgefallen war. Er lächelte gezwungen in die Runde. »Ist ja nicht so schlimm. Der Hund hat es sicher nicht mit Absicht gemacht.«

»Pablo ist eben manchmal etwas stürmisch, das wissen Sie ja«, sagte Kims Vater entschuldigend. »Aber er meint es nicht böse.«

»Nein, natürlich nicht.« Herr Poschke gab seine Säuberungsversuche auf und steckte das Taschentuch weg. »Was ich Sie fragen wollte, Herr Jülich, Sie machen doch diese wunderschönen Kuckucksuhren …«

»Ich finde, die roten Spritzer auf seinem Hemd stehen ihm gar nicht schlecht«, stellte Franzi fest, während der Nachbar Kims Vater in ein Gespräch über Kuckucksuhren und die für den Schwarzwald typischen Bollenhüte verwickelte.

»Stimmt! Und sie passen prima zu seiner Krawatte.« Kim kicherte.

»Übrigens hab ich vorhin mit Kommissar Peters telefoniert«, wechselte Franzi das Thema. Der Kommissar war ein guter Freund der Detektivinnen und sie arbeiteten bei ihren Ermittlungen oft mit ihm zusammen.

»Gibt es etwas Neues?«, erkundigte sich Marie.

Franzi nickte. »Herr Carstens hat Wort gehalten. Er hat sich nicht nur bei der Schulleitung, sondern auch bei der Polizei angezeigt. Nun wird wegen Betrugs und Urkundenfälschung gegen ihn ermittelt. Darauf stehen bis zu fünf Jahre Haft.«

»Puh, das ist heftig«, stellte Kim fest.

»Allerdings. Kommissar Peters meinte aber, mit etwas Glück kommt Herr Carstens vielleicht mit einer Bewährungsstrafe davon. Immerhin hat er sich freiwillig gestellt und ein umfassendes Geständnis abgelegt.«

»Eigentlich schade, dass er nun nicht mehr unterrichten darf«, sagte Kim.

»Finde ich auch.« Franzi trank nachdenklich den letzten Schluck aus ihrem Glas. »Schließlich hat er auch ohne Examen guten Unterricht gemacht und uns eine Menge beigebracht.«

»Dass er die Schule verlassen muss, hat er aber ganz allein sich selbst zuzuschreiben«, stellte Marie klar.

»Natürlich.« Franzi stellte ihr leeres Glas weg. »Trotzdem – jeder macht mal Fehler, oder?«

»Apropos Fehler«, sagte Marie. »Wie ist die Sache denn für Cedric und Felix ausgegangen?«

»Die beiden wurden bis zu den Sommerferien vom Unterricht suspendiert«, erzählte Franzi. »Sie sind ganz knapp an einem Schulverweis vorbeigeschlittert. Frau Dr. Kümmerle will ihnen noch eine Chance geben, aber sie müssen das Schuljahr wiederholen.«

»Und Melina?«, fragte Kim.

»Melina ist leider auch sitzen geblieben. Außerdem muss sie nach den Ferien drei Wochen Hofdienst machen.«

»Die Arme«, sagte Marie. »Hoffentlich haben ihre Eltern halbwegs verständnisvoll reagiert.«

»Vielleicht ist es ja gar nicht so schlecht für sie, das Jahr zu wiederholen«, meinte Kim. »Dann kann sie in aller Ruhe den Stoff in Mathe nacharbeiten und hat nicht mehr so einen großen Erfolgsdruck.« Plötzlich wurde sie kreidebleich und starrte mit weit aufgerissenen Augen zum Gartentor. »Das ... das gibt's doch nicht!«

Brennendes Herz

»Was ist los?« Franzi drehte sich um und folgte Kims Blick. Gerade betrat ein weiterer Gast den Garten der Jülichs.
»Michi!«, hauchte Kim.
»Was macht der denn hier?«, wunderte sich Marie.
Kims Exfreund kam lächelnd auf die drei !!! zu. Franzi stellte fest, dass er sich äußerlich kaum verändert hatte. Seine dunkelbraunen Haare hingen ihm immer noch etwas unordentlich in die Stirn und seine blaugrünen Augen funkelten lebhaft. Aber er wirkte älter und erwachsener als früher. Er trug eine abgewetzte Wildlederjacke und seine Schritte waren fest und selbstsicher.
»Hallo, ihr drei!«, begrüßte er die Detektivinnen. Er sah zu Kim und fuhr sich verlegen durch seine fransigen Haare. »Schön, dich wiederzusehen.«
Kims Gesichtsfarbe wechselte von Leichenblass zu Knallrot. »F… finde ich auch«, stammelte sie. Sie verstummte und starrte auf die Spitzen ihrer Turnschuhe. Peinliches Schweigen breitete sich aus.
»Wie läuft das Studium?«, fragte Franzi schnell.
»Prima!« Michi griff das Thema erleichtert auf. »Es macht

total viel Spaß und ich komme gut voran. Aber manchmal hab ich auch ein bisschen Heimweh. Deshalb verbringe ich die Semesterferien bei meinem Vater. Ich muss zwar eine Hausarbeit schreiben, aber das kann ich auch hier machen.«

»Und woher wusstest du von dem Grillfest heute Abend?«, erkundigte sich Marie.

»Ben und Lukas haben mich eingeladen.«

»WAS?« Kim erwachte aus ihrer Erstarrung und warf ihren Brüdern einen wütenden Blick zu.

»Ich hab sie letzte Woche zufällig in der Stadt getroffen, als ich auf dem Weg in die Bibliothek war«, erzählte Michi. »Fast hätte ich sie nicht erkannt, die zwei sind ja richtig groß geworden! Jedenfalls haben sie mich spontan zu eurem Gartenfest eingeladen.«

»Wie nett von ihnen«, murmelte Kim. »Mir haben sie keinen Ton davon gesagt.«

Franzi ahnte, dass die Jungs noch Ärger bekommen würden.

»Wie geht es dir, Kim?«, fragte Michi. »Wir haben ja ewig nichts voneinander gehört.«

Kim schien sich wieder einigermaßen gefangen zu haben. An ihrem Hals leuchteten ein paar rote Flecke, aber davon abgesehen wirkte sie relativ ruhig. »Mir geht es prima, danke.«

Franzi gab Marie unauffällig ein Zeichen. Es war sicher besser, die beiden eine Weile allein zu lassen, damit sie sich ungestört unterhalten konnten. »Komm, Marie, wir holen uns eine Bratwurst.«

Marie schaltete sofort. »Gute Idee. Bis später!«

Franzi und Marie schlenderten zum Grill, wo Herr Jülich Würstchen und Steaks austeilte.

»Wahnsinn, dass Michi hier einfach so auftaucht!« Marie stellte sich in die Schlange vor dem Grill. »Das war eine echte Überraschung.«
»Für Kim war es eher ein Schock«, sagte Franzi.
»Stimmt, sie sah aus, als wäre ihr ein Geist erschienen.«
»Diese verflixten Zwillinge! Was haben sie sich nur dabei gedacht?«
Marie zuckte mit den Schultern. »Wahrscheinlich gar nichts.«
»Hallo, Pablo!« Der Hund schnupperte an Franzis Jeans und sie kraulte ihn zwischen den Ohren. »Dich hab ich ja noch gar nicht begrüßt. Hast du schon ein Würstchen bekommen?« Pablo schleckte sich mit seiner rosafarbenen Zunge über das Maul, was Franzi als Ja interpretierte. Der Hund legte sich auf den Rücken, streckte die Beine in die Luft und blickte Franzi bittend an. »Soll ich dir den Bauch kraulen?« Franzi lachte, kniete sich neben Pablo und begann, ihn ausgiebig zu streicheln. Pablo schloss genießerisch die Augen.
»Kriege ich auch ein paar Streicheleinheiten?«
Franzi sah auf und erstarrte mitten in der Bewegung. »Blake! Wo kommst du denn her?« Sie war so mit dem Hund beschäftigt gewesen, dass sie gar nicht gemerkt hatte, wie Blake über den Rasen auf sie zugerollt war.
»Von dort.« Blake deutete vage über die Schulter zur Straße. »Ich hab bei dir zu Hause angerufen und deine Schwester hat mir verraten, wo ich dich finde.«
Franzi knirschte mit den Zähnen. Typisch Chrissie! Sie konnte einfach nicht den Mund halten. Der würde sie nachher was erzählen!

»Ich muss mit dir reden, Franzi«, sagte Blake ernst.
Franzi schluckte. Sie war froh, dass sie auf dem Boden kniete, so konnten ihre Beine wenigstens nicht unter ihr nachgeben. Es war seltsam, Blake wiederzusehen. Er wirkte gleichzeitig vertraut und fremd. Hoffentlich hatte er Charlie nicht mitgebracht. Franzi reckte den Hals, konnte aber nirgendwo einen zweiten Rollstuhl entdecken.
»Oh, noch ein Überraschungsgast!« Marie trat mit einer Wurst in der Hand neben Franzi. »Hallo, Blake.«
»Hallo.« Blake lächelte Marie kurz zu, dann sah er wieder zu Franzi. »Können wir uns irgendwo in Ruhe unterhalten?«
»Ich weiß nicht.« Franzi zögerte. »Eigentlich passt es nicht so gut …«
»Bitte!«, drängte Blake. »Es ist wirklich wichtig.«
In Franzis Magen rumorte es. Sie wusste genau, was Blake ihr sagen wollte. Bestimmt war er gekommen, um ihr mitzuteilen, dass er jetzt mit Charlie zusammen war. Sie wollte das nicht hören! Blake sollte verschwinden und sie in Ruhe lassen!
»Geht doch dort drüben hin«, schlug Marie vor, ehe Franzi Blake zum Gehen auffordern konnte. Sie nickte zum hinteren Teil des Gartens hinüber, wo dichte Büsche zwischen Obstbäumen standen. »Da seid ihr ungestört.«
»Gute Idee! Kommst du?« Blake sah Franzi auffordernd an.
Franzi warf Marie einen ärgerlichen Blick zu. Warum fiel ihr ihre Freundin jetzt auch noch in den Rücken? Hatten sich denn heute alle gegen sie verschworen? Sie seufzte. Wahrscheinlich würde sie Blake am schnellsten wieder los, wenn sie sich anhörte, was er zu sagen hatte. Augen zu und durch!

»Also gut.« Sie erhob sich unwillig und ließ Pablo zurück. Blake rollte am Grill vorbei auf die Obstbäume zu und Franzi folgte ihm auf wackeligen Beinen. Weiter hinten im Garten waren die Stimmen der Partygäste nur noch gedämpft zu hören. Eine Amsel sang in einem Apfelbaum und im Gebüsch raschelte es. Vielleicht ein Igel oder eine Maus. Blake hielt neben einer Bank unter einem Kirschbaum. Er schwang sich aus dem Rollstuhl auf die Bank und klopfte auf den freien Platz neben sich.

»Komm doch her!« Er nickte Franzi zu. »Ich beiße nicht.«

»Haha.« Franzi schnaubte ärgerlich. Das Letzte, was sie jetzt brauchte, waren blöde Witze. Widerwillig nahm sie ganz außen Platz, um einen möglichst großen Abstand zwischen sich und Blake zu schaffen. Trotzdem stieg ihr sein vertrauter Geruch nach Limonen-Shampoo und Pfefferminz-Kaugummi in die Nase. Sie bekam eine Gänsehaut und widerstand dem Impuls, näher zu rücken. »Also, was willst du?«, fragte sie barsch.

»Ich muss dir etwas sagen.« Blake wirkte plötzlich nervös. Er fuhr sich durch seine dunklen Haare und zögerte.

Franzi hielt es nicht länger aus. »Du brauchst nichts zu sagen. Ich weiß schon Bescheid.«

Blake sah sie überrascht an. »Tatsächlich?«

Franzi nickte. »Ich bin schließlich nicht blöd.«

»Und? Was meinst du dazu?«

»Keine Ahnung.« Franzi holte tief Luft. »Bist du wenigstens glücklich?«

»Das weiß ich noch nicht genau«, sagte Blake vorsichtig. »Kommt darauf an.«

»Na ja, ihr seid ja auch noch nicht so lange zusammen.«
Blake runzelte verwirrt die Stirn. »Wer?«
»Du und Charlie natürlich, wer sonst?« Dieses Hin und Her machte Franzi ganz kribbelig. Sie sprang auf.
»Sorry, aber ich verstehe kein Wort.«
»Sonst bist du doch auch nicht so begriffsstutzig!« Wut stieg in Franzi auf. Das war gut. Es war viel besser, wütend zu sein als traurig. »Du und Charlie, ihr seid ein Paar. Das ist es doch, was du mir die ganze Zeit sagen willst, oder?«
Blake starrte Franzi verblüfft an. »Nein.«
»Aber statt Klartext zu reden, laberst du die ganze Zeit um den heißen Brei herum«, schimpfte Franzi, ohne zuzuhören. »Weißt du was? Das ist mir echt zu blöd!«
»Nein«, wiederholte Blake.
»Was?«
»Nein, ich wollte dir nicht sagen, dass Charlie und ich zusammen sind.«
Franzi blinzelte irritiert. »Nicht?«
Blake schüttelte den Kopf. »Das sind wir nämlich nicht.«
»Wie bitte?«
Blake lächelte. »Jetzt bist du aber diejenige, die begriffsstutzig ist. CHARLIE UND ICH SIND KEIN PAAR!«
»Aber …« Franzis Wut verpuffte auf einen Schlag. Blake hatte ihr mit einem einzigen Satz den Wind aus den Segeln genommen. »Aber … du warst mit ihr essen … ihr habt euch doch so gut verstanden … und du hast dich ständig mit ihr getroffen …«
»Wir haben uns ein paar Mal getroffen, das stimmt. Aber nur, weil Charlie mir geholfen hat, eine Seite auf der Crowd-

funding-Plattform für Sportprojekte einzurichten, mit der ich das Geld für meinen Traum-Rolli zusammenbekommen will. Sie kennt sich super mit so was aus. Als Dank für ihre Unterstützung hab ich sie zum Essen eingeladen.«
»Das war alles?« Franzis Knie wurden weich. Sie plumpste auf die Bank zurück.
Blake nickte. »Ich will nichts von Charlie, ganz ehrlich. Ich finde sie nett und witzig, aber mehr nicht. Sie ist nur eine gute Freundin.«
Der Satz versetzte Franzi einen Stich. »Eine gute Freundin«, wiederholte sie. »So wie ich, stimmt's?« Ihre Stimme klang bitter. »Ich hab gehört, wie du mit Charlie im Skatepark über mich geredet hast.«
Blake seufzte. »Offensichtlich hast du nur die halbe Unterhaltung mitbekommen. Ich hab zu Charlie gesagt: ›Franzi ist nur eine gute Freundin. Aber ich wollte, es würde mehr daraus werden.‹«
Franzis Herzschlag setzte einen Moment aus. »Was?«
»Du hast mich ganz gut verstanden.« Blake sah Franzi wieder mit diesem Blick an, bei dem ihr gleichzeitig heiß und kalt wurde. »Ich bin schon seit einer ganzen Weile in dich verliebt, Franziska Winkler. Aber ich hab mich nicht getraut, es dir zu sagen. An dem Nachmittag im Skatepark war ich kurz davor. Doch dann hab ich gesehen, wie du diesen Typ abgeknutscht hast … Das hat mich fast umgehauen!«
»Oh nein!« Franzi stöhnte. »Du dachtest, ich hätte was mit Leonhard!«
Blake nickte. »Was sollte ich denn sonst denken? Ich war total fertig. Deshalb hab ich mich auch nicht mehr bei dir

gemeldet. Aber heute hab ich diesen Leonhard zufällig im Skatepark getroffen. Wir haben uns ein bisschen unterhalten und dabei ist mir klar geworden, dass ich auf dem Holzweg war.«

Franzi kratzte sich verlegen am Kopf. »Ich hab Leonhard nur geküsst, um dich eifersüchtig zu machen«, gestand sie. »Ich … ich bin nämlich auch schon länger in dich verliebt. Aber ich hatte Angst, es dir zu sagen.«

Blake musste lachen. »Wir sind schon zwei Helden, was?«

Franzi seufzte. »Warum muss Liebe immer so kompliziert sein?«

Blake beugte sich zu ihr hinüber. Franzi sah in seine meerwasserblauen Augen und die Schmetterlinge in ihrem Bauch führten einen Freudentanz auf. Vor lauter Glück wurde ihr ganz schwindelig.

»Besser spät als nie«, murmelte Blake und gab ihr einen sanften Kuss.

Als Franzi und Blake zu den anderen Gästen zurückkehrten, ging die Sonne gerade hinter den Häusern unter und die Dämmerung senkte sich über den Garten. Im Westen leuchtete der Himmel orangerot, während die ersten Sterne aufblitzten. Frau Jülich zündete gerade die Lampions an, die sanft zwischen den Zweigen der Bäume schaukelten und warmes Licht verbreiteten. Ben und Lukas verteilten Wunderkerzen an die Gäste, die später noch abgebrannt werden sollten.

»Wie schön«, murmelte Franzi mit Blick auf die Lampions. Sie griff nach Blakes Hand. Seine Finger schlossen sich warm und fest um ihre. Ein wunderbares Gefühl von Glück erfüllte sie, gepaart mit einem angenehmen Kribbeln in der Magengegend. Alles fühlte sich so vertraut an und gleichzeitig vollkommen neu.

»Da seid ihr ja!« Kim und Marie stürmten auf Franzi zu.

Marie sah auf Franzis und Blakes ineinander verschränkte Finger. Ein breites Grinsen erschien auf ihrem Gesicht. »Darf man gratulieren?«

Franzi wurde rot, was im flackernden Licht der Fackeln aber hoffentlich niemandem auffiel. »Wenn du damit meinst, ob Blake und ich zusammen sind – ja, das sind wir.«

»Hurra!«, jubelte Marie. Sie zwinkerte Kim verschwörerisch zu. »Ich hab's doch gewusst.«

»Ich freu mich so für euch!« Kim umarmte erst Franzi, dann Blake. »Das wurde aber auch Zeit.«

»Wieso?«, fragte Blake.

»Franzi war in den letzten Wochen dermaßen schlecht drauf, dass es kaum noch auszuhalten war«, erklärte Marie. »Wenn das die ganzen Sommerferien so weitergegangen wäre …«

Blake drückte einen Kuss auf Franzis Handrücken. »Keine Sorge, ab jetzt ist sie immer gut gelaunt, dafür werde ich schon sorgen.«

»Spinner.« Franzi fuhr ihm liebevoll durch die Haare.

»Getränke gefällig?« Michi erschien mit einem Tablett voller Gläser. »Ich gebe eine Runde Banane-Kirsch-Saft aus.«

»Wie großzügig von dir.« Kim grinste ihm zu, während sie sich ein Glas nahm. Auch die anderen bedienten sich.

»Ist es okay für dich, dass Michi hier ist?«, erkundigte sich Franzi leise, während Michi das leere Tablett zurückbrachte.

»Erst war ich total überrumpelt«, gab Kim zu. »Es hat sich komisch angefühlt, mit so viel Abstand vor jemandem zu stehen, der mir mal so nah war.«
»Kann ich mir vorstellen«, sagte Marie.
»Die Vertrautheit von früher ist immer noch da, doch wir sind kein Paar mehr.« Kim seufzte. »Das ist nicht so leicht. Aber wir haben uns seit der Trennung beide verändert. Michi ist und bleibt meine erste große Liebe und ich werde ihn immer gernhaben. Doch wir leben in verschiedenen Welten und es gibt keine gemeinsame Zukunft.« Ihre Stimme klang ein bisschen wehmütig.
Über Maries Gesicht huschte ein Schatten und Franzi wusste, dass sie gerade an Holger dachte. Ob Marie und Holger irgendwann wieder glücklich werden würden?
»Die Liebe ist ein seltsames Spiel«, zitierte Franzi den Titel eines alten Schlagers, den Oma Lotti früher manchmal gehört hatte. »Zum Glück haben wir ja immer noch uns.« Sie ließ Blakes Hand los und umarmte Kim und Marie. »Wir lassen einander niemals im Stich«, flüsterte sie ihren Freundinnen zu. Die drei !!! tauschten ein Lächeln und Franzi wurde warm ums Herz. Sie hatte das Gefühl, auf einer Wolke aus Liebe zu schweben.
Michi war zurückgekommen und erhob sein Glas. »Auf diesen wunderschönen Abend!«
»Auf die Freundschaft!«, sagte Franzi.
»Auf die Liebe!« Blake griff wieder nach Franzis Hand und drückte sie.
»Auf Franzi und Blake!«, riefen Kim und Marie.
Klirrend stießen die Gläser aneinander. Im selben Moment

leuchteten unzählige Wunderkerzen in der Dunkelheit auf und verwandelten den Garten in einen magischen Ort.

Blake zog Franzi auf seinen Schoß und küsste sie. Sie schlang die Arme um seinen Hals und hielt ihn ganz fest. Ihr Herz brannte so hell wie eine Wunderkerze. Endlich hatte sie ihr Glück gefunden. Und so schnell würde sie es nicht wieder loslassen.

♥♥♥

Leseprobe

Mira Sol:
Mission Gipfelglück

Plötzlich erklang ein spitzer Aufschrei. Marie sah erschrocken nach oben. Franzi und Nelli standen vor einer Felsspalte. Nelli deutete verärgert auf den Boden.

»Was ist los?«, rief Daniel ihnen zu.

Nelli stemmte die Arme in die Seiten. »Da war schon wieder jemand an meiner Kluft!«

Marie beeilte sich, weiterzuklettern. Keuchend kam sie bei Franzi und Nelli an.

»Ich habe vor ein paar Tagen einige große und schöne Kristalle geborgen. Zwei davon musste ich vor der Höhle zurücklassen, weil ich nicht so viel tragen konnte. Ich wollte sie heute mitnehmen.« Nelli setzte ihren Rucksack ab und holte eine Taschenlampe daraus hervor. »Aber die Stücke sind weg. Das ist eine Gemeinheit! Und völlig gegen die Strahler-Ehre!« Sie bemerkte die verwirrten Blicke von Marie und Franzi und erklärte: »Leute, die Bergkristalle suchen, werden auch *Strahler* genannt. Das ist abgeleitet von dem alten Wort *Strahl* für Kristall.« Nelli bückte sich und hob einen Kristallsplitter auf, der vor der Felsspalte lag. Im Sonnenlicht fing er sofort an zu glitzern und helle Strahlen auszusenden. Sie seufzte. »Es ist ein ungeschriebenes Gesetz,

dass die Kluft, die ein Strahler entdeckt hat, nur von ihm bearbeitet wird. Kein anderer darf sich daran zu schaffen machen.« Sie deutete auf zwei in den Felsen geritzte Buchstaben und einige Ziffern. »Wir markieren die Klüfte mit unserem Namenskürzel, dem Datum der Entdeckung und der Nummer unserer Strahler-Erlaubnis, die man beim Amt für eine Gebühr beantragen muss. So ist die Sachlage klar.«
Daniel und Kim kletterten die letzten Meter zu ihnen hoch und blieben schnaufend stehen. Nelli kniete sich vor die Kluft und leuchtete mit der Lampe hinein. »Ich habe vor ein paar Tagen schon mal das Gefühl gehabt, dass jemand hier war und Steine ausgebrochen hat. Jetzt bin ich sicher: Hier klopft jemand völlig Unerfahrenes herum und richtet Schaden an!« Sie begann, die kleinen Kristallsplitter, die im Eingangsbereich lagen, einzusammeln. »Das ist sehr ärgerlich. Ich verkaufe regelmäßig Kristalle an den kleinen Mineralien-Laden unten im Dorf, um etwas hinzuzuverdienen. Da waren ein paar wirklich schöne Exemplare dabei. Für die hätte ich einige Franken bekommen.«
Daniel runzelte die Stirn und fing an, ebenfalls Bruchstücke von Kristallen einzusammeln. »Das ist echt eine Frechheit!«, murmelte er.
»Passt bitte auf!«, rief Kim. »Vielleicht hat der Klüfte-Plünderer Spuren hinterlassen. Wir sollten danach suchen, bevor ihr aus Versehen welche zerstört.«
Franzi nickte sofort. »Fußabdrücke sind wahrscheinlich nicht vorhanden, das Gestein ist hart und trocken, da zeichnet sich nichts ab. Aber an den Kristallsplittern könnten Fingerabdrücke haften.«

»Und womöglich hat der Täter oder die Täterin etwas verloren, das uns auf seine oder ihre Spur bringt«, ergänzte Marie. »Vielleicht finden wir Fasern, Haare, eine Kontaktlinse oder einen abgerissenen Knopf, alles könnte wichtig sein.« Sie näherte sich vorsichtig der Kluft. »Außerdem wäre eine dauerhafte Überwachung gut. Man könnte eine Kamera mit Bewegungsauslöser verstecken.«

»Das finde ich sehr gut«, sagte Kim. Sie sah Daniel und Nelli an. »Habt ihr Zugang zu einer Wildkamera?«

Daniel und Nelli starrten die Mädchen einen Moment mit offenen Mündern an. Dann fand Nelli die Sprache wieder. »Meine Freundin ist Försterin, sie hat bestimmt so etwas.« Sie räusperte sich. »Das mit der Kamera ist eine super Idee. Und auch die anderen Maßnahmen sind clever. Ihr seid ja richtig detektivisch veranlagt!«

Kim straffte die Schultern. »Das sind wir! Unser Detektivclub nennt sich übrigens *Die drei !!!* und wir haben bereits zahlreiche Fälle in Deutschland und im Ausland gelöst!«

Willst du wissen, in welchem spannenden Fall die drei !!! diesmal ermitteln?
Dann frag in deiner Buchhandlung nach:
Die drei !!! – Mission Gipfelglück, ISBN: 978-3-440-17076-2

Die drei !!!

Vorsicht, streng geheim!

176 Seiten, ca. €/D 13,–
ISBN 978-3-440-17154-7

Kim ist glücklich in ihrer Beziehung mit Kalle. Alles könnte so romantisch sein, wenn nicht ihre Mutter ihr Leben in einen Halloween-Alptraum verwandeln würde. Halloween-Chaos, Liebeskummer und ein neuer Fall: All das vertraut Kim ihrem Tagebuch an. Das ist eigentlich streng geheim, aber du darfst mitlesen, mitfiebern und mitlachen!

Ein kultiger Comic-Roman mit Witz, Herz und Spannung.

diedreiausrufezeichen.de

Die drei !!!

Entdecke die Welt der drei !!!

Wirf **einen Blick** hinter **die Kulissen** und erfahre mehr von den **drei !!!**.

Mach mit bei **tollen Gewinnspielen** und lade dir **coole Extras** runter!

Illustration: Ina Biber

Folge den drei Detektivinnen auf diedreiausrufezeichen.de oder auf Instagram: @diedreiausrufezeichen.de

Die drei !!!

Clevere Girls knacken jeden Fall!

- ☐ Die Handy-Falle
- ☐ Betrug beim Casting
- ☐ Gefährlicher Chat
- ☐ Gefahr im Fitness-Studio[e]
- ☐ Tatort Paris[e]
- ☐ Skandal auf Sendung[e]
- ☐ Vorsicht Strandhaie![e]
- ☐ Skaterfieber[e]
- ☐ Im Bann des Tarots[e]
- ☐ Tanz der Hexen[e]
- ☐ Kuss-Alarm[e]
- ☐ Popstar in Not[e]
- ☐ Gefahr im Reitstall
- ☐ Spuk am See[e]
- ☐ Duell der Topmodels[e]
- ☐ Total verknallt![e]
- ☐ Gefährliche Fracht[e]
- ☐ VIP-Alarm[e]
- ☐ Teuflisches Handy
- ☐ Beutejagd am Geistersee[e]
- ☐ Skandal auf der Rennbahn[e]
- ☐ Jagd im Untergrund[e]
- ☐ Undercover im Netz[e]
- ☐ Fußballstar in Gefahr[e]
- ☐ Herzklopfen![e]
- ☐ Tatort Filmset[e]
- ☐ Vampire in der Nacht[e]
- ☐ Achtung, Promihochzeit![e]
- ☐ Panik im Freizeitpark[e]
- ☐ Falsches Spiel im Internat[e]
- ☐ Betrug in den Charts[e]
- ☐ Party des Grauens[e]
- ☐ Küsse im Schnee[e]
- ☐ Brandgefährlich![e]
- ☐ Diebe in der Lagune[e]
- ☐ SOS per GPS[e]
- ☐ Mission Pferdeshow[e]
- ☐ Stylist in Gefahr
- ☐ Verliebte Weihnachten
- ☐ Achtung, Spionage![e]
- ☐ Im Bann des Flamenco
- ☐ Geheimnis der alten Villa
- ☐ Nixensommer
- ☐ Skandal im Café Lomo!
- ☐ Tatort Geisterhaus
- ☐ Filmstar in Gefahr
- ☐ Unter Verdacht
- ☐ Die Maske der Königin
- ☐ Skandal auf dem Laufsteg
- ☐ Freundinnen in Gefahr
- ☐ Krimi-Dinner
- ☐ Das rote Phantom
- ☐ Hochzeitsfieber!
- ☐ Klappe und Action!
- ☐ Wildpferd in Gefahr
- ☐ Geheimnis im Düstermoor
- ☐ Tatort Kreuzfahrt
- ☐ Gorilla in Not
- ☐ Das geheime Parfüm
- ☐ Liebes-Chaos!
- ☐ Der Fall Dornröschen
- ☐ Spuk am Himmel
- ☐ Flammen in der Nacht
- ☐ Der Graffiti-Code
- ☐ Heuler in Not
- ☐ Tanz der Herzen
- ☐ Tatort Geisterbahn
- ☐ Gefahr im Netz
- ☐ Nacht der Wölfe
- ☐ Gefährliches Spiel
- ☐ Gefahr in den Ruinen
- ☐ Kuss der Meerjungfrau
- ☐ Legende der Einhörner
- ☐ Rätsel der Vergangenheit
- ☐ Tatort Hollywood
- ☐ #Falscher Ruhm
- ☐ Achtung, Gaunerzeichen!
- ☐ Das Bienengeheimnis
- ☐ Vier Pfoten in Gefahr
- ☐ Ein echt schöner Fall
- ☐ Geheimnis im Spukhotel
- ☐ Das Konfetti-Komplott
- ☐ Voller Einsatz für die Erde
- ☐ Luftballon-Küsse
- ☐ Ein Fall mit Herz und Huf
- ☐ Rätselhafter Raub
- ☐ Geheimnisvoller Liebestrank
- ☐ Die Krimi-Verschwörung
- ☐ Der Fluch der Fee
- ☐ Mission Gipfelglück
- ☐ Geburtstagsdiebe
- ☐ Geheimnis am Fluss

diedreiausrufezeichen.de

Alle Bücher auch als E-Book erhältlich
[e] nur als E-Book erhältlich